À PROPOS DE L'AUTEUR

Dans ses romans, Michelle Styles nous fait découvrir sa passion pour l'histoire grâce à des récits qui mêlent avec art véracité historique et souffle romanesque. D'origine américaine, elle vit actuellement en Angleterre, où elle partage son temps entre sa famille et l'écriture de ses romans.

Un cœur à apprivoiser

MICHELLE STYLES

Un cœur à apprivoiser

Traduction française de
PIERRE ALEXIS

LES HISTORIQUES

HARLEQUIN

Collection : LES HISTORIQUES

Titre original :
SENT AS THE VIKING'S BRIDE

HARPERCOLLINS FRANCE
83-85, boulevard Vincent-Auriol, 75646 PARIS CEDEX 13
Service Lectrices — Tél. : 01 45 82 47 47

www.harlequin.fr

ISBN 978-2-2804-1561-3 — ISSN 1159-5981

À Tim et Kathy de la Fosse,
parce qu'il l'a demandé si gentiment
quand nous sommes venus vous rendre visite,
et parce que vous nous avez donné
le plus remarquable des coqs
— j'ai nommé Hugo Buff-Orpington —
afin de protéger les poules des renards.

Prologue

Janvier 877 après J-C
Colbhasa, aujourd'hui île de Colonsay

Toute sa vie, Gunnar Olafson avait rêvé de posséder sa propre terre. Mais en apprenant que son rêve devenait réalité, il ne put que s'asseoir, pétrifié. D'autres auraient hurlé la nouvelle aux arbalétriers, réclamé de la bière à tue-tête pour tout le monde, mais lui voulut juste la savourer en silence.

Il referma les doigts sur la minuscule figurine sculptée dans la pierre que sa mère lui avait remise la dernière fois qu'il l'avait vue. Il l'avait aussi sur lui le jour où il avait répété sur la tombe de la défunte le serment qu'il lui avait fait peu avant.

Mais son esprit s'éloigna très vite de ces souvenirs. Ce même jour, il avait appris que les mots du devin l'avaient condamné à nuire à toutes celles qu'il aimerait. Seulement il voulait croire qu'un jour peut-être, s'il rendait ses terres prospères, il aurait prouvé aux dieux qu'il était digne et qu'alors cette malédiction perdrait tout son pouvoir :

« Toutes les femmes que tu aimeras seront réduites en poussière. »

Frappant dans ses poings, Eylir Rokrson s'installa sur le banc à côté de lui.

— Me diras-tu pourquoi Kolbeinn a voulu te parler seul à seul ? Qu'as-tu fait de mal ? Ton serment d'allégeance a été prononcé d'une voix aussi claire que les autres, non ?

L'homme soupira.

— Je ne l'aurai pas. On continue à nous maltraiter parce que, dans le passé, nous avons juré allégeance à l'ex-femme de Kolbeinn puis à sa fille.

Gunnar considéra celui qui était à la fois son meilleur ami et son compagnon de beuverie. Ensemble, ils avaient mené de longs et durs combats. Cela ne remontait d'ailleurs pas à hier. Après un moment, estimant qu'il s'était assez réjoui de sa chance, il glissa la petite figurine de l'homme de pierre en lieu sûr, au fond de sa poche, et déclara :

— Contre toute attente, Kolbeinn m'a offert une terre… Sur l'île de Jura. Moi qui pensais qu'il m'enverrait en Irlande dans un endroit impossible pour mettre une fois de plus ma loyauté à l'épreuve…

— C'est le genre de choses qui te plaît…

— Malgré tous ses efforts, poursuivit Gunnar, il n'a pas réussi à me tuer. Aujourd'hui, il compte m'utiliser à meilleur escient et me faire labourer cette île balayée par le vent et pratiquement inhabitée. En fait, nous ne pourrons y rester longtemps qu'à condition de nous y enraciner vraiment.

— De nous tous, c'est finalement à toi qu'échoit le meilleur sort, constata son ami en hochant la tête. Tant de nos anciens camarades ont été mis à mort…

— Pour avoir trahi Dagmar, repartit Gunnar en ignorant son ventre qui se nouait. De mon côté, je lui ai prouvé ma loyauté mais je me suis fait piéger en lui tendant ce verre de bière…

— Bière qui vous a tous deux rendus malades.

Gunnar fit une petite grimace en se rappelant comment il avait involontairement contribué à l'attaque contre celle à qui, par le passé, il avait juré allégeance. Quelque temps plus tard, l'annonce du rétablissement de Dagmar l'avait soulagé et réjoui, mais la punition était tout de même tombée : on l'avait placé au service de Kolbeinn, le père de la jeune fille.

— J'ai bien servi Kolbeinn au cours de ces deux dernières années.

— Pour quelle raison t'a-t-il fait l'honneur de te promettre une terre ?

— J'ai sauvé la vie de Lord Ketil lors de la tempête, il y a trois saisons. En tant que suzerain de Kolbeinn, Ketil lui a demandé de me récompenser de cette façon.

Gunnar fixa le fond de son gobelet. Lui qui ne venait de nulle part et avait tout perdu se voyait soudain offrir la chance de réaliser son rêve. *Sa terre...* Fini de combattre et de patauger dans la boue nauséabonde pour quelqu'un d'autre. Fini de prêter allégeance au plus offrant. Il allait pouvoir construire un château que tout le monde lui envierait. Son succès sauterait enfin aux yeux. Mais pour le moment, il avait encore du mal à y croire.

— Tu es beaucoup trop modeste, lui dit Eylir en lui tapant sur l'épaule. Et maintenant, que te manque-t-il ? Peut-être cette épouse venant du Nord dont tu as déjà parlé ? Celle au sourire aguicheur et à la poitrine opulente ?

Gunnar secoua la tête.

— D'abord la terre, ensuite le mariage. Une chose compliquée à la fois, s'il te plaît.

— Commence donc par envoyer un mot dans notre fjord à ce sujet.

Joignant le geste à la parole, Eylir fit mine d'écrire.

— « Recherchée : plantureuse femme blonde dotée d'un bon caractère et d'une forte poitrine, et qui est au fait des coutumes nordiques. Sans parents inopportuns mais nantie de cuisses accommodantes. Qui sache écouter sans ouvrir la bouche. Sauf pour y recevoir ma langue. »

Eylir ponctua sa phrase d'un éclat de rire auquel Gunnar mêla le sien tout en se demandant quelle quantité de bière son ami avait déjà absorbée.

— Cette description ressemble plutôt à celle que *tu* ferais si tu cherchais à te marier, remarqua-t-il.

Eylir secoua la tête.

— Non, je veux une femme avec qui partager ma vie. Je t'observe depuis assez longtemps pour savoir que tu apprécieras une épouse capable de réchauffer ton lit quand tu seras disponible mais qui ne jouera aucun autre rôle dans ton existence.

Gunnar fit tourner son gobelet entre ses doigts. Il était vrai qu'il préférait les femmes qui ne réclamaient rien de plus que ce qu'il était disposé à leur donner.

— Vraiment ? dit-il pourtant avec une certaine hésitation. Je tâcherai de m'en souvenir quand je commencerai mes recherches. Mais n'oublie pas que c'est d'une épouse dont j'aurai besoin, pas d'une concubine. Nous aurons le temps d'en reparler quand tu viendras découvrir ma terre.

— Je dois partir dans le Nord, raison pour laquelle je suis venu te trouver avant.

Eylir se pencha vers lui, accommodant son geste de généreuses vapeurs alcoolisées.

— Mon jeune frère m'a envoyé un message, dit-il. Ma famille serait menacée et ils auraient besoin de mon bras armé là-bas. Mais je suis sûr qu'il exagère. Comme d'habitude…

Là-dessus, il se lança dans sa tirade habituelle sur les obligations familiales. Gunnar fit tournoyer sa bière dans son gobelet, s'efforçant d'écouter son ami pour mieux repousser le souvenir des cadavres couverts de neige de sa mère et de ses jeunes sœurs devant leur ferme à l'abandon.

— La famille…, dit-il sobrement, tu t'en plains, mais si quoi que ce soit arrivait à la tienne, jamais tu ne te le pardonnerais.

— Tu dis vrai, admit Eylir avec un grand geste qui eut pour effet de projeter de la bière partout.

Gunnar se leva.

— Sérieusement, reprit Eylir en l'attrapant par le bras, tu dois tenir le serment que tu as fait à ta mère avant de partir : épouser une femme du Nord. D'ailleurs, n'est-ce pas la raison que tu as invoquée à ce chef de guerre irlandais qui voulait te faire épouser sa fille l'année dernière ?

Gunnar crispa les doigts sur son gobelet.

— Et c'est la même excuse que tu as fournie à la jolie veuve de Bernicia. Sans parler de la douzaine d'autres femmes qui t'ont tourné autour comme des abeilles en quête d'un pot de miel.

D'instinct, Gunnar chercha au fond de sa poche sa petite figurine en pierre.

— Tu exagères, comme d'habitude.

— Quoi qu'il en soit, si tu gagnes la compétition de lutte, je t'enverrai un cadeau avant la nouvelle année pour te rafraîchir la mémoire sur le sujet.

— Eylir, combien de bières de Yule as-tu déjà consommées ?

Un petit sourire satisfait étira les lèvres de son ami.

— Je t'ai regardé t'entraîner ce matin, Gunnar. Condition physique optimale. Parier contre toi serait de la folie.

— Dans ce cas, les fous sont partout car Maurr est le grand favori des parieurs.

Le combat de lutte était l'un des moments forts des célébrations de Yule. Au cours des deux dernières années, Gunnar avait accédé à quelques quarts de finale et même à des demi-finales, mais jamais au combat suprême. Cette année, il était à peu près sûr de se faire éliminer par Maurr dès les premiers rounds.

— Tu gaspilles ton argent…

Les deux premiers adversaires de Gunnar étaient ivres et le suivant se révéla être un guerrier que Gunnar avait du mal à supporter, ce qui l'encouragea à se débarrasser de lui au plus vite. Ce fut ainsi qu'on le proclama finalement champion.

Lorsqu'il se tourna vers la foule, tout le monde criait son nom. Devant, il reconnut Eylir qui agitait les bras en tenant dans une main le sac rempli de l'or qu'il venait de gagner.

— Je te cherche une épouse venant du Nord pour les célébrations de Yule de l'année prochaine ! cria celui-ci.

Gunnar laissa les paroles de son ami sans réponse. La dernière chose dont il avait besoin en ce moment était bien la promesse en l'air d'un ami ivre.

Il avait un château à construire.

Chapitre 1

Novembre 877 après J-C
Île de Jura, sous contrôle viking,
aujourd'hui Jura, Écosse.

Le château flambant neuf brillait comme un phare dans la pâle lumière grise. Au fond, se dressaient les hautes montagnes pourpres, les *paps* qui dominaient toute l'île. Pour approcher, la chaloupe avait dû faire un long détour afin d'éviter le grand tourbillon. Selon le capitaine, ce tourbillon pouvait aspirer n'importe quelle embarcation l'approchant d'un peu trop près et l'engloutir.

Ragnhild Thorendottar agrippa le rebord de la chaloupe des deux mains comme si cela allait lui faire aborder le rivage plus vite. Presque arrivée… Bientôt en sécurité… Une nouvelle vie les attendait, elle et sa sœur. Une vie loin de son beau-frère et de ses irrépressibles instincts meurtriers. Un jour, elle prendrait sa revanche et reconquerrait ses terres. Mais pour le moment, elle n'aspirait qu'à trouver un havre de paix.

Devoir travailler dur sur une île désolée ne parvenait même pas à l'effrayer. Elle avait eu si souvent et si terriblement peur ! Et de choses tellement plus horribles… Des fous furieux qui couraient dans la nuit pour enflammer les maisons et, avant tout, de son beau-frère. S'il découvrait qu'elle et sa sœur n'avaient pas péri dans les flammes comme il le croyait, il enverrait de nouveau ses fous après elles. Et qui se dresserait contre l'un des conseillers les plus proches du roi ? Qui oserait prendre ce risque ? Qui la croirait ? Même maintenant, alors que ses brûlures étaient presque guéries, Ragn ne doutait pas que le monde sûr qu'elle avait pu connaître un jour avait disparu.

Elle glissa une main dans celle de Svana et la serra. Sa sœur lui répondit par un faible sourire tandis que son œil droit tournait plus que jamais vers l'intérieur. Mais ses yeux ne se révulsèrent pas de peur, ce réflexe involontaire qui lui était venu la nuit de l'attaque, après le coup qu'elle avait reçu sur la tête. Un coup destiné à Ragn — qui tournait alors le dos — et aurait dû lui être fatal.

Ragn libéra un long soupir de soulagement. Peut-être qu'avec le temps ce tic finirait par disparaître… Peut-être que Svana ne conserverait pas ce handicap dont elle se sentait personnellement responsable. Peut-être que cette île leur offrirait un vrai nouveau départ ? Repoussant ses pauvres espoirs, elle s'efforça de se concentrer sur des faits tangibles.

— Voici notre nouveau *chez-nous*, déclara-t-elle à sa jeune sœur en pointant le doigt vers le château à pignons qui brillait dans le soir tombant. Tu vas voir, Svana, bientôt tu courras dans les prairies, tu m'aideras à brasser la bière et des milliers d'autres choses encore ! Toutes les deux, nous allons faire une célébration de Yule que tu n'oublieras jamais. Oui, malgré tout ce que nous avons traversé, cette année finira comme une belle année !

Pas comme le dernier Yule qu'il avait, au contraire, fallu absolument oublier, ajouta-t-elle pour elle-même.

Le visage de sa sœur s'éclaira.

— Yule est justement ma fête préférée ! J'aime tout ce qui permet de le célébrer : la roue enflammée qui descend la colline avant d'échouer dans le lac, la bûche que l'on laisse brûler les jours où la lumière manque parce que la Jeune-fille-Soleil se trouve encore dans le ventre du loup et aussi toutes les fêtes et toutes les danses quand elle en sort !

Svana s'interrompit brusquement en fronçant les sourcils.

— Est-ce que ce Gunnar Olafson sait bien tout ce qu'il y

a à faire pour Yule ? Et est-ce qu'il respecte scrupuleusement les traditions ?

— Yule aura bien lieu comme tous les ans, ma douce, je te le promets, répondit-elle.

— Es-tu sûre qu'il va m'accueillir aussi bien que toi ? insista Svana.

— Souris, répondit seulement Ragn en l'entourant de son bras. Regarde ces belles montagnes violettes devant nous. Le petit château de Gunnar Olafson se trouve juste au pied de celle du milieu ! Il a devant lui une belle baie et des forêts peuplées de ces grands arbres qui permettent de construire les beaux navires. Tout est exactement comme son ami me l'a décrit. Nous allons avoir un vrai foyer, Svana ! Alors, pense seulement à cela !

Svana hocha bravement la tête, mais son air demeurait si incertain que le cœur de Ragn se serra.

— Un vrai foyer..., répéta enfin l'enfant. J'aimerais bien. Nous n'en avons pas eu depuis...

— Eh bien, cela va être le cas, ma douce, repartit-elle sans laisser à sa sœur le temps de se reprocher, une fois de plus, l'ampleur de la tragédie qui s'était abattue sur elles.

Svana n'était aucunement responsable de ce drame puisque c'était Ragn elle-même qui avait joint la sorcière pour que celle-ci essaie de clore la querelle opposant son mari au frère de ce dernier à propos de leur héritage. Jamais Ragn n'aurait pensé que cette mauvaise créature prophétiserait que Svana causerait la mort de son beau-frère ni que son mari prendrait le parti de Svana en refusant de la tuer sur-le-champ comme son frère le lui ordonnait. Et encore moins que son beau-frère ferait assassiner son propre frère.

— Penses-tu que nous allons rencontrer le *nisser* de la ferme ? demanda soudain Svana en interrompant les pensées de sa grande sœur. Je voudrais m'assurer qu'il a compris que j'ai bien l'intention de le chercher dans chaque recoin avec l'assiette de porridge et tout ce qu'il faudra. Pour qu'il n'oublie pas de protéger notre nouveau foyer.

Ragn regardait la langue de terre qui semblait se rapprocher de plus en plus vite, tout en se demandant si la question de sa sœur sur l'elfe taquin censé protéger les demeures, mais qui en profitait surtout pour jouer des tours à leurs habitants, était bon signe. Pour la jeune femme, ces créatures n'existaient pas. En tout cas, si elles existaient, jamais encore elles ne s'étaient manifestées pour lui proposer leur aide…

— S'appliquer aux tâches domestiques contribuera mieux au rayonnement de la ferme que placer du porridge partout, tu sais, dit-elle à la fillette. Crois-moi… Si je m'occupe de cette ferme, je la ferai prospérer !

— Et elle deviendra ma maison pour toujours ? Tu ne m'obligeras pas à me marier à moins que je le veuille ? Pas un homme ne voudra de moi comme ça, dit-elle en montrant son œil droit. J'ai déjà surpris des commentaires… Ceux de l'équipage de la chaloupe, par exemple.

— Arrête de douter de mes plans, Svana, dit Ragn sur un ton volontairement léger. Sinon, je vais commencer à croire que tu as perdu foi en moi. Pour nous, tout va bien se passer.

Il faut en tout cas qu'il en soit ainsi, ajouta-t-elle pour elle-même. *C'est mon seul plan pour te permettre de rester en vie, ma Svana.*

Le contact de la chaloupe avec le sable se fit sans douceur et s'accompagna d'un grand bruit râpeux. Ragn se sentit projetée en avant et heurta la rambarde pendant que l'équipage sautait de l'embarcation et tirait celle-ci vers les galets qui, quelques mètres plus haut, recouvraient déjà le sable.

Au premier contact avec ces pierres plates et glacées, les jambes de Ragn vacillèrent. Loin de se laisser impressionner, elle continua à poser bravement un pied devant l'autre.

— Voici un sol bien ferme, Svana, dit-elle. Oui, un bon sol. Solide.

— Ça tourne…, dit l'enfant d'une voix mal assurée.

— Normal, nous venons de quitter le bateau. Mais cela va passer ! ajouta-t-elle en suppliant le premier *nisser* de passage, réel ou pas, de réaliser son vœu.

En regardant la plage que balayait le vent, elle prit conscience que l'approche de l'embarcation ne pouvait être passée inaperçue depuis le château. Ils étaient tous arrivés en paix, leurs boucliers baissés. De plus, à l'épaisse volute de fumée qui s'élevait du toit vers le ciel, il était évident que quelqu'un se trouvait à l'intérieur.

Comme elle commençait à se laisser envahir par le doute, un homme à la haute stature surgit du château. Sa carrure imposante désignait un homme habitué au combat et aux durs travaux plutôt qu'un courtisan comme le défunt mari de Ragn. Un homme sur lequel une femme pourrait compter s'il était amené à se battre pour elle. Mais pourquoi, au nom de Freya, un homme doté d'un tel physique avait-il éprouvé le besoin de faire savoir dans le Nord qu'il cherchait une épouse ? Les femmes devaient tourner autour de lui comme des abeilles autour d'un rayon de miel !

— Il ne se montre guère amical, constata Svana, et aimerait bien nous voir partir. Sinon, il aurait apporté des chopes de bière comme on en offre toujours aux étrangers qui arrivent. Or cet homme se présente les mains vides.

Un pli soucieux barrait son jeune front.

Ragn s'efforça de rire.

— Je pense pour ma part qu'ici les rituels diffèrent simplement des nôtres. Et que bientôt c'est nous qui aurons adopté les leurs !

— Sur le bateau, reprit Svana à voix plus basse en jetant un coup d'œil par-dessus son épaule, ils disaient que c'était moi qui avais causé cette tempête. À cause de mon œil droit. Mais ce n'est pas vrai, je te le promets. Je n'apporte pas le malheur et on ne doit pas me jeter par-dessus bord.

— Comme si j'allais permettre pareille chose !

La petite hocha la tête.

— Tu as ta mine sérieuse, celle que tu avais en regardant Vargr et ses fous furieux approcher de notre ancienne maison au grand galop.

Ragn s'efforça de respirer profondément. Leur beau-frère les croyait toutes les deux mortes dans l'incendie qu'il avait déclenché avec ses hommes. Il ignorait qu'elles avaient pu profiter du moment où le toit s'était effondré pour s'enfuir.

Aucune raison donc de s'inquiéter, surtout à présent qu'ils étaient séparés par la mer du Nord. Depuis que le père de Vargr y avait péri, l'idée même de s'y aventurer terrifiait son fils.

— Rien ne se passe mal, ma douce.

— Qui va là ? demanda l'homme qu'elle allait bientôt épouser en posant la main sur la poignée de sa longue épée. C'est un domaine, ici, pas un marché. Et comme je n'ai pas plus envie de perdre mon temps que de vous faire perdre le vôtre, je vous conseille de repartir avant que la mer redescende.

Malgré sa rudesse, sa voix était profonde et agréable à entendre. Ragn mit une main sur son cœur qui se serrait. Le capitaine avait-il commis une erreur en l'amenant ici avec Svana ? Après tout, l'homme qui les avait rejointes n'était peut-être pas celui qu'elle devait épouser. Il était même plus probable que son futur mari fût un vieil homme amputé d'un bras ou d'une jambe et cloué au lit. Peu importait… Ce guerrier allait la mener à lui.

— Ragnhild Thorendottar, dit-elle. Épouse contractuelle de Gunnar Olafson, et en provenance de Viken.

Ragn avait accompagné sa réponse d'une petite révérence ainsi qu'elle l'aurait fait devant la reine ou le roi.

L'attitude de l'homme changea de manière imperceptible. Il parut soudain visité par un pressentiment, une sorte d'appréhension.

— « Épouse contractuelle » ? répéta-t-il après un temps qui parut durer une éternité. De qui ? Avez-vous bien dit *de Gunnar Olafson* ?

— Êtes-vous Gunnar Olafson ? lui demanda-t-elle en guise de réponse. Dit Gunnar le-Bras-Fort, ou le *félagi* de Kolbeinn, son intendant ?

Le vent empêchait sa voix de porter. Elle déglutit avec difficulté et poursuivit :

— Ou bien dois-je le chercher ailleurs ?

Maintenant qu'elle avait cet homme devant les yeux, elle pouvait l'étudier avec soin. Ses traits étaient réguliers et ses cheveux blond foncé commençaient à s'assombrir. S'il les avait rasés sur les côtés, il les laissait pousser au milieu.

Dans sa barbe étaient fixées deux bagues d'or. Il n'était que vitalité et virilité.

Serrant ses mains l'une contre l'autre pour les empêcher de trembler, elle remarqua que, de son côté, l'homme l'étudiait aussi. Elle se mordit la lèvre, regrettant sa haute taille, son absence de rondeurs et ses manières sans détours qui faisaient souvent se ratatiner les hommes face à elle. Et désormais, elle ne possédait plus ni terres ni fortune d'aucune sorte. Rien de susceptible de tenter un guerrier en pleine ascension comme celui qu'elle était venue rejoindre.

— Je cherche Gunnar Olafson.

— C'est moi, déclara l'homme avec une expression étonnée. Mais je n'ai pas passé de contrat pour trouver une épouse. Jamais de la vie. Je n'en souhaite du reste pas. Qu'est-ce que cela signifie ? Qui complote contre moi ?

Ragn eut l'impression que son cœur dégringolait au fond de son estomac. Il devait y avoir une erreur.

— C'est Eylir Rokrson, que d'aucuns surnomment Eylir-le-Noir, qui m'a appris l'existence de ce contrat, riposta-t-elle en repoussant courageusement ses craintes. Essaieriez-vous de me dire qu'il s'est joué de moi ? À moins que vous ne soyez pas Gunnar Olafson ?

Les lèvres de l'homme ne formaient plus qu'un trait ne révélant pas la moindre trace d'empathie.

— Je suis bien Gunnar Olafson, mais je n'ai jamais demandé que l'on m'envoie une épouse. Vous êtes arrivée ici par le biais d'une fausse promesse. Retournez d'où vous venez.

Sur ces mots, il tourna les talons. Ragn le regarda se diriger vers le château, le souffle coupé qu'il fût capable d'une telle dureté.

— C'est Eylir qui a payé la traversée ! lui cria-t-elle. Comme cadeau de mariage ! Voulez-vous me dire pourquoi il aurait fait cela, versé autant d'or, s'il s'agissait d'une fausse promesse ?

Gunnar Olafson s'arrêta et se retourna en plissant les yeux.

— Et pourquoi, par tous les dieux, m'enverrait-il une femme comme vous ?

La question la heurta comme s'il venait de lui asséner un coup. C'était bien la preuve — s'il en fallait — que les hommes étaient toujours incapables de voir au-delà de l'apparence physique. Sauf s'il existait un gain matériel à la clé. Dans sa main, les doigts de sa petite sœur étaient devenus gelés. L'air était glacial et les premières gouttes d'une pluie qui s'annonçait drue commençaient à tomber. Ragn aurait voulu que la terre s'ouvrît sous ses pieds et l'engloutît. Ce jour était en train de se transformer en jour d'absolu désespoir…

— Eylir m'a appris que vous étiez occupé à construire votre nouveau château, mais que vous aviez besoin au plus vite d'une épouse venant de votre fjord. M'aurait-il menti ?

Cette supposition lui donna envie d'enfouir son visage entre ses mains. Alors qu'elle était censée avoir laissé ses problèmes derrière elle, sa situation, dans cette île inconnue, était encore pire qu'avant.

— Ai-je voyagé jusqu'ici pour rien ?

— Seul Eylir peut répondre à cette question, rétorqua Gunnar Olafson en se grattant le cou. Tout ce que je sais, c'est que je n'attendais pas votre arrivée. Encore une fois, jamais je n'ai chargé qui que ce soit de me trouver une épouse. Eylir encore moins. Alors, je ne vais pas changer d'avis juste parce qu'une femme débarque sur la plage de mon île avec des doléances qui ne me concernent pas. À présent, je vous souhaite une bonne journée. Puissent les dieux guider vos pas vers l'endroit, quel qu'il soit, où vous devez vous rendre. Je suis sûr que vous ferez, pour un homme, une épouse très capable.

Et il s'éloigna.

Ragn carra les épaules, furieuse. Cet homme, supposé être son sauveur, ne s'en tirerait pas aussi facilement ! Elle allait de ce pas lui faire entendre raison. Le rattrapant, elle le saisit sans façon par le bras, l'arrêtant net dans sa progression. Comme il la fixait, le regard sombre et l'air furibond, elle le lâcha et recula d'un pas.

— Nous arrivons de loin et notre voyage a été très long, déclara-t-elle, tête haute, en s'efforçant d'ignorer la pluie qui ruisselait sur son visage. Pourquoi aurais-je entrepris cette traversée s'il s'était simplement *chuchoté* autour de moi que vous cherchiez une épouse ? Pourquoi aurais-je quitté ma maison et mes amis en cette période de l'année ? Allez-vous enfin écouter ce que j'ai à vous dire ? S'il vous plaît ?

L'homme secoua la tête.

— Si j'écoute, serai-je plus vite débarrassé de vous ? De nombreuses tâches m'attendent qui requièrent toute mon attention ainsi que toute ma disponibilité.

— Je vous en prie, ma sœur tremble de froid. Elle et moi avons traversé la mer en plein hiver à cause de la promesse de votre ami.

L'homme effleura sa barbe.

— Je vous donne jusqu'à la prochaine marée.

Gunnar Olafson scrutait la femme grande et mince qui se tenait devant lui et s'entêtait à lui répéter qu'elle était l'épouse contractuelle qu'il avait réclamée et qu'à ce titre il devait l'écouter. Une épouse ? Jamais il n'en avait demandé et il ne devait en aucun cas en prendre une ! Jusqu'à ce que la malédiction soit levée, en effet, comment pourrait-il risquer la vie d'une femme ?

De plus, l'idée qu'Eylir ait pu lui envoyer *cette* femme était vraiment risible. Avec son visage et son corps anguleux, sa grande bouche et ses cheveux qui, d'après ce qu'il avait entraperçu sous son foulard, n'étaient pas blonds mais noirs comme l'ébène, elle se trouvait très éloignée de son idéal. D'autant plus qu'avec ses raisonnements et son envie évidente de tout diriger, elle était vraiment l'exact opposé de ce qu'il cherchait.

— La mer va bientôt redescendre.

— Vous m'avez donné jusqu'à la marée basse. Ma petite sœur doit se protéger de la pluie.

Elle attendit. De toute évidence qu'il les invitât à le suivre à l'intérieur du château.

À cet instant, une enfant d'une dizaine d'années qu'il n'avait pas encore remarquée rejoignit la femme en courant et lui pressa la main si fort que ses jointures devinrent blanches. Même si la fillette avait les cheveux blonds, la ressemblance entre elle et son aînée était évidente, à cette différence près que son œil droit était tourné vers l'intérieur. Ce détail le troubla. De manière fort curieuse, il songea alors à sa propre petite sœur. Indésirable souvenir arraché à sa mémoire… Se tournant vers la chaloupe qui avait amené la jeune femme et l'enfant, il trouva soudain à l'équipage une allure détestable.

— Où est Eylir ? demanda-t-il seulement.

En fait, il s'attendait presque à voir son drôle d'ami émerger de l'embarcation et en descendre avec le visage et les yeux rieurs qu'il lui connaissait si bien. Sauf que, cette fois, Eylir avait dépassé les bornes et méritait une bonne leçon.

À cette question, une flamme jaillit au fond des yeux de la jeune femme. Ce fut néanmoins sur un ton égal qu'elle répondit :

— Je n'ai aucune idée de l'endroit où se trouve Eylir ni où il est parti après que nous nous sommes séparés sur le quai de Kaupang.

— Je connais Eylir, dit-il, de plus en plus convaincu d'être l'objet d'une plaisanterie.

Et il poursuivit en élevant la voix :

— Allez, l'ami, montre-toi maintenant que tu t'es bien amusé ! Et essayons de voir ensemble ce que tu cherches exactement.

Cessant net de décharger les malles de Ragn, les marins considérèrent Gunnar comme s'il perdait l'esprit. Eylir n'apparaissait toujours pas.

Déglutissant avec un peu de gêne, Gunnar réitéra sa tentative :

— La femme que tu m'as envoyée est-elle vraiment celle que tu menaçais de me trouver ? En tout cas, vous partagez le même sens de l'humour, tous les deux. Cela dit, je trouve que la plaisanterie a assez duré…

Les mouettes continuèrent à tournoyer en criant tels des oiseaux moqueurs, et les vagues à glisser avec indifférence sur la grande plage comme si ce qu'il disait n'intéressait personne.

La jeune femme, de son côté, continuait à le fixer, les sourcils relevés et un petit sourire moqueur au coin des lèvres.

— Il est resté dans le Nord, dit-elle enfin. Des affaires à régler l'ont retenu là-haut. Mais il a dit qu'il viendrait ici au moment de la nouvelle année.

Gunnar remarqua qu'elle avait adopté un ton qui aurait mieux convenu à un jeune enfant qu'à l'adulte qu'il était.

— Quelles affaires ?

— Son petit-cousin est mort. Il devait remettre son domaine en état avant de repartir.

La main de la jeune femme tremblait, révélant sa nervosité. Mais elle poursuivit crânement :

— Eylir et moi sommes alors tombés d'accord pour dire qu'il valait mieux que je parte sans attendre. Plus rien ne me retenait dans le Nord…

Sa voix aussi avait tremblé au cours de la dernière phrase. Pour quelle raison ? Par peur ? Mais de quoi ? Pourquoi cette femme avait-elle bravé la mer en cette période ? Qu'est-ce qui l'avait amenée à risquer sa vie et celle de sa jeune sœur ?

Il fronça les sourcils. S'intéresser à cette femme était vraiment la dernière chose à faire. Mieux valait en effet se débarrasser d'elle au plus vite. S'il éprouvait le moindre attachement pour une femme, elle perdrait la vie.

La malédiction du devin mourant lui revint en mémoire. Bien sûr, ses amis l'avaient prévenu que ce vieillard malfaisant disposait de pouvoirs surnaturels. Malgré cela, refusant de le laisser massacrer les petites filles que ce criminel avait enlevées, Gunnar les avait sauvées. Puis, fou de rage, c'est au devin qu'il avait retiré la vie. Immoler cet homme maléfique en offrande aux dieux lui paraissait bien mieux que d'immoler des petites filles qui lui avaient, de plus, rappelé ses jeunes sœurs. Et son subterfuge l'avait fait bien rire. Mais son rire s'était arrêté net en découvrant ensuite les corps sans vie de sa mère et de ses sœurs. D'après ses recoupements, celles-ci étaient mortes à peu près au même moment que le devin. Peu après, il avait subi la trahison de Dyrfinna, bientôt suivie de sa mort. Gunnar serra les mâchoires, s'efforçant de s'arracher au passé.

L'inconnue devant lui était liée à Eylir, cela ne faisait aucun doute. Mais de quelle manière ? Des affaires de famille avaient forcé son ami à rester dans le Nord ? Il fronça les sourcils. Eylir n'avait pas de sœur. Alors, qui était donc cette femme ?

— Bien sûr…, murmura-t-il.

Forçant un petit rire à sortir de sa gorge, il lança :

— Je comprends tout… En fait, Eylir a préféré m'éviter car il savait trop bien que je lui tordrais les membres l'un après l'autre si je l'attrapais. Votre mari est notoirement connu pour ses plaisanteries, *my lady.*

— Eylir n'est en aucun cas mon mari, le contredit aussitôt la femme. Si vous ne me croyez pas, demandez au capitaine.

— C'est vrai, Eylir a dit à Ragn de venir ici ! s'écria alors la petite fille. Et il va bientôt épouser notre cousine, Trana Ragnardottar.

— Comment sais-tu cela, toi ? s'enquit Ragn, très étonnée.

— Je les ai entendus en parler quand nous sommes partis. Il l'embrassait.

Claquant un gros baiser entre ses lèvres, la petite ajouta :

— Après ça, il va falloir qu'ils se marient vite parce qu'ils vont avoir un tas de bébés.

— Cela n'arrivera jamais, Svana. Pour devenir le mari de sa fille unique, le père de Trana mise sur un autre genre d'homme qu'un vendeur d'épées sans le sou comme Eylir.

Gunnar conserva un visage impassible. Manifestement, son ami leur avait caché sa richesse toute récente.

— Après ce qu'il a fait pour nous, répliqua la fillette, Trana défiera son père !

Et elle leva le menton avant d'ajouter :

— D'abord, je le *sais* ! En plus, juste avant notre départ, j'ai fait un vœu pour qu'ils y parviennent.

Ragnhild laissa échapper un soupir.

— Toi et tes vœux… Tu voudrais que le monde s'ordonne autour d'eux. Mais il faut avoir le sens pratique, enfant !

— Oui, mais Trana trouve qu'elle a les jambes fines et le

derrière avantageux ! confia alors Svana en baissant toutefois un peu la voix.

Gunnar lutta pour conserver son sérieux, tandis que Ragn se pinçait l'arête du nez, le faisant paraître encore plus pâle.

— Tout ceci ne regarde personne, Svana, dit-elle, et sûrement pas Gunnar Olafson. Tiens ta langue, s'il te plaît.

L'enfant baissa la tête.

— Pardon, grande sœur.

Gunnar fixa l'enfant. Elle était bien jeune pour avoir entrepris un tel voyage pendant la saison la plus froide. Cette évidence lui fit l'effet d'un coup de couteau.

Même si Eylir savait enrôler des femmes susceptibles de l'aider, il refusait personnellement de s'abaisser à exposer une enfant à un voyage aussi périlleux.

— Pourquoi Eylir a-t-il envoyé une femme seule et une petite fille, toutes deux vulnérables, sur la mer ?

La femme eut une petite toux nerveuse.

— Comme je vous l'ai dit, c'est à deux que nous avons décidé, Eylir et moi, que je voyagerais seule avec ma sœur, ainsi que les circonstances nous y obligeaient.

Les *circonstances* ? Quelque chose avait poussé l'inconnue à embarquer, c'était évident. Comme il était évident qu'elle tenait à en garder la raison secrète.

— Vraiment ?

— Si seulement il était ici, s'exclama-t-elle, vous vous salueriez comme il se doit et, en ce qui nous concerne toutes les deux, nous ne serions pas contraintes de demeurer sous cette pluie battante !

Ce disant, un long frisson la parcourut de la tête aux pieds. Néanmoins, elle demeura droite, les bras le long de son corps svelte.

Son accusation à peine voilée de manquer aux règles les plus élémentaires de l'hospitalité toucha d'autant plus Gunnar qu'il l'estima justifiée. Sa propre mère aurait été horrifiée de le voir se comporter ainsi dans une situation pareille.

— Suivez-moi à l'intérieur du château, dit-il. Il faut que vous vous mettiez à l'abri.

Il vit les yeux de la femme s'illuminer.

— Merci, dit-elle en se dirigeant vers ses malles.

Ah non ! se dit-il en serrant les dents. Il avait beau l'avoir laissée remporter un point, elle allait apprendre qu'il n'y en aurait pas de second. De manière indéniable, elle n'était *pas* l'épouse qu'il lui fallait.

— Vos malles restent dehors, décréta-t-il. Ce grain sera passé sous peu.

Avec ses joncs crasseux au sol, ses bancs à moitié terminés et son âtre presque froid, cette salle semblait n'avoir qu'un intérêt : offrir un abri contre la pluie… Quoi qu'il en fût, Ragn allait faire comprendre à ce guerrier qu'elle et Svana devaient passer la nuit ici et que reprendre la mer pour retourner à Kaupang n'était pas une option. Ensuite, elle songerait à l'avenir. Procéder par petits pas plutôt que se focaliser sur l'énorme montagne d'obstacles qui se profilait à l'horizon.

— Est-ce qu'il y a eu une erreur, Ragn ? demanda Svana dans un murmure. Il va nous autoriser à rester, n'est-ce pas ? Il ne va pas se conduire comme… Vargr ?

Ragn jeta un coup d'œil vers l'endroit où Gunnar était en train de remplir des chopes de bière.

— Nous avons l'avenir devant nous, répondit-elle en se baissant au niveau de sa sœur. Alors, laisse le passé derrière toi. Quant à Vargr, ne le mentionne plus jamais. Pour nous, il est mort.

Svana hocha la tête en silence. L'enfant était trop jeune pour comprendre que, si Gunnar apprenait l'identité de son beau-frère ou la nature du danger auquel elles avaient été exposées à Viken, il leur fermerait la porte comme tant de leurs soi-disant amis l'avaient fait avant lui.

— Promets-moi de te souvenir de ce que je viens de te dire, ajouta-t-elle à l'adresse de sa sœur.

La petite fille se tritura la lèvre inférieure du bout des doigts.

— Je vais essayer.

Ragn sortit de sa poche le bâton runique qu'elle avait réussi à faire écrire par Eylir. Dedans, Gunnar Olafson trouverait toutes les raisons de se montrer plus hospitalier.

Après avoir fini de rassurer le capitaine et d'offrir à boire à ses hommes, Gunnar la rejoignit à l'endroit où elle s'était installée avec sa sœur. Elle lui trouva une expression encore plus dure que tout à l'heure. Svana recula, retrouvant sa place préférée tout contre sa sœur.

— Vous êtes à l'abri de la pluie, dit-il. Je vous écoute.

Pas de *s'il vous plaît*, aucune courtoisie d'aucune sorte. Peut-être parce que, après l'avoir observée, il ne l'estimait décidément pas assez jolie. Elle se raidit. De toute façon, ce mariage n'était pas censé se justifier par une quelconque attirance mutuelle. Il ne s'agissait que d'un échange de bons procédés.

— Nous devons discuter du mariage que nous avons contracté, déclara-t-elle.

Gunnar Olafson souffla entre ses dents serrées.

— Je connais mon ami. Dites-moi la vérité. Où est Eylir ?

Deux taches rouges apparurent sur les joues pâles de la femme, leur conférant un peu de la couleur qui leur avait manqué jusqu'à présent. Comme si un grand coup de vent la régénérait soudain.

Il connaissait ce genre de fille pour en avoir rencontré beaucoup dans le vieux pays où il avait grandi. Comme elles, celle-ci devait être au courant des cancans de la cour et savoir préparer un repas fin. Mais pour les travaux éreintants à effectuer sur cette île, mieux valait sûrement ne pas compter sur elle. En la renvoyant de Jura, il lui rendrait certainement un grand service.

— Quand on m'a laissé entendre, reprit la femme sans répondre à sa question, que vous cherchiez une épouse et que je correspondais à son profil, j'y ai vu la parfaite occasion d'échapper à la vie que je menais. Mon mari étant mort, ma sœur et moi n'avons en effet plus d'homme pour nous protéger.

Ragnhild Thorendottar marqua une pause pour reprendre son souffle. Puis elle poursuivit :

— Il est possible que quelqu'un ait voulu faire une mauvaise plaisanterie, Gunnar Olafson, mais dans ce cas, elle était plutôt dirigée contre ma sœur et moi que contre vous ! Car à cause de cette prétendue offre, j'ai tout abandonné. Oui, pour cette nouvelle existence que l'on m'a fait miroiter, j'ai quitté ma maison et ce que j'avais de plus cher. À présent, je ne puis repartir avec ces hommes sur cette chaloupe, sachez-le.

Elle avait parlé d'une voix claire et décidée, tandis que son regard franc et direct ne dissimulait rien. Quant à sa manière de lever le menton, elle lui rappelait sa mère lorsqu'elle estimait que le monde se dressait contre elle et qu'une flamme s'allumait au fond de son regard argenté.

Une petite voix gênante s'insinua dans la tête de Gunnar : s'il avait l'intention de renvoyer cette femme, pourquoi donc l'observait-il de si près ? La réponse lui échappait. Personne, que ce soit une femme ou un homme, n'avait à lui dicter ce qu'il devait faire ni qui il devait épouser. Il avait gagné le droit de décider par lui-même. Or il n'avait pas choisi cette femme.

— Je crois surtout que mon ami a agi sans réfléchir aux conséquences de son acte, grommela-t-il en poussant vers la femme la chope qui restait et en attendant qu'elle décline.

Car, d'après ce que sa mère lui avait transmis, les jolies ladies faisaient toujours la fine bouche quand on leur proposait de la bière ou de l'hydromel.

Celle-ci, néanmoins, prit la chope et lui effleura les doigts. Gunnar découvrit alors la ligne de son cou et ses longs doigts déliés. Surpris, il remarqua aussi la manière dont sa robe laissait deviner ses courbes délicates au lieu de les révéler. L'envie de les découvrir et de les explorer le saisit aussitôt.

En réalisant ce qui lui arrivait, il tenta d'enfouir son élan très profondément en lui. Sans le moindre doute, sa réaction venait certainement du fait que l'édification du château l'avait trop accaparé pour lui laisser le temps de chercher une compagne. Mais les célébrations de Yule approchaient, ainsi que sa prestation annuelle de serment au château de Kolbeinn. Là-bas, il serait sûr de trouver une blonde plantureuse, oubliable dans l'instant mais qui satisferait ses besoins.

Face à lui, la femme l'observait de ses prunelles tachetées d'argent.

— Qu'allons-nous faire de cette fausse promesse ?

Gunnar se passa la main dans les cheveux. Mieux valait que cette Ragnhild Thorendottar parte maintenant. Avant qu'il commence à espérer que la malédiction soit levée. Avant qu'il se rende responsable de la mort d'une autre femme…

— Eylir a clairement dépassé les bornes, déclara-t-il. Quand, un peu avant Yule de l'année dernière, j'ai évoqué la possibilité de me fiancer, c'était parce que je pensais me rendre dans le Nord une fois que le château et le domaine auraient prospéré. Ketil aurait alors compris qu'il devait patienter.

Le peu de respect avec lequel Gunnar avait prononcé le nom du chef suprême n'échappa pas à Ragnhild.

Elle brandit un bâton runique.

— Le *roi* Harald a édicté un nouveau décret. Pour rester sur les terres qui leur ont été attribuées, tous les hommes concernés doivent être mariés. Eylir a donc agi dans votre strict intérêt.

Le ton de son interlocutrice disait clairement qu'en passant outre il se conduirait comme un idiot. Il serra les poings. À l'époque où il faisait partie de la garde rapprochée de l'empereur byzantin, Harald-à-la-Belle-Chevelure avait été l'un de ses proches compagnons d'armes. Le roi attendait-il vraiment que tout le monde respectât ce décret ? Gunnar en doutait.

— Des exceptions sont toujours possibles, fit-il remarquer. Le passé l'a prouvé. C'est pour servir ses propres intérêts que Harald les applique uniquement quand et où il le décide. En ce qui concerne Kolbeinn, celui-ci se réfère à son propre homme de loi. Quant à Eylir, j'ai toujours pensé que les femmes n'étaient pas pour lui source d'anxiété au point de le presser à le marier.

— Peut-être, mais, dans la mesure où votre ami se trouve sur place à Kaupang, il est mieux placé que vous pour juger de l'humeur du roi et de sa cour.

— Comment est mort votre mari ?

— Oh…, l'histoire est plutôt ennuyeuse et ne vous serait d'aucune utilité si je vous la racontais maintenant.

— Je crains que nos opinions sur le sujet divergent. Eût-il vécu que vous ne seriez pas ici en ce moment. Vous eût-il légué des terres que vous seriez restée dessus.

— Personne ne peut réécrire l'histoire.

Gunnar fronça les sourcils.

— Me pensez-vous donc si naïf que je croie sur parole tout ce que l'on me dit ? Comment puis-je même être sûr que c'est bien Eylir qui vous envoie ?

En guise de réponse, elle lui tendit le bâton runique avec un sourire resplendissant.

— Lisez ces runes. Si vous voulez, je peux vous éclaircir sur le sens de celles qui ne vous seraient pas familières.

Il serra les dents. Que contenaient ces runes ? Quels secrets Eylir avait-il dévoilés à cette femme ? Sa difficulté personnelle à déchiffrer les runes pouvait être source de moquerie et il n'avait pas envie que Ragnhild Thorendottar se moquât de lui. Était-ce sa faute s'il possédait plus de talent au maniement de l'épée et de la hache qu'à la lecture ?

Il arrêta son regard sur le texte.

— Ça va, elles sont assez claires.

— Vous semblez sceptique. Voulez-vous davantage de preuves ?

Elle fit signe au capitaine.

— Venez dire à cet homme qui a acquitté mon voyage et pour quelle raison.

L'homme de la mer se hâta vers eux et confirma les dires de la femme.

— Votre ami m'a dit que vous étiez quelqu'un de juste, reprit-elle en se tournant de nouveau vers Gunnar. J'ai fait un long voyage et beaucoup misé sur ce mariage qui se révèle n'être qu'une fausse promesse.

Elle fit un pas en avant tandis que son regard prenait un éclat argenté qui fit ressortir la pâleur de son teint.

« Quelqu'un de juste ». Il ferma fort les yeux et crut voir Eylir en train d'accompagner son affirmation de l'un de ces rires dont il avait le secret et qui détendaient tout de suite les gens dénués de méfiance.

— Où pouvez-vous vous rendre à présent ? demanda-t-il. Allez-vous retourner à Viken, dans votre famille ?

— Si je paie, je suis sûre que le capitaine m'emmènera bien quelque part.

Il décela la peur derrière son air bravache.

— Si vous payez *bien*, corrigea à cet instant le capitaine en claquant la langue.

Derrière lui, l'équipage se mit à rire sous cape. Dans son for intérieur, Gunnar comprit alors qu'il n'y aurait pas de prochain rivage pour la femme ni pour l'enfant.

— Attendez.

Il posa la main sur le bras tremblant de Ragnhild. Tout au fond de lui, quelque chose le touchait. Il lui semblait voir vraiment cette femme pour la première fois. Tout ce que Ragnhild Thorendottar faisait en ce moment était de se comporter comme il aurait vu sa propre mère le faire après la mort de son mari si cette possibilité lui avait été offerte.

— Eylir vous a envoyée sur mon île, repartit-il. J'ai donc obligation d'assurer votre sécurité. Vous restez ici. Mais en ce qui concerne le mariage, je choisirai moi-même ma partenaire.

— Pourquoi ? demanda-t-elle dans un murmure. Ma sœur et moi sommes pour vous de parfaites inconnues.

— Je détesterais que vos ombres reviennent me hanter. Or cette chaloupe me semble à peine capable de reprendre la mer, répondit-il, optant pour une semi-vérité.

Ragnhild Thorendottar éclata d'un rire amer.

— Si je mourais, il y a bien d'autres gens que mon ombre viendrait tourmenter avant vous !

Il hocha la tête, à présent sûr d'avoir pris la bonne décision.

— C'est le moins que je puisse faire après le long voyage que vous avez entrepris.

Il s'agissait pour lui de fournir un abri à cette femme et à sa jeunc sœur, non de les faire entrer dans sa vie.

— J'accepte votre proposition, répondit alors la femme en lui tendant la main. Comme invitée, non comme fiancée…

Chapitre 2

Ce fut sous une pluie torrentielle que la pâle lumière du ciel commença à envelopper la montagne de longues traînées pourpres. Mais au moins, Ragn savait qu'elle avait maintenant les pieds sur la terre ferme et qu'ils allaient y rester ! Se trouver ici, même avec un hôte réticent, valait mille fois mieux que repartir sur le bateau où, aux premiers signes de tempête, l'équipage l'aurait jetée avec Svana par-dessus bord. Heureusement aussi qu'elles avaient échappé à Vargr ! En fin de compte, les dieux leur avaient tout de même accordé le plus précieux des cadeaux : du temps.

— Où sont les servantes ? demanda-t-elle en regardant autour d'elle.

— Pour l'intendance, répondit Gunnar, je me débrouille seul. Je sais même brasser la bière et cuire la viande. De leur côté, les épouses de mes acolytes s'emploient avec talent à manier le fuseau et le métier à tisser. Cette organisation me permet de goûter au silence. Car je l'apprécie particulièrement.

Là-dessus, il lui adressa un sourire un peu supérieur mais qui eut pour effet de donner à son visage un charme irrésistible. Avec un sourire pareil, se dit-elle, les femmes qui gravitaient autour de lui devaient toutes fondre et se plier à ses quatre volontés. En silence, elle prit la ferme résolution de ne pas rejoindre leur cohorte.

— Bien sûr…

— Après tant d'années passées à guerroyer, je suis fatigué du bruit…

— Vous avez sûrement des servantes ou…

En vérité, elle aurait voulu dire à cet homme que les chiens terrifiaient Svana. Mais comment s'y prendre ? N'importe quel début d'explication l'entraînerait inéluctablement à parler de Vargr. S'ensuivraient les questions malvenues qu'il lui poserait sur le domaine et sur le reste : pourquoi il ne se trouvait pas d'homme dans son entourage prêt à se battre pour défendre ses droits ou pourquoi elle et sa sœur étaient soudain aussi isolées. *Plus tard…*, promit-elle à la petite voix en elle qui attendait une réponse. Car, maintenant qu'elle savait que le mariage n'aurait pas lieu, il lui fallait repenser toute la situation.

— Non, répondit Gunnar en fronçant les sourcils. Je ne vois d'ailleurs pas l'utilité de m'entourer de servantes pour devoir endurer leurs jacassements et leurs babillages sans fin.

« Endurer… »

Elle sentit son cœur dégringoler.

— Eylir a oublié de me dire que vous n'aimiez pas les femmes…, observa-t-elle d'une voix froide.

Une petite fossette se creusa dans la joue de Gunnar.

— J'aime les femmes au bon moment et au bon endroit, dit-il. Mais dès qu'elles sont ailleurs que dans mon lit, la plupart d'entre elles pépient comme des moineaux jusqu'à me donner mal à la tête. Et quand elles repartent, c'est en laissant un désordre fou qu'il faut ranger.

Ragn s'accorda deux longues inspirations.

— Les raisons pour lesquelles votre ami désespère de vous voir un jour marié m'apparaissent maintenant évidentes…

— À quelques jours près, vous ne m'auriez pas trouvé, dit-il dans l'intention évidente de changer de sujet. Je vais me rendre à Colbhasa où vont se tenir les célébrations de Yule. En attendant, vous ne trouverez pas ici le confort auquel vous devez être habituée mais il saura vous contenter pendant la courte durée de votre séjour. Votre départ me rendra ensuite ma solitude. À propos… Ai-je précisé à quel point j'appréciais le calme ?

Ragn ignora les allusions de Gunnar à son départ. Elle avait suffisamment mal à la tête comme ça et se concentrer sur des faits positifs lui avait de toute façon toujours paru beaucoup plus intelligent que de s'attarder sur les insuffisances des autres.

— Quand aviez-vous prévu de partir pour le Nord ? demanda-t-elle. Lorsque vous auriez décidé de trouver une fiancée ?

Elle marqua une pause. Que lui avait exactement dit Eylir sur Gunnar Olafson ? Impossible de s'en souvenir. Sans doute parce qu'elle avait écouté Eylir d'une oreille distraite. Son soulagement de ne plus avoir besoin de se cacher était alors si récent…

Comme Gunnar ne répondait pas, elle reprit :

— Ou bien aviez-vous déjà inventé une bonne raison de vous rendre ailleurs qu'à la chasse à la fiancée ?

— Eylir vous a raconté des histoires à dormir debout, dit-il, le visage dur. Moi, j'ai mes terres dont je dois m'occuper. Alors, à quoi bon prendre femme si l'idée même de gérer le château l'intimide et la fait reculer ? À quoi bon avoir des enfants s'ils meurent de faim parce que vous n'avez pas réuni assez de provisions faute de hangar où les entreposer ? Lorsque je serai sûr de pouvoir assurer leur survie, je partirai à la recherche d'une épouse.

— Que faites-vous du décret du roi ?

— La vaste étendue d'eau qui me sépare du roi et de son nouveau château étincelant comme de l'or par un soir d'été me protège. Il en est d'ailleurs de même pour bien d'autres ayant reçu une terre et non mariés comme moi.

Elle sentit son cœur se desserrer un peu. Ce n'était pas contre elle que Gunnar Olafson en avait, mais contre l'idée même de mariage. Peut-être qu'avec le temps… Dans l'instant, elle chassa cette pensée. Pas question de recommencer à entretenir des illusions. Elle savait ce qu'un homme pouvait penser d'elle : trop grande, la bouche trop large, sans parler de ses longs cheveux soyeux partis en fumée dans l'incendie… En même temps que sa dot.

— Retourner dans ma famille à Viken n'est pas envisageable. Pourquoi refu…

— C'est moi qui choisirai ma propre femme, l'interrompit-il. Pas Eylir. Pour ce faire, je me rendrai dans le Nord ainsi que je l'ai juré sur la tombe de ma mère.

Il la regarda de haut en bas.

— Le genre de femme que j'ai à l'esprit ne correspond pas du tout à ce que vous pouvez offrir.

Ces mots la blessèrent plus qu'ils auraient dû. Après les piques de Hamthur, elle aurait pu y être habituée, mais la petite part en elle qui lui répétait que son défunt mari n'avait tout simplement pas été le bon continuait à vouloir se faire entendre. Quelque part non loin d'elle existait nécessairement un homme capable de l'apprécier et qui la traiterait avec respect. Mais pour le moment, sa priorité était de s'installer avec Svana dans un endroit sûr, autrement dit éloigné de la zone d'influence de Vargr.

— C'est limpide, dit-elle d'une voix tendue. Merci.

— Pardonnez-moi si je vous ai offensée. Je voulais seulement dire que ma femme ne devra pas entreprendre de voyages sans quelqu'un pour la protéger. Si vous aviez poursuivi le vôtre avec ces hommes, ils vous auraient tuée, vous ou votre sœur.

Elle accrédita la fausse excuse d'un léger signe de tête.

— Je vois.

— En ce qui me concerne…, reprit Gunnar en se passant la main dans les cheveux, je suis plus habitué à la compagnie des guerriers qu'à celle des ladies. C'est une lacune que je vais d'ailleurs devoir combler avant de partir dans le Nord pour leur faire ma cour.

— Quand un homme courtise des ladies, elles s'attendent à ce qu'il leur murmure une certaine quantité de mots qui seront doux comme le miel.

Gunnar laissa échapper un grand rire qui la réchauffa jusqu'au fond du cœur.

— Vous savez composer des phrases douces-amères et les mots ne vous font pas peur. Peut-être pourriez-vous en même temps apprendre ceux qui sont *doux comme le miel*, justement…

— Je ne puis dire que cela me soit très naturel, mais laissez-moi essayer.

Elle fit une brève révérence et se lança :

— Je suis heureuse que vous ayez eu pitié de ma sœur comme de moi-même et que vous nous ayez permis de rester. Quant à votre appréciation sur le capitaine qui nous a amenées jusqu'ici, je la partage tout à fait. Retourner dans le Nord avec cet homme ne nous aurait rien apporté de bon.

— Et votre famille n'aurait pas apprécié votre retour…

Elle fixa les joncs sales au sol. Les mots de Gunnar approchaient la vérité de bien trop près. Il fallait qu'elle reprenne le contrôle de la conversation et l'éloigne des sujets dangereux comme la raison pour laquelle sa propre famille la laissait sans soutien.

— Peut-être vous remercierai-je un jour de ne pas m'avoir choisie pour épouse… De toute façon, je n'ai pas l'intention de prendre pour mari un homme qui ne voudrait pas de moi. Il faut sans cesse regarder en avant sans s'accrocher aux erreurs passées. Voici un principe dont je n'ai jamais douté.

— Je suis certain que vous appliquez vos principes. J'ai trop mauvais caractère pour ne pas éprouver un certain mépris pour les subtilités des conversations bien lisses. De la même façon, les petits conforts de l'existence m'importent peu. Les femmes que j'ai connues ont d'ailleurs remarqué ces défauts.

— Nous pourrions alors devenir amis… Ne serait-ce que parce que nous aurons su éviter une situation qui nous aurait rendus tous deux malheureux.

— Les hommes et les femmes peuvent-ils devenir amis ?

— J'aime à croire qu'ils le peuvent, oui, répondit-elle en espérant ne pas se tromper.

Jusqu'à la mort de sa mère, ses deux parents avaient en effet entretenu une profonde amitié. Après ce décès, Ragn avait régulièrement vu son père verser des larmes.

— Je vous considère en tout cas comme tel, reprit-elle, car vous nous avez sauvé la vie.

Il eut une petite inclinaison de la tête.

— Demain matin, je vous accompagnerai à Ile. Le commandant Sigurd Sigmundson est un ami. Il trouvera un bateau pour vous ramener dans le Nord dès que le printemps aura permis la reprise du trafic maritime.

Ragn se mordilla la lèvre. Elle avait entendu parler d'Ile. Quelques années plus tôt, Vargr y avait mené une affaire. Mais entre-temps, le commandant du port avait changé.

— Le capitaine et son équipage avaient peur du regard de Svana à cause de son œil, dit-elle, et j'ai dû sacrifier un collier en or pour que la mer se calme. Si chose semblable devait se reproduire, je doute de parvenir à un quelconque résultat.

— Les imbéciles…, grommela Gunnar en secouant la tête. Comme si l'apparence d'une passagère importait davantage que les qualités du capitaine ou du navigateur ! Ils pourraient au moins se rappeler que le dieu Odin n'a qu'un œil et que cela ne l'empêche pas de diriger son navire ! Quant à votre sœur, elle voit…

Le hurlement d'un chien interrompit Gunnar. Il pencha la tête sur le côté.

— Quelque chose ne va pas ? s'enquit-elle tandis que Svana affichait un air inquiet.

La seconde d'après, celle-ci se jetait à terre, révélant au maître de céans, par son étrange attitude, l'autre raison de la frayeur qu'elle inspirait à l'équipage.

— Tout à l'heure, en voyant approcher la chaloupe, expliqua-t-il, j'ai enfermé mes chiens dans la grange. Ils n'aiment pas les têtes inconnues.

— Ont-ils le droit de pénétrer dans le château ? demanda Ragn tout en réfléchissant à la meilleure manière de rassurer Svana.

— Restez ici à l'abri et au chaud avec votre sœur jusqu'à mon retour, lui commanda-t-il en guise de réponse.

Elle se baissa vers sa sœur, lui saisit la main.

— Tout va bien se passer, ma douce. Nous sommes hors de danger.

Se redressant, Ragn tourna les yeux vers la fenêtre et

regarda l'homme s'éloigner. Elle avait jusqu'à demain matin pour faire changer Gunnar Olafson d'avis et le convaincre de les autoriser à rester…

Quand les dernières braises du feu furent éteintes, un froid glacial se répandit dans la pièce, donnant à Ragn l'impression qu'il s'infiltrait aussi en elle par tous les pores de sa peau. Gunnar lui avait demandé d'attendre, mais il n'était pas question pour elle de rester ici sans rien faire. Il fallait absolument qu'elle s'occupe. À chaque expiration, de la buée s'échappait de ses lèvres. S'occuper les mains l'aiderait à trouver quelque sérénité.

Svana renifla et se frotta les yeux.

— Devrons-nous vraiment partir d'ici demain, Ragn ? Est-ce que les chiens vont me manger ?

— Je t'ai déjà protégée de chiens un jour. Il ne me sera donc pas difficile de réitérer.

— Ce sont mes yeux dont l'homme a peur ? La sorcière disait que mon regard ne pouvait engendrer que de la désolation.

Le cœur de Ragn se serra. C'était typique de Svana : se faire des reproches quand bien même sa responsabilité n'était nullement engagée.

— La sorcière a eu beau prétendre le contraire, c'était une créature de Vargr. Combien de fois devrai-je te le répéter ?

— Ragn, j'ai mal au ventre… Est-ce qu'on va mourir de faim ?

— Pas si je peux l'en empêcher, petite sœur, répondit-elle en se penchant sur l'enfant. Fais-moi confiance. Je vais faire en sorte que nous restions ici, dans ce domaine.

— De quelle manière ?

— Pour commencer, je vais cuisiner un vrai repas chaud. Comment, en effet, réfléchir avec un ventre vide qui proteste ? J'avais placé des herbes séchées et des champignons dans nos malles. En entrant tout à l'heure avec Gunnar Olafson, j'ai repéré où se trouve la cuisine. Alors, rendons-nous-y tout de suite. Inutile de prolonger notre séjour dans cette immense salle vide et glaciale.

Svana fronça le nez mais son expression terrifiée avait disparu.

— En quoi préparer un repas pourra-t-il nous aider à demeurer plus longtemps ici ?

— Cet homme se languit du vieux pays, d'après son ami Eylir. Peut-être que si je lui en procure un… avant-goût, son humeur s'améliorera. Quant aux chiens, ne t'en fais pas, d'une manière générale, ils ne sont pas admis en cuisine. Dans cette pièce, tu as donc toutes les chances d'être tranquille.

— Vraiment ? demanda l'enfant.

Ragn acquiesça avec assurance. De toute façon, même si son plan échouait, elles auraient toutes deux pris un repas convenable, luxe qui ne leur avait pas été proposé depuis qu'elles avaient quitté le Nord.

Sa jeune sœur tapa dans ses mains.

— Tu vas réussir, j'en suis certaine !

Gunnar profita de son petit trajet jusqu'à la grange pour reprendre le contrôle de lui-même. La pluie froide et battante apportait un réconfort inattendu. Cette femme, cette Ragnhild, ne connaissait rien de lui ni de sa manière d'évoluer. Pire, elle partageait l'avis d'Eylir selon lequel les vraies raisons qu'il avançait pour refuser de se marier ne seraient que de piètres excuses. Il soupira. Puissent les dieux le sauver des femmes trop promptes à réagir. Sa mère aussi avait parfois su montrer des réactions hâtives, mais son cœur restait bon. Ragnhild Thorendottar avait-elle également bon cœur ? Comment le savoir ? Elle avait surtout le regard fier de quelqu'un qui s'attend à ce que chacun s'incline devant elle.

C'était aussi sans mal qu'il imaginait toutes les règles qu'elle imposerait s'il lui laissait approcher sa table. À quoi avait bien pu penser Eylir en l'envoyant ici ? D'ailleurs, il était persuadé que Ragn ne lui avait pas tout raconté. Ragnhild

Thorendottar avait une raison bien précise d'avoir entrepris un voyage aussi risqué, il en était certain.

À peine eut-il ouvert la porte de la grange que ses deux chiens-loups se précipitèrent vers lui pour le lécher en guise de bienvenue. Chaque fois qu'il les voyait, il se sentait mieux et de meilleure humeur. Kolka, le plus âgé, poussa un aboiement prolongé comme s'il lui demandait pour quelle raison il lui avait fallu tant de temps pour se débarrasser d'une malheureuse chaloupe.

— Nous avons des visiteuses, dit-il en les regardant tour à tour.

Les deux chiens inclinèrent la tête sur le côté, donnant l'impression de le comprendre.

— Alors, essayez de vous tenir jusqu'à ce que j'arrive à m'en dépêtrer.

Kefla, le chien-loup à la robe mouchetée, geignit, lui rappelant soudain qu'il lui restait quelques tâches dont s'acquitter avant la tombée de la nuit comme de nourrir le bétail et vérifier que les animaux étaient propres. Bien sûr, il aurait pu demander à l'un de ses hommes de s'en occuper mais elles lui plaisaient parce qu'elles se trouvaient à mille lieues de la puanteur et de la crasse des champs de bataille.

Tout en œuvrant, il se promit que le lendemain matin il emmènerait ses deux invitées dans un endroit tout à fait sûr où l'on s'occuperait d'elles comme il fallait.

Ce fut seulement lorsque les animaux furent nourris qu'il prit conscience de n'avoir rien mangé depuis la veille ! Kolka et Kefla devaient être affamés. Un juron lui échappa. Ses visiteuses aussi étaient sûrement en train d'attendre qu'il leur apporte de quoi manger.

Il connaissait les femmes comme Ragnhild qui ne levaient en général jamais le petit doigt. Cela expliquait d'ailleurs pourquoi elle s'était enquise immédiatement de la présence de servantes au château. Afin de leur passer ses ordres. Mais il allait se débrouiller pour leur donner lui-même de quoi s'alimenter. La fillette lui avait paru affamée.

— Après tout, dit-il tout haut, du pain dur et du fromage valent mieux que rien…

Les chiens levèrent la tête vers lui avant de filer en direction de la grande salle.

Comme il les suivait, il ralentit le pas, l'un air troublé, avant de s'arrêter tout à fait pour respirer la délicieuse odeur qui emplissait la cour. Dans la seconde, ce fumet le ramena à son enfance. Il secoua la tête. Par le ciel, il devait être encore plus affamé qu'il le croyait ! Voilà qu'il se mettait maintenant à avoir des hallucinations olfactives et à reconnaître l'odeur du ragoût que lui faisait sa mère.

Il entra dans la cuisine. Un feu brûlait dans l'âtre et de la viande cuisait. La femme était penchée au-dessus de la marmite. Il remarqua sa chute de reins et sa taille joliment cintrée. Elle était beaucoup plus jolie que ce qu'il avait d'abord cru.

Son ventre gargouilla, annonçant sa présence. La femme sursauta légèrement, lâchant sa longue cuillère en bois.

— Nous avions faim, toutes les deux, expliqua-t-elle avec un sourire en ramassant la cuillère. Alors, j'ai pensé que ce serait une bonne idée de préparer un repas. Un simple ragoût avec les restes que j'ai trouvés. Il y en avait beaucoup. J'espère que cela ne vous dérange pas. Cela faisait si longtemps que Svana n'avait rien mangé de chaud ! Vous arrivez juste au bon moment.

— Vous avez cuisiné du ragoût ?

Elle haussa les épaules.

— En quelque sorte. La viande est moins tendre que j'aurais voulu mais une petite fille en train de grandir doit manger à sa faim. Se restreindre relève presque pour elle de l'impossible.

Il avait oublié à quand remontait son dernier vrai ragoût. Récemment, ses tâches l'accaparaient tant qu'après avoir fait cuire un morceau de viande pour ses chiens, il se contentait personnellement d'un morceau de pain agrémenté de fromage.

— Cette odeur me renvoie à mon enfance, reconnut-il.

— Il est étrange que les odeurs arrivent à provoquer ce genre de souvenir, répondit-elle. Moi, par exemple, le foin fauché me rappelle systématiquement mon grand-père quand il me soulevait dans ses bras pour me faire monter dans la grange à foin.

Comme elle replaçait une mèche de cheveux derrière son oreille, il remarqua qu'elle était moins blafarde que quand il l'avait vue sur le rivage. À présent, un peu de rose lui colorait les joues. Décidément, Ragn était saisissante. Elle lui faisait penser à la déesse Skaldi, dont le père était un humain, mais qui avait trouvé sa place parmi les dieux.

— J'avais apporté des herbes de Kaupang, dit-elle. Je me serais vraiment sentie honteuse de ne pas en profiter un soir comme celui-ci.

— L'odeur est délicieuse.

— J'ai déjà cuisiné le porridge pour demain et je l'ai agrémenté de quelques groseilles. Oui, je préfère le préparer et le laisser toute la nuit près des braises. Cela fait gagner du temps le lendemain.

Elle rosit.

— Je n'aime pas rester inoccupée…

— Ma mère faisait pareil : utiliser des groseilles pour certains plats et les préparer la veille. Et chaque fois, il lui fallait me chasser de la cuisine pour m'empêcher d'en prélever un peu en cachette.

Après avoir découvert les cadavres de sa mère et de ses sœurs, Gunnar n'avait plus supporté le moindre détail lui rappelant sa famille. Mais voilà que le désir de retrouver la saveur un peu acide du porridge à la groseille venait de lui faire remonter le temps.

— C'ést un souvenir que j'avais oublié…

— Nous sommes donc d'accord pour penser que les groseilles se mangent le matin, remarqua-t-elle gentiment.

— Autrefois…, reprit-il tandis qu'elle sortait des bols qu'il n'avait encore jamais vus.

— Si nous laissions le passé derrière nous ? l'interrompit-elle sur un ton calme en remplissant avec adresse un bol de ragoût qu'elle posa devant lui avant d'en attraper un autre pour elle et un pour sa sœur.

Elle le fixa.

— Oui, laissons chacun le nôtre derrière nous. Nouveau départ…

Gunnar goûta au plat sans attendre. Son goût valait sa senteur.

Ragnhild n'était pas un être sans intérêt. Il était allé bien trop vite en la jugeant. Baissant la tête, il resta soudain interdit. Son bol était quasiment vide. Il l'avait presque terminé sans s'en rendre compte.

Ce fut l'instant que choisirent Kolka et Kefla pour faire leur entrée. Ils s'assirent devant Ragnhild en agitant la queue et en poussant de petits gémissements. Elle se leva et remplit deux bols pour eux

— Vous devriez manger, dit-il en attrapant sa cuillère.

Ce ragoût lui faisait beaucoup de bien. À vrai dire, il avait presque oublié à quel point le simple fait de manger pouvait se révéler agréable et combien la nourriture pouvait être bonne.

— Svana, dit Ragnhild, pourquoi ne prends-tu pas le bol que je t'ai servi ? Il va refroidir.

Regardant en direction de sa sœur, elle la surprit, toute raide sur son banc, et le regard vide.

— Tu avais promis, Ragn ! Pas de chiens. Pas ici ! Tu avais dit pas dans la cuisine ! S'il te plaît, non !

— Svana… Viens près de moi, dit Ragn en tendant la main vers la petite. Tu vois bien que les chiens sont occupés à manger leur portion !

La fillette se leva mais, au lieu de rejoindre directement sa sœur, évita les chiens au prix d'un grand détour. En l'apercevant, ils lui adressèrent néanmoins de joyeux aboiements… qui la firent trembler de peur. Les yeux gris de Svana étaient emplis d'effroi quand elle arriva enfin près de Ragnhild, se jetant littéralement dans les bras de sa sœur.

Gunnar fronça les sourcils. Il n'était pas normal qu'une enfant ait à ce point peur de deux chiens à la gentillesse flagrante.

— Qu'est-ce que notre hôte va penser de nous, Svana ? demanda Ragnhild en soulevant sa sœur pour l'asseoir devant l'endroit où se trouvait son bol. Ces animaux sont très bien élevés et ne te feront aucun mal.

Un peu convaincue, la petite s'arrêta de renifler. Son visage baissé réapparut derrière le rideau de ses cheveux.

— Je ne voulais pas mal me conduire. Je ne l'ai jamais voulu.

— Mange, ma douce. Et laisse ces chiens profiter en paix de leur repas. Une fois qu'ils auront fini, je suis sûre qu'ils auront mieux à faire qu'embêter une petite fille en train de souper.

Sur ces mots, Ragn ajouta de la viande dans les bols des chiens et dans celui de Gunnar.

La petite fit soudain malencontreusement tomber sa cuillère, et Kefla leva la tête de son bol et fouilla le sol des yeux. Svana blêmit.

— Les mains de votre sœur tremblent, remarqua Gunnar tandis que des souvenirs d'Asa, sa plus jeune sœur, lui revenaient en mémoire, et comment son défaut à l'œil avait effrayé les autres villageois qui, à cause de cela, avaient toujours évité la famille.

— Le voyage en mer a perturbé ma sœur, dit Ragnhild.

Sa remarque fut aussitôt suivie d'un cri. Un cri de terreur. Svana avait relevé les jambes sur sa chaise. De son côté, Kefla s'était arrêté net et inclinait la tête d'un air un peu égaré.

— Est-ce qu'ils ne pourraient pas sortir, les chiens ? s'écria l'enfant d'une voix forte. Juste pour ce soir…

— Quand il fait froid et qu'il pleut dehors, mes chiens aussi aiment être à l'abri devant un bon feu.

Ragnhild s'éclaircit la gorge.

— Svana, je crois qu'il vaut mieux que l'on te trouve tout de suite un endroit pour dormir. Notre longue traversée t'a épuisée et tu tombes de fatigue, c'est évident. Après une bonne nuit de repos, tu constateras que le monde est moins effrayant qu'il te le paraît ce soir.

La fillette fronça le nez.

— Si je dors, est-ce que les chiens ne vont pas me manger ? Ils sont énormes !

La voix de l'enfant était devenue si ténue qu'on ne l'entendait presque plus. Mais quand elle mima avec ses mains deux mâchoires qui se referment, un souvenir d'Asa jaillit dans l'esprit de Gunnar. Asa aurait pu prononcer la dernière phrase de Svana. Après quoi elle aurait poussé un cri perçant pour appuyer ses dires.

Cependant, la dernière chose qu'il voulait à présent était que les chiens perçoivent un cri strident qui les perturberait. La situation risquerait alors d'échapper à tout contrôle. Cela aurait été encore pire qu'une chaloupe perdant son principal aviron en pleine mer.

Il s'agenouilla à hauteur de la fillette. Sans s'enfuir à toutes jambes, celle-ci le considéra néanmoins avec perplexité.

— Kolka et Kefla sont mes deux chiens-loups, dit-il en employant le ton le plus doux qu'il put. Et ils m'écoutent. Tu n'as rien à craindre d'eux.

Svana porta les mains à sa bouche.

— Un jour, pendant une bataille, j'ai vu deux gros chiens comme eux. La salive dégoulinait de leurs grandes dents.

— Chut, Svana…, intervint alors Ragnhild. C'est du passé. Cela ne peut plus te blesser.

— Oui, Ragn. Tu as raison. Est-ce que tu me pardonnes ?

— Toujours. Maintenant, respire doucement et termine ton plat. C'est dommage, tu y as à peine touché…

Le silence tomba dans la pièce. Les chiens prirent une position confortable et posèrent la tête sur leurs pattes de devant tandis que la petite fille se rassasiait enfin.

— Est-ce qu'il est au courant pour le porridge destiné au *nisser* ? demanda Svana dans un chuchotement audible quand elle eut terminé.

Il plissa les yeux. Cette innocente question venait de lui planter un couteau dans le cœur. Les *nissers*… Tout comme la senteur et la saveur du bon ragoût, il les avait presque oubliés. Ses sœurs aussi avaient cru en eux et décrété qu'un *nisser* ne demeurait dans un foyer que si on lui préparait son porridge du matin et qu'on lui disait au revoir tous les soirs. À la fin, Gunnar s'était moqué d'elles. L'hiver suivant, quand il était revenu, il avait trouvé la ferme à l'abandon et découvert les cadavres de sa mère et de ses sœurs, mortes de faim.

Il se leva.

Sentant que l'atmosphère avait changé, Kefla poussa une petite plainte.

La fillette recula.

— N'aie pas peur, Svana, dit Ragnhild. Tu as trop de choses dans la tête, toi… De son côté, Gunnar Olafson en a déjà beaucoup auxquelles penser. S'il fallait en plus y ajouter les *nissers*…

— Si on met l'orge à suinter, ça marche ! insista l'enfant qui, décidément, ne cessait d'accumuler les ressemblances avec Asa et Brita.

— Mais pas le porridge, déclara-t-il, presque chancelant de douleur.

La petite fit la moue tandis que Ragnhild serrait les lèvres. Il fronça les sourcils. Les mots étaient sortis sur un ton plus dur qu'il aurait voulu.

— Mes chiens ont tendance à engloutir le porridge dès qu'ils rencontrent la moitié d'une occasion de le faire, ajouta-t-il pour s'excuser. Mais ce n'est pas grave. Les *nissers* respectent le travail bien fait. Aussi, le premier qui découvrira combien j'ai travaillé dur restera ici.

— C'est vrai que ce château est nouveau et que l'on imagine très bien l'énorme travail que Gunnar a accompli, observa Ragnhild. Les murs sont solides et amplement capables de résister au vent et à la pluie. Rien à voir avec la hutte en ruine où nous avons trouvé refuge. T'en souviens-tu, Svana ?

— Oh ! je n'y pensais plus, répondit l'enfant qui étouffa un bâillement.

Battant des paupières, elle ajouta :

— Je sais qu'un *nisser* sera bientôt là parce que ce château est un endroit sûr et que les *nissers* ont besoin de se sentir en sécurité.

Un nœud se forma dans la gorge de Gunnar. Pour la centième fois, il se maudit de n'avoir pas su, à l'époque, faire de la ferme familiale un lieu suffisamment sûr pour Brita, Asa et sa mère.

Tout en le regardant, Ragnhild glissa un bras autour de sa jeune sœur.

— Svana a besoin d'un endroit pour dormir. Elle est épuisée.

— J'ai une petite chambre où vous pouvez vous installer toutes les deux. J'y avais déjà entreposé un lit au cas où Eylir viendrait me rendre visite. Pour une nuit, elle fera l'affaire.

Il serra les mâchoires. Elle avait beau l'agacer, cette femme éprouvait de la considération pour sa jeune sœur et la traitait avec respect. Mais tout cela ne le regardait pas. Demain, elles seraient parties. Entre-temps, il leur aurait trouvé un endroit sûr… Et suffisamment éloigné de son petit domaine.

— Je sais à quel point les femmes ont besoin d'intimité, reprit-il. Or, la chambre en question n'est pas vraiment finie ni du niveau auquel vous êtes habituées.

Ragnhild eut un petit sourire amer.

— Vous n'avez aucune idée du *niveau auquel nous sommes habituées.* Après ce bateau infect, une simple porcherie serait pour nous un luxe.

La critique créa en lui un brusque élan de colère.

— Je pense que mon château offre plus de confort qu'une porcherie…

— Je n'ai pas dit que…

Ragnhild rosit.

— Peut-être me suis-je mal exprimée. Je n'ai pas l'habitude de retenir les phrases qui me viennent à l'esprit. Sachez pourtant qu'il n'est pas dans mon intention de vous créer davantage d'embarras. Vous vous êtes déjà montré très gentil.

Gentil était bien le dernier mot auquel il s'attendait de sa part. Il s'était plutôt montré désagréable avec elle. Il fut pris de remords.

— Mon ami vous a fait faire un déplacement complètement inutile et irréfléchi. Ni plus ni moins. Livrer une femme aux mains d'une bande de sauvages… J'ai été mieux éduqué que cela.

— Peu de gens nous auraient fait entrer chez eux, ma

sœur et moi. Je suis si heureuse que nous n'ayons pas dû reprendre ce bateau !

Ragnhild se mordit la lèvre inférieure qui prit la couleur des baies rouges de l'été et reprit :

— Depuis que cette chaloupe est repartie, je me suis plus d'une fois dit que Svana n'aurait pas survécu au voyage de retour…

Il hocha la tête avant d'annoncer :

— Je dois terminer mon travail de la journée. Les chiens m'accompagnent. De toute façon, ils restent toujours avec moi. Vous en serez donc débarrassées. À présent, je vous suggérerais d'aller vous coucher, toutes les deux, de manière à éviter de possibles malentendus lorsque je reviendrai.

Ragnhild sourit.

— Vous voulez dire que votre *nisser* pourrait vous pousser à l'erreur ? Quelle surprise !

Il lui rendit son sourire.

— Les *nissers* n'assistent que les personnes bien décidées à accomplir de rudes travaux. Si vous avez eu des problèmes avant d'échouer ici, c'est peut-être parce que vous n'aviez pas assez travaillé.

Le sourire de Ragnhild s'effaça.

— Mes ennuis n'ont rien à voir avec cela.

— Voulez-vous me parler d'eux ?

Les mots étaient sortis tout seuls. Avant qu'il ait pu les retenir.

— Les problèmes que j'ai ne sont pas les vôtres, dit Ragnhild en se levant pour ramasser les bols avec une précipitation que justifiait seulement son besoin de dissimuler sa gêne.

Au lieu de riposter, il appela ses chiens.

Une simple nuit… Puis sa vie reprendrait son cours normal et prévisible. La solitude lui plaisait.

Il sortit avec ses chiens en ignorant la petite voix qui, à l'intérieur de lui, le traitait de menteur.

Chapitre 3

— Les chiens lui obéissent au doigt et à l'œil, remarqua Svana tout haut quand Gunnar fut sorti. Hamthur, lui, avait du mal à se faire obéir des siens…

L'enfant étouffa un nouveau bâillement.

— Es-tu sûre que nous devons partir demain ? Je croyais que tu devais conclure un mariage avec Gunnar ? Un *mariage par procuration*. C'est bien comme ça que cela s'appelle, non ?

— J'ai tout misé sur de vagues promesses, répondit Ragn. Sans prendre conscience que l'ami de Gunnar cherchait juste à impressionner Trana.

Tout en parlant, elle continua à s'activer pour mieux contenir son amertume. Afin que leur couchage en paille ressemblât vaguement à un lit, elle lui asséna quelques coups pour le remodeler. Certes, cette paille avait connu des jours meilleurs. Mais au moins, elle était propre et sentait la prairie.

Nettoyer la cuisine lui avait pris moins de temps que prévu. Revenue dc sa fatigue, Svana l'avait aidée en essuyant les bols avec efficacité. Ensuite, elle avait balayé le sol en s'accompagnant d'une petite chanson qui racontait comment les *nissers* aidaient toujours ceux qui, de la même façon, apportaient leur aide à autrui.

La chansonnette de Svana et son zézaiement de petite fille l'avaient mise de bonne humeur. Avec quelle impatience, se dit-elle, attendrie, elle guettait le moment où la vie redeviendrait un peu plus facile, comme à l'époque où elle aussi croyait aux *nissers*…

Ragn couvrit le feu dans l'attente du retour de Gunnar et conduisit la fillette dans la minuscule chambre qu'elles occuperaient cette nuit.

— Il faut que tu fasses quelque chose, dit l'enfant en lui saisissant la main. Que tu nous trouves une raison de rester ici. Notre chance est en train de tourner, Ragn. Je le sens. J'ai les mains qui picotent. Regarde.

Ragn s'arrêta de respirer. Svana allait-elle avoir une nouvelle crise ? En dégageant une mèche de cheveux du front de la petite, elle sentit sa peau bien sèche et non moite comme elle le craignait. C'était bon signe. Même si Gunnar n'était pas perturbé par l'œil droit de Svana, rien ne garantissait qu'il se montre aussi compréhensif s'il surprenait soudain Svana l'écume aux lèvres, en train de se tordre dans tous les sens… Quant aux chiens-loups, quelle serait leur réaction ? En fin de compte, ne valait-il pas mieux qu'elles s'en aillent ? Elle se mordilla la lèvre. Ici au moins, elles avaient un toit sur la tête. Mais à Ile, de quelle sorte d'abri disposeraient-elles ? Elle n'en avait pas la moindre idée.

— Espérons que je vais réussir à convaincre Gunnar qu'il a besoin de mes compétences d'intendante.

Malgré les extravagances de Hamthur, elle avait parfaitement su faire prospérer leur domaine. Dommage qu'elle n'ait pas obtenu la même réussite au lit avec lui. La toute jeune fille qu'elle était à l'époque de son mariage avait pourtant fait de son mieux pour plaire à son époux. Mais rien de ce qu'elle entreprenait ne lui convenait. Las de ses efforts, il était même parti chercher le plaisir ailleurs.

En apprenant que, pris dans une embuscade, Hamthur s'était fait tuer, Ragn s'était tout d'abord sentie soulagée. Ce n'est que plus tard qu'elle avait entendu dire que Vargr lui-même avait commandité l'assassinat de son frère pour le punir d'avoir refusé de tuer Svana. Si elle avait su qu'il se souciait réellement de la petite et que ce n'était pas pour des raisons personnelles et égoïstes qu'il avait refusé de la tuer, peut-être aurait-elle agi de manière différente ? Peut-être même aurait-elle insisté pour qu'il s'entoure de gardes armés au lieu de le laisser répéter qu'il était un homme et savait très bien ce qu'il faisait. Pourquoi avait-il protégé Svana ? Elle ne le savait toujours pas. En tout cas, il l'avait fait jusqu'au bout et, à présent, elle regrettait de ne pas avoir anticipé la vengeance de Vargr.

— Tu es la meilleure en ce qui concerne l'intendance…, décréta Svana en esquissant un bâillement. *Far* disait toujours que tu es une femme dont n'importe quel homme serait fier.

— Malheureusement, notre père n'avait pas remarqué que mon manque de charme jouait contre moi.

— Pourquoi dis-tu cela ? C'est tout de même parce que tout le monde te regardait que Hamthur était jaloux !

L'enfant bâilla. Sans se retenir, cette fois.

— Gunnar devra t'épouser. Une fois que j'aurai attrapé ce *nisser* par le pan de sa chemise, tu verras toutes les bonnes choses qui t'arriveront. Uniquement des bonnes choses, oui, parce que tu es la plus gentille sœur du monde !

« La plus gentille sœur ». Ragn détesta la manière dont sa gorge venait de se serrer. Est-ce que les gentilles sœurs causaient du mal aux leurs ? Les détruisaient-elles en conduisant d'horribles sorcières à débiter d'infâmes prédictions ?

Sa bouche s'emplit d'amertume. Ce plan, qu'elle avait cru si extraordinaire et qui devait lui permettre de prendre un second départ dans cette île de Jura, avait lamentablement échoué.

— Les *nissers* n'existent pas, murmura-t-elle pour elle-même.

Après avoir fini de battre le couchage en paille, Ragn allait se redresser quand elle sentit quelque chose sous sa main. La plongeant dans la paille, elle en ressortit un caillou. Ou plutôt, non. Il s'agissait en fait d'une minuscule figurine de pierre comme celle que sa grand-mère glissait à la chaîne qu'elle portait autour du cou. Aussitôt, elle dissimula avec précaution le tout petit objet dans sa poche. Si Svana le voyait, elle se persuaderait qu'il s'agissait d'une offrande du *nisser* !

— Tu es le cadeau du meilleur ami de Gunnar pour Yule, reprit Svana. Et on ne refuse pas un présent de cette valeur.

— Ce sont tout de même des présents qu'il vaut mieux ne pas offrir comme ça, sans prévenir…, repartit-elle.

Qu'est-ce qu'Eylir avait exactement deviné de sa vie en lui affirmant qu'elle était l'épouse que Gunnar Olafson recherchait ? Elle haussa les épaules. Peu importait, la proposition d'Eylir lui avait permis d'échapper à Vargr et à de nouvelles actions meurtrières.

Si elle avait connu la vérité, aurait-elle accepté l'offre d'Eylir ? Aurait-elle entrepris avec Svana une telle traversée ?

Revenir sur des faits révolus n'avait aucun intérêt. Essayer de préparer un avenir meilleur restait, en revanche, quelque chose qui en valait vraiment la peine. La seule, sans doute. Alors, pour la millième fois, Ragn serra les poings en martelant intérieurement sa dernière résolution : laisser son passé derrière elle, l'oublier et se concentrer sur l'avenir.

— Gunnar n'a jamais chargé aucun de ses amis de lui chercher une épouse, dit-elle. J'en suis sûre. Voilà pourquoi je ne crois plus qu'Eylir m'ait dit la vérité. Un jour, nous rirons ensemble de tout cela et serons tous deux contents qu'il ait refusé de m'épouser. Quant à nous deux, notre avenir sera meilleur que notre existence actuelle, ma douce.

— Pourtant, insista l'enfant avec sa ténacité habituelle, il nous a autorisées à rester ici cette nuit et ses yeux brillaient, je les ai vus ! Cela veut dire qu'il t'aime bien.

Svana sourit. Visiblement, cette déduction l'enchantait.

— Dans un mariage, souligna Ragn, la personnalité des deux époux compte. Je l'ai appris à mes dépens avec Hamthur. Or Gunnar Olafson est grognon.

— Il travaille dur. Ne m'as-tu pas dit que c'était lui qui avait construit seul tout ce qui se trouve autour de nous ?

— Je ne l'intéresse pas.

— Il te regarde. Même si tu ne t'en rends pas compte, il te suit des yeux. Je l'ai vu faire.

La fillette soupira.

— Tu as toujours cru ce que Hamthur te disait sur ton

physique, mais moi, quand je te dis qu'il était jaloux du regard des autres hommes et que Gunnar lui-même t'observe beaucoup, tu ne me crois pas. Pourquoi ?

Ragn sentit ses joues devenir brûlantes. Imaginer le genre de femme qui plaisait à Gunnar n'était pas difficile. Et ce n'était certainement pas de grandes créatures comme elle.

— Cette conversation n'a aucun intérêt, décréta-t-elle en guise de réponse.

— Si.

— Tu es éreintée. Cela te rend trop émotive. Demain matin, nous partirons pour Ile. C'est un bel endroit avec plein de gens. J'y trouverai un mari.

— Mais…

— Si Ile ne nous plaît pas, rien ne nous oblige à y rester. Nous pouvons très bien nous rendre dans une autre île. Pourquoi pas celle de Colbhasa que gouverne Kolbeinn ? C'était un ami de notre père. Il saura bien nous trouver une occupation à sa cour. Sur place se trouve aussi Lord Ketil dont l'influence s'étend au-delà du domaine du roi Harald. Avec lui aussi, notre père s'entendait et faisait des affaires. Ne t'inquiète pas, ma douce, nous n'avons pas effectué ce pénible voyage jusqu'ici pour renoncer et nous laisser mourir de faim.

Le terrible nœud qui s'était formé dans son estomac sembla se desserrer. En fait, il y avait bien peu de chances pour que les *jaarls* Kolbeinn et Ketil aient gardé le moindre souvenir de leur père. Heureusement, d'après les récits de celui-ci sur ses anciens compagnons d'armes, Kolbeinn n'était pas du genre à poser genou à terre devant qui que ce fût, encore moins devant un Vargr qui s'épanouissait davantage au sein des intrigues de cour que sur les champs de bataille.

— Tu abandonnes trop facilement la partie, Ragn, nota Svana en s'entourant les genoux de ses bras. Rappelle-toi que les *nissers* se sentent mieux dans les foyers occupés par une famille. C'est *mor-mor* qui me l'a dit. Et c'est pour ça que le *nisser* de ce château veut que nous restions chez lui : pour pouvoir faire partie d'une vraie famille.

Ragn se félicita de ne pas avoir mentionné la figurine

qu'elle avait découverte dans la paille. Car il aurait alors été impossible d'empêcher Svana de se bercer des espoirs les plus fous… Ni de la consoler quand, à son réveil, elle aurait constaté que rien n'avait changé et qu'il leur fallait quitter le château comme prévu.

Ragn frappa dans ses mains.

— À présent, la fine connaisseuse des *nissers* doit dormir ! La journée de demain sera longue. Allez, viens te coucher.

— Si je restais assise à côté du porridge, je pourrais attraper le *nisser* dès qu'il s'approcherait et le forcer à rendre Gunnar amoureux de toi. D'après *mor-mor*, quand on attrape les *nissers* de cette façon, ils réalisent toujours votre vœu.

— Ce que tu peux raconter comme sottises ! s'exclama-t-elle en déposant un gros baiser sur le front de sa jeune sœur. Fais de jolis rêves. Tes yeux se ferment déjà…

Svana retint un dernier bâillement.

— À mon avis, si le *nisser* se cache, c'est à cause de ces satanés chiens. J'irai voir demain matin si je ne peux pas le trouver.

— D'accord, mais seulement après avoir accompli les tâches que je t'ai confiées. Nous devons prouver notre reconnaissance à Gunnar. Ce qui signifie travailler dur au cours de la matinée que nous passerons ici.

— Quand j'attraperai le *nisser*, tu seras bien obligée de reconnaître que tu avais tort.

Ragn soupira. Admettre qu'elle avait tort… C'était quelque chose qu'elle faisait beaucoup depuis quelque temps. En quittant Kaupang, le long voyage en mer qu'elle avait entrepris jusqu'ici avec Svana avait semblé être la meilleure manière d'échapper à sa situation. Mais à présent, elle s'interrogeait. Avait-elle fait traverser la moitié du monde à Svana pour rien ? S'agissait-il d'une nouvelle erreur pour laquelle elle devrait demander pardon ?

— Cet endroit n'est pas notre maison, dit-elle.

Svana se laissa tomber sur le petit lit.

— Grande sœur, je te répète que c'est moi qui ai raison.

Sans un mot de plus, Ragn embrassa sa jeune sœur sur les joues et s'éloigna.

Pour ne pas être déçue par la vie, il lui suffisait de ne pas prêter foi aux croyances concernant les objets et les êtres soi-disant invisibles. Cette leçon, elle l'avait apprise dès la première année de son funeste mariage.

D'autre part, travailler dur et se montrer pragmatique restaient deux exigences incontournables. Jusqu'ici, elle les avait toujours honorées et personne, y compris l'arrogant Gunnar Olafson, ne la forcerait à y renoncer. Simplement, elle devait trouver au plus vite un plan qui, cette fois, fonctionnerait.

Allongée près de Svana plongée dans un paisible sommeil, Ragn leva les yeux. Un petit bruit venait d'attirer son attention. Bien sûr, elle aurait mieux fait de dormir mais, chaque fois qu'elle fermait les yeux, les flammes qui avaient failli l'emporter avec sa sœur reprenaient forme sous ses paupières closes et la menaçaient.

Le bruit recommença. Comme si quelqu'un traînait quelque chose de lourd.

— Quelque chose ne va pas ? demanda-t-elle tout haut en attrapant aussitôt son étole. Je n'aurais peut-être pas dû laisser le feu sans surveillance…

Arrêté sur le seuil de la chambre, Gunnar la regardait. La lueur du feu épousait les contours de sa silhouette et le paquet qu'il avait déposé à terre.

— J'ai apporté des fourrures. À cette époque de l'année, il peut faire froid et humide.

Consciente de n'être couverte que de sa chemise de nuit, elle pensa à enfiler sa robe. Mais elle y renonça. C'était absurde. L'obscurité dissimulait ses formes, et de toute façon, elle n'avait pas grand-chose à cacher.

— Vous avez apporté des fourrures… Pourquoi donc ?

— Je ne veux pas que vous ou la petite preniez froid. Sinon, vous seriez obligées de prolonger votre séjour.

Il poussa du pied le paquet vers la porte en ajoutant :

— Voilà, faites-en ce que vous voulez mais ne venez pas me reprocher demain matin d'avoir gelé ou trouvé le lit inconfortable.

— Merci pour ces fourrures. Ma petite sœur va sûrement beaucoup les apprécier !

Gunnar l'observa un moment avant de répondre :

— Merci pour le repas de tout à l'heure. Cela faisait longtemps que quelqu'un n'avait pas fait quelque chose pour moi. Mes chiens aussi ont apprécié.

Cela dit, il tourna les talons et quitta la pièce avant qu'elle ait pu répondre.

Elle se hâta vers le paquet et en sortit plusieurs peaux de bêtes. Il y en avait tant ! Bien assez pour la couvrir ainsi que Svana. Décidément, Gunnar avait beau se montrer dur, il ne manquait pas de cœur. Et c'était *cet* homme, dissimulé derrière son masque, qu'elle devait absolument réussir à toucher, celui dont les yeux avaient viré au turquoise quand il avait évoqué les groseilles de son enfance.

Elle secoua la tête. Rêvasser en songeant aux yeux de Gunnar Olafson ou à sa belle carrure ne saurait résoudre ses problèmes du moment.

Prenant la petite figurine de pierre dans sa main, elle réfléchit très vite. Il *devait* exister un moyen pour donner envie à Gunnar de les retenir ici. Juste le temps pour elle de trouver un lieu sûr, un endroit où Vargr et ses hommes ne penseraient jamais à chercher Svana. C'était bien le moins qu'elle pût faire pour sa sœur. N'était-ce pas en effet un peu à cause d'elle si la santé de la petite s'était détériorée et que leur mère était morte ?

L'un des dictons de sa *mor-mor* venait de jaillir à sa mémoire :

Les âmes sensibles n'attrapent jamais rien que des rhumes.

Oui, réagir tout de suite, alors qu'elle en avait le courage, vaudrait mille fois mieux que de se réveiller en regrettant d'avoir raté la veille une bonne occasion de le faire.

*
* *

Gunnar attisa les braises du feu mourant de la cuisine. Dormir lui demandait un effort si considérable que les petits bruits émis par Ragnhild et Svana l'empêchaient d'y parvenir. C'était d'ailleurs pour sombrer plus vite dans le sommeil et contourner ses cauchemars qu'il s'épuisait tout le jour au travail.

Le lendemain matin, dès que les courants le permettraient, il irait déposer Ragnhild et sa sœur à Ile. À son retour, il retrouverait enfin la paix et son cher silence. C'était là tout ce qu'il demandait. Qu'Eylir soit maudit pour son audace ! se dit-il en fulminant. Comment son ami avait-il pu lui envoyer cette femme avec sa sœur après l'avoir taquiné — Gunnar s'en souvenait très bien — sur les blondes passives et bien en chair ? Il serra les dents en se demandant par la même occasion pourquoi il continuait à s'interroger sur les raisons d'agir de son ami ? Il ne s'expliquait pas cette réaction et cela l'énervait au plus haut point. Et pourquoi les mystères entourant Ragnhild lui plaisaient-ils ? Jamais il n'aurait dû se réjouir de l'arôme de son ragoût et encore moins fixer ses lèvres quand celles-ci avaient esquissé un sourire. Pourtant, il avait fait les deux.

Un bruissement lui fit jeter un regard vers la porte. Ragnhild semblait planer sur le seuil de la pièce. Sans foulard sur la tête, elle montrait des cheveux beaucoup plus courts que ce à quoi il s'attendait. Une femme de son rang aurait dû avoir les cheveux longs. Il plissa les yeux. À la lumière du feu, on distinguait sur ses pieds et ses chevilles des cicatrices qui n'avaient à l'évidence pas plus d'une semaine. Avec sa sœur, elles avaient donc échappé à un incendie, peut-être même à un raid. Il comprit aussi que l'incendie et la terreur que les chiens provoquaient chez la petite fille étaient liés.

Et si ce n'était pas pour se débarrasser d'elle qu'Eylir avait envoyé cette femme ? Il l'avait peut-être envoyée se mettre en sécurité. Il s'était sûrement dit que son ami Gunnar s'occuperait d'elle.

Il pinça les lèvres. Spéculer ne le mènerait nulle part. Protéger une femme et l'épouser étaient deux choses complètement différentes. Son intention était donc de s'occuper de Ragnhild et de sa sœur jusqu'à ce qu'elles soient hors de danger… mais en les éloignant à la fois de son île et de son existence.

— Oui ? dit-il. Avez-vous besoin de plus de fourrures ?

— J'ai trouvé cette toute petite chose dans le couchage de notre lit. J'imagine qu'elle vous appartient et qu'il ne s'agit pas du cadeau d'un quelconque *nisser* perdu dans ce château tout neuf…, dit-elle en lui tendant avec un sourire la figurine en pierre.

Gunnar retint son souffle. Le temps s'arrêta. Ragnhild se pencha vers lui, les lèvres entrouvertes. Leurs doigts se frôlèrent. Un courant chaud le parcourut tandis qu'elle tressaillait et lâchait le minuscule objet.

Il le rattrapa avant qu'il ait touché le sol. Son porte-bonheur… L'amulette qu'il avait égarée plusieurs semaines auparavant et passé ensuite tant de temps à chercher. Cette disparition l'avait mis de si méchante humeur que, pendant tout ce temps, même ses chiens l'avaient évité. Après de longues et infructueuses recherches, abandonnant tout espoir de la retrouver, il avait arrêté de retourner le château dans tous les sens et s'était remis au travail.

Comme ses doigts se refermaient sur le porte-bonheur encore tout chaud de son séjour dans le creux de la main de Ragnhild, tout ce que son âme contenait d'angoisse s'apaisa. Le dernier lien concret qu'il entretenait encore, vaille que vaille, avec sa famille venait d'être rétabli.

— Vous dites avoir retrouvé cet objet dans votre couchage ? dit-il en essayant de reconstituer ce qui s'était passé. Ne vouliez-vous pas dire au milieu des fourrures que je vous ai apportées ?

— Dans la paille du couchage, répondit-elle. Si Svana l'avait elle-même découverte, cela aurait été pour elle la preuve irréfutable que des *nissers* se trouvaient au château et rien n'aurait pu la retenir : elle serait restée toute la nuit derrière la porte pour en surprendre un.

Le léger froncement de sourcils qui accompagna sa

remarque disait à quel point elle aurait mal supporté que sa jeune sœur en arrivât là.

— Savez-vous ce que représente cette idole ? demanda-t-il. La mère de mon père possédait une amulette de pierre qu'elle ne quittait jamais. Elle en parlait comme de son talisman.

Il haussa les épaules.

— Remarquez que c'était peut-être vrai car elle a connu une vie longue et prospère. Mais, après sa mort, on n'a pas retrouvé l'amulette pendant longtemps.

Comme Ragnhild baissait la tête, il put mieux observer que sa chevelure avait bel et bien brûlé. Sa jeune sœur, de son côté, n'avait en revanche pas souffert de cette blessure.

Il fronça les sourcils. À Ile, Ragnhild et Svana se trouveraient en sécurité. De plus, la jeune femme pourrait y trouver un homme à épouser plus convenable que lui. En songeant à cet inconnu, un brusque élan de jalousie auquel il ne s'attendait pas le traversa tel un coup de couteau.

Il le repoussa, stupéfait. C'était pour le bien de tout le monde qu'il allait accompagner là-bas la jeune femme et sa sœur. De toute façon, lui-même n'avait plus de destin. Celui-ci s'était trouvé scellé à l'instant où il avait surpris le devin en train d'abuser des fillettes. Un lâche aurait peut-être feint de ne rien voir, mais pas lui. Et c'était sans hésiter qu'il s'était porté au secours des enfants. Malheureusement, elles n'avaient pas survécu à leurs blessures. Et lui devait à présent supporter les effets de la prophétie de ce devin malfaisant.

— Est-ce que tout va bien ? demanda-t-elle en le fixant d'un air inquiet. Aviez-vous fait exprès d'égarer cette amulette ? Porterait-elle malheur ?

— Elle appartenait à ma mère à qui mon père l'avait offerte, et c'est tout ce qui me reste d'elle.

Il n'estima pas utile de préciser à Ragnhild que sa mère la lui avait prêtée afin de s'assurer qu'il reviendrait sain et sauf pour les célébrations de Yule.

Il fit tourner l'homme de pierre dans sa paume, retrouvant du bout des doigts sa forme familière, et sourit en se rappelant le rire heureux de sa mère quand elle lui avait annoncé que l'amulette l'aiderait à trouver la partenaire idéale.

Mais son sourire s'évanouit aussitôt. Le visage de Dyrfinna venait de se substituer à celui de sa mère. L'expression méchante de Dyrfinna en découvrant la petite amulette autour de son cou… Sans prévenir, elle la lui avait arrachée.

Lui qui avait eu l'intention de la demander en mariage le soir même était soudain devenu plus qu'hésitant. Par son horrible réaction, Dyrfinna venait de remettre leur relation en question. Plus tard, il s'était surtout dit que l'amulette lui avait sauvé la vie. Car, grâce à cette altercation, il avait compris que, bien loin de l'adorer comme elle le prétendait, Dyrfinna poursuivait un seul but : venger le devin maléfique que Gunnar avait tué et à qui elle était manifestement redevable de quelque chose.

Quoi qu'il en fût, grâce à cette amulette, c'était debout et en pleine discussion que les hommes venus pour le tuer l'avaient trouvé en entrant dans sa chambre après s'être infiltrés en silence dans sa maison, et non pris dans les filets de la passion, situation qui ne lui aurait laissé aucune possibilité de se défendre, aucune chance de s'en sortir. Oui, ce jour-là, les meurtriers n'avaient rien pu faire contre son épée. Quant à Dyrfinna, elle avait péri au cours de la rixe. Avant de mourir, ses derniers mots avaient été pour lui. Moqueuse, elle lui avait demandé comment il avait pu se montrer assez stupide et assez crédule pour tomber amoureux d'elle. Un à un, il avait pourchassé ses assaillants jusqu'à ce qu'il n'en restât plus un seul vivant.

Pourquoi fallait-il que ce fût Ragnhild qui ait trouvé l'amulette ? Le regard fixé sur son porte-bonheur, il songea que sa mère aurait approuvé qu'il choisît cette femme pour épouse. Ragnhild avait en effet de bonnes manières, c'était une parfaite cuisinière et elle était originaire d'une région du Nord que la mère de Gunnar appréciait particulièrement. En outre, elle avait des problèmes et il n'avait pas oublié l'un des principes fondamentaux que sa mère lui avait inculqués : ne jamais tourner le dos à une femme qui avait besoin de son aide. Mais, pour être tout à fait sincère, c'était sûrement le fait que Ragnhild vînt du Nord qui aurait le plus plu à sa mère.

Il eut soudain l'impression que les murs se resserraient sur lui. Ragnhild ne se trouvait qu'à un souffle de lui. Ses yeux aux reflets argentés étaient écarquillés et ses lèvres entrouvertes. Quel goût pouvaient-elles avoir ? Sûrement celui des fraises d'été et des groseilles… Tout ce qu'il lui restait à faire était de la prendre dans ses bras, de lui dire qu'il avait changé d'avis et que, tout compte fait, il la voulait pour femme.

De quoi aurait-il eu l'air alors ? D'un homme *stupide et crédule* ? Les mots de Dyrfinna et même l'intonation de sa voix résonnaient encore à ses oreilles.

Il secoua la tête pour les en chasser et marcha jusqu'à l'âtre où il posa, à côté de son propre cornet en argent, le petit homme de pierre.

— Je choisirai moi-même l'épouse qu'il me faut.

Il lui sembla que les chiens, tout autant que Ragnhild, le considéraient soudain de manière étrange.

Lui-même reconnut à peine sa voix. Sans doute parce qu'il avait parlé sans réfléchir.

— Je faisais allusion au nouveau décret édicté par le roi sur le mariage obligatoire pour les hommes qui ont reçu une terre, et que vous avez évoqué plus tôt, expliqua-t-il en hâte pour se rattraper et avant que lui prenne l'envie de révéler la prédiction de sa mère. Au prochain printemps, je me rendrai dans le Nord. En ce qui concerne Lord Ketil et Lord Kolbeinn, ils sauront bien patienter jusque-là pour faire appliquer le décret royal.

Elle haussa les épaules, révélant la grâce de son cou, aussi blanc et gracieux que celui d'un cygne.

— Si vous pensez disposer d'assez de temps…

— Oui, répondit-il sans hésiter tout en recouvrant le contrôle de ses pensées éparses. Une fois que Kolbeinn aura pris connaissance du nouveau décret, il me laissera le temps nécessaire pour choisir une épouse. Je ne l'imagine pas me forcer à prendre la première femme qui croisera mon chemin.

— Je ne vous ai rapporté la figurine que par gentillesse

et non parce que j'attendais une demande en mariage pour me remercier de mon geste, riposta-t-elle tout en se dirigeant vers la porte avec un rire qui sonnait un peu faux.

— Restez. Tenez-moi compagnie.

Elle s'arrêta si brusquement que sa chemise de nuit se plaqua contre ses jambes et en souligna le galbe.

— Avons-nous quelque chose de plus à nous dire ? demanda-t-elle. Vous retourner l'amulette est la seule raison pour laquelle je suis revenue vous déranger.

Il savait qu'elle mentait. Les cernes profonds qui soulignaient maintenant ses yeux en étaient la preuve. Ragnhild n'aimait pas ses rêves. Pas plus que lui n'aimait les siens. C'est pour leur échapper qu'elle s'était levée.

— Votre sœur est beaucoup trop menue, dit-il en changeant volontairement de sujet.

Ragnhild n'était en effet pas le genre de lady à accepter la seule chose qu'il fût prêt à offrir à une femme : une nuit de plaisir afin de maintenir les cauchemars à distance.

— Si maigre, insista-t-il, qu'elle n'a que la peau sur les os.

— Vous ne m'apprenez rien. Avant, elle avait un appétit d'ogre. Hélas, à force de la rendre tout le temps malade, le voyage en mer est venu à bout de ce bel appétit. Mais il reviendra, je ne m'inquiète pas.

— Même si elle n'aime pas les chiens, enchaîna Gunnar, tentant une meilleure diversion, eux l'aiment bien.

Il se pencha en avant pour triturer gentiment les oreilles de Kolka, le chien à la robe marron, et ajouta :

— J'ai confiance en leur jugement. Ils se trompent rarement sur les gens.

Ragn posa sur eux un regard las. Et d'elle-même, que pensaient-ils, ces deux chiens ? Elle aurait bien aimé le savoir. Car, tout à l'heure, il était clair que la phrase de Gunnar réitérant sa volonté de choisir tout seul sa fiancée lui avait échappé. Autrefois, Ragn aurait pris cela pour un signe plutôt positif, mais aujourd'hui, elle préférait s'en tenir aux faits.

Pour le moment, de toute façon, ce n'était pas au mariage qu'elle songeait. Pouvoir prolonger son séjour au château était la seule chose qui la préoccupait vraiment. Or, la remarque de Gunnar sur son retour dans le Nord quand le printemps reviendrait lui avait soufflé une idée.

— Ces derniers temps, déclara-t-elle, les personnes s'étant montrées gentilles avec Svana n'ont pas été très nombreuses.

Comme Gunnar lui faisait signe d'approcher, les chiens levèrent brièvement les yeux vers elle avant de reposer tranquillement la tête sur leurs pattes avant. Manifestement, ils l'acceptaient. Sur eux, le ragoût avait parfaitement fonctionné. À défaut d'avoir aussi bien fonctionné sur leur maître…

— Et vous ? demanda-t-il. Comment les hommes réagissent-ils à votre présence ?

Elle haussa les épaules d'un air maussade. Jusqu'ici, ils avaient plutôt gardé leurs distances avec elle.

— Disons qu'ils sont à peine gentils et que je n'attends plus d'eux qu'ils le soient.

— Mais, quand le cas se présente, vous acceptez volontiers leur gentillesse…

— Je n'ai jamais aimé l'ingratitude, même si je crains en avoir parfois témoigné. De plus, l'inaction me pèse et, quand je vois une tâche à effectuer, j'ai tendance à m'y atteler aussitôt. Et puis il y a autre chose : impossible pour moi de me taire quand me viennent des idées susceptibles d'améliorer ce qui m'entoure.

— Ma mère était comme vous.

Elle émit un rire prudent. Un seul mot malvenu de sa part, et sa chance lui filerait entre les doigts.

— J'espère que vous considérez cela comme une bonne chose car il me semble que le fait de trouver des ressemblances entre nous vous alarme plus qu'autre chose.

Il attrapa un bâton et remua les braises et le bois dans l'âtre. En jaillirent de petites étincelles que l'air consuma dans l'instant.

— La nuit est faite pour dormir. Nous pourrons converser de nouveau demain au cours de la traversée du canal menant à Ile.

— J'ai l'esprit beaucoup trop en ébullition pour pouvoir

dormir, repartit-elle en pressant ses mains l'une contre l'autre afin de les empêcher de trembler.

Gunnar était de meilleure humeur que tout à l'heure et elle n'ignorait pas que, si elle le quittait maintenant, le caractère intime et doux de cette nuit s'évaporerait dès le lever du soleil.

— Je trouve votre idée de monter dans le Nord au prochain printemps excellente, dit-elle. Vous avez trop œuvré à bâtir ce château pour prendre le risque de tout perdre à cause d'un événement secondaire comme le mariage.

Le regard de Gunnar vola jusqu'au minuscule homme de pierre.

— La femme que je choisirai ne me sera pas imposée par des amis bien intentionnés.

— Ai-je dit autre chose ? riposta-t-elle en déglutissant avec peine.

Ignorant son ventre qui se nouait, elle poursuivit :

— En partant dans le Nord, vous condamnez cet endroit à demeurer vide pendant une durée prolongée. Il vous faudrait quelqu'un pour veiller dessus en votre absence. Avoir une personne préposée à cette tâche me semblerait être une précaution plus que nécessaire.

— Eylir habite dans le Nord.

— Je parle de moi. Je sais diriger un domaine. Mon mari m'a toujours confié cette tâche lorsqu'il allait… Lorsqu'il s'en allait.

Elle avait terminé sa phrase les yeux tournés vers les braises qui rougeoyaient dans l'âtre.

— Quand votre mari partait guerroyer.

— Cela, oui, entre autres choses. Il servait le roi qui requérait parfois sa présence à la cour.

— À la cour avec vous ?

— Il fallait bien que quelqu'un assure le bon fonctionnement du domaine, répondit-elle en souriant d'un air faussement apaisé.

Pour leur bien à tous les deux, elle ne pouvait agir autrement qu'en taisant son passé.

— Si vous nous fournissez, à ma sœur et à moi, continua-t-elle, un endroit où demeurer, vous nous donnerez par la même occasion toutes les raisons de nous montrer loyales à votre égard.

— Trouverai-je mon château toujours debout à mon retour ? Les cicatrices sur vos jambes me laissent croire que votre dernier domaine a brûlé.

Ragn ne baissa pas la tête, ne cilla pas.

— Svana et moi avons été les seules à réchapper à l'enfer. Mes loyales servantes, mes serviteurs, tous ont péri.

— À vous seule, vous avez donc porté la petite et l'avez protégée de tout.

Du bout des doigts, elle effleura les cicatrices de son cou. Ses brûlures ne la faisaient plus souffrir comme lorsqu'elle s'était réfugiée dans cette grange avec Svana. Parfois pourtant, elle les sentait encore.

— Comment avez-vous deviné ?

— C'est assez simple.

Il s'approcha d'elle et son souffle lui frôla la joue.

— Vos cheveux sont courts car ils ont été brûlés alors que ceux de Svana, toujours longs, ont été épargnés. Vous avez des cicatrices mais elle, non. D'autre part, elle est vive et je me suis rendu compte qu'elle sait parfois se déplacer très vite. Cela dit, sa taille et son âge ne lui auraient jamais permis de courir assez rapidement pour échapper au brasier d'un gigantesque incendie. L'exploit aurait dépassé ses capacités.

Ragn baissa la tête.

— Le feu s'est propagé à grande vitesse. Quelques secondes de plus et nous étions mortes.

Il hocha la tête.

— Combien de temps avez-vous porté votre jeune sœur ? Sur quelle distance ?

— Le récit que vous me réclamez fera l'objet d'une discussion ultérieure.

— Vous êtes-vous disputée avec votre mari ? Si vous voulez demeurer ici, vous devez me dire la vérité, me faire confiance.

Ragn eut un soupir tremblant. Par où commencer ? Et

comment faire le tri entre ce qu'elle pouvait dire et ce qu'elle devait taire ?

— Mon défunt mari avait eu une dispute avec son frère à propos de leur héritage que mon beau-frère était déterminé à récupérer. Quand la requête qu'il avait soumise à l'assemblée a été rejetée, il a tué mon mari et cherché à s'approprier les terres qui m'appartenaient de droit. Puis, devant le défi que je lui ai lancé en refusant de quitter le château, il a mis le feu, nous laissant, Svana et moi, pour mortes.

— Croit-il encore que vous l'êtes ? demanda Gunnar.

Elle prit une profonde inspiration. Cela faisait des jours qu'elle se posait la question.

— Je serais très tentée de le penser car, le lendemain de l'incendie, aucun de ses hommes ne nous recherchait. Une fois que mes blessures ont été suffisamment guéries pour me permettre de prendre la route, nous nous sommes rendues à Kaupang. La première personne que j'y ai visitée a été Trana. Elle a tout de suite réfléchi à une issue à notre situation. Pour commencer, il nous fallait quitter la région, ma sœur et moi. Cela valait mieux pour tout le monde.

— Ne songez-vous pas à récupérer vos terres ?

— Ce jour-là, j'ai appris que les gens que l'on aime sont bien plus importants que n'importe quelle terre. Mon beau-frère se sent chez lui là-bas, car une partie du domaine appartenait à son père et l'autre, la plus grande, à ma famille.

Elle se pencha vers Gunnar.

— Je peux prendre soin de votre domaine. Plus que cela, je peux même le transformer en un endroit où accourra votre femme au lieu d'avoir envie de le fuir. Donnez-moi la chance de le prouver.

Comme Gunnar plissait les yeux, elle eut, le temps d'un battement de cœur, l'horrible impression d'être allée trop loin.

— Pourquoi ici ? demanda-t-il. Qu'est-ce que ce château possède de spécial à vos yeux ?

— Je fais confiance à l'instinct de ma sœur autant que vous pouvez vous fier à celui de vos chiens. Son absolue conviction de rencontrer un *nisser* ici l'aidera à recouvrer ses forces et reprendre du poids.

— C'est assez bien vu, répondit Gunnar.

Son sourire s'élargit. Gunnar ne l'avait pas interrogée plus que cela sur Svana et ne lui avait pas demandé pourquoi celle-ci boitillait. Peut-être ne saurait-il jamais quelle affliction elle avait elle-même causée à Svana et peut-être n'aurait-elle pas à lui en dire davantage sur Vargr ni sur le pouvoir qu'il avait acquis en devenant peu à peu l'un des conseillers les plus proches du roi. Toutes choses qui lui semblaient aujourd'hui appartenir à un temps révolu.

— Alors, nous pouvons rester ? demanda-t-elle.

— J'attends de vous que vous travailliez dur.

— Travailler dur ne m'a jamais posé problème.

Le regard de Gunnar vola vers l'endroit où il avait posé la figurine. Curieusement, celle-ci lui semblait arborer un large sourire. Dans l'âtre, une flamme vacilla. L'expression du petit personnage de pierre redevint neutre.

— Vous pourrez rester ici toutes les deux jusqu'à ce que je ramène ici la femme du Nord que j'aurai choisie, répondit-il.

Elle tendit la main.

— Marché conclu.

— Marché conclu, répéta Gunnar en la serrant de ses doigts forts et puissants.

La chaleur qui l'avait envahie depuis qu'elle lui avait rapporté l'amulette s'intensifia. Haletante, elle trébucha vers l'avant, aperçut le visage de Gunnar, vit ses lèvres se rapprocher, ses bras s'ouvrir. Il allait l'enlacer. Elle le repoussa. Il le fallait. Avant de fondre contre lui, avant de le supplier de l'embrasser, de se sentir désirable et de devenir ridicule.

— Nous avons passé un accord : pas de mariage entre nous, rappela-t-elle très vite.

Mais sa voix étranglée l'agaça.

Gunnar laissa retomber ses bras et recula. L'air froid s'infiltra entre eux.

— Quel mal y a-t-il à échanger un baiser ? J'en ai déjà échangé un nombre incalculable sans être marié.

Ragn tenta de se reprendre. Les sarcasmes de Hamthur sur sa capacité à tuer tout élan passionné résonnaient encore dans ses pensées.

— Je sais où peut mener ce genre de choses, repartit-elle. Surtout la nuit. Et je refuse de mettre en péril notre accord.

— S'agit-il d'Eylir ? Vous l'attendez… ?

Il lui caressa le menton.

— Je pourrais le comprendre et même trouver votre attitude louable. Sachez pourtant qu'il est un homme volage, sans cesse en train de tomber amoureux et d'en revenir.

Ragn réfléchit très vite. Le mensonge trembla au bord de ses lèvres. Eylir possédait un physique attirant, mais ce n'était pas le genre d'homme capable de la faire frémir.

— Eylir ? Non… Cela n'a rien à voir avec lui.

— Alors, de quoi s'agit-il ? Un baiser pour sceller notre accord ne nous mènera nulle part… À moins que vous le souhaitiez.

Elle resserra son châle autour d'elle et maintint la tête haute.

— Je refuse de n'être qu'un corps chaud pour la nuit. Et je refuse de jouer avec vous au jeu de la séduction où je ne peux que perdre.

— Le mariage est-il la seule situation où vous pourriez envisager de mettre un homme dans votre lit ? Êtes-vous résolue à camper sur vos positions ?

Les joues brûlantes, elle recula d'un pas sans cesser de ressasser les raisons pour lesquelles démarrer une quelconque relation avec cet homme serait une erreur.

— J'ai mes principes, riposta-t-elle.

Gunnar s'inclina légèrement.

— Je respecterai donc vos *principes*… Jusqu'à ce que vous changiez d'avis.

— Les femmes changent-elles souvent d'avis lorsqu'il s'agit d'occuper votre lit ?

— Dans le passé, je n'ai jamais souffert de pénurie.

Gunnar ponctua sa réponse d'un éclat de rire curieusement enroué avant de reprendre :

— Eylir aurait pu répondre à votre question.

— Mais il n'est pas là.

— Il prétend que ma pratique du sport au lit est le seul intérêt que je puisse présenter pour une femme.

Croisant son regard, elle y plongea malgré elle avec délice.

— J'ai hâte de pouvoir vous démontrer que, pour leur part, l'intérêt des femmes est tout autre.

Gunnar lui prit la main et la porta à ses lèvres. La vitesse à laquelle battait le pouls de Ragnhild lui prouva, si besoin en était, qu'il l'attirait plus qu'elle voulait bien le dire.

— Alors tant mieux, dit-il, car découvrir de nouveaux centres d'intérêt a toujours été un grand plaisir pour moi.

Chapitre 4

Le chant du coq arracha Ragn à ses rêves agités. Elle s'habilla en vitesse et posa son chapeau sur ses cheveux presque ras. L'offre qu'elle avait reçue hier soir de demeurer avec Svana au château n'était pas un rêve !

Elle se précipita vers la cuisine et pila sur le seuil, cherchant la figurine des yeux. Le petit homme de pierre se trouvait bien sur le manteau de la cheminée. Avec un sourire heureux, elle recommença à respirer.

En regagnant la chambre, elle découvrit sa sœur pelotonnée dans la place qu'elle avait laissée en partant. Le visage de la fillette était tout lisse au lieu d'être plissé comme il l'était d'habitude quand elle dormait. Chose étrange et encore plus remarquable, ses jambes ne tremblaient pas comme cela avait été le cas tous les matins depuis l'incendie.

Une larme perla au coin de ses paupières. Elle cligna des yeux. Hier soir, quand Gunnar lui avait demandé combien de temps elle avait porté l'enfant après l'incendie, peut-être aurait-elle dû lui parler du coup qu'avait reçu Svana et qui l'avait alors empêchée de marcher ? Sans doute le ferait-elle plus tard. Mais avant, elle voulait montrer à Gunnar à quel point elles pouvaient toutes deux lui être utiles.

— Ragn ?

Elle fronça les sourcils, intriguée. Impossible de se tromper. Dans la voix de Svana sourdait la panique.

— Tu es là ? demanda sa sœur. J'ai rêvé que tu avais disparu. Est-ce que c'est vrai ?

— C'est l'heure de sortir du lit, espèce de marmotte ! répondit-elle d'une voix enjouée. Nous avons beaucoup à faire aujourd'hui !

— Tu veux parler de cette nouvelle traversée ? Non merci !

Et pour mieux exprimer son refus d'obtempérer, Svana s'enfouit jusqu'au cou sous les fourrures. Ragn se pencha vers elle et lui dégagea le front des cheveux qui le recouvraient. Après une seule nuit de repos véritable, le regard de sa sœur était plus brillant et sa peau moins fripée. À quand remontait la dernière fois qu'elle l'avait vue aussi bien ?

— Nous restons au château ! annonça-t-elle, triomphante, en lui posant la main sur l'épaule. Mais il faudra travailler dur. Gunnar Olafson a accepté ma proposition.

Elle sourit.

— Fini, notre avenir incertain à Ile ! Ici, tu vas pouvoir guérir définitivement.

Svana se frotta les yeux.

— Alors, Gunnar va t'épouser ? Tu vois… J'avais bien remarqué qu'il te regardait, qu'il appréciait ton physique de belle brune aux cheveux de jais et aux yeux brillants. Sans parler de ta silhouette magnifique à la fois longue et élégante. Rien à voir avec la silhouette grossière de… de…

— Cesse de raconter n'importe quoi, dit-elle avant que sa sœur s'avise de mentionner le nom de la dernière maîtresse de Hamthur, celle dont on avait retrouvé le corps à côté du sien.

— Pour moi, tu es belle ainsi que tu l'as toujours été, répéta obstinément Svana en lui prenant la main. Tu m'as sauvé la vie.

— La vie ne vaudrait d'être vécue si nous ne donnions pas le meilleur de nous-mêmes, si nous ne prouvions pas notre valeur par nos efforts et ne partagions pas notre force avec les personnes qui en ont besoin.

— En dehors de ces efforts fabuleux que tu as fournis pour mon salut, je répète que tu es belle et que tu le demeures.

D'ailleurs, ta peau est particulièrement soyeuse ce matin. Il s'est passé autre chose…

Ragn secoua la tête. Si, hier soir, Gunnar avait failli l'embrasser, c'était plutôt du fait de l'heure tardive et de la complicité de la nuit que d'une quelconque attirance physique. Hamthur aussi s'était parfois comporté de la sorte. Quand aucune de ses maîtresses n'était disponible, il venait vers elle. Pour qu'il ne la batte pas, elle se laissait faire en s'efforçant de toutes ses forces de songer à autre chose.

— C'est parce qu'il a apprécié mon ragoût, répondit-elle avec une légèreté étudiée. En tout cas plus que toi qui as mis un temps considérable à le finir.

Le visage de Svana se renfrogna.

— Si tu n'es pas sa fiancée, qu'est-ce que tu es, alors ?

— L'intendante de son domaine, répondit-elle en présentant à l'enfant sa robe pour qu'elle se lève et se glisse à l'intérieur. Je vais diriger cet endroit jusqu'au prochain printemps au début duquel Gunnar se rendra dans le Nord pour y trouver et en ramener la fiancée qu'il aura personnellement choisie, selon ses propres critères. Entre-temps, il veut évidemment s'assurer que je saurai veiller sur son domaine et le gérer comme il faut.

— Aucune femme ne pourrait être une meilleure fiancée que toi. Tu verras. Il reviendra du Nord les mains vides, te prendra dans ses bras et te proclamera son amour.

Les yeux de Svana se mirent à étinceler.

— Je vois le spectacle d'ici. Vous organiserez un grand mariage au cours duquel je pleurerai tant je serai émue par ta mise. Sous ta couronne dorée et parée de ta robe étincelante, tu ressembleras à la Jeune-fille-Soleil.

Malgré elle, Ragn se laissa aller à son tour à imaginer la scène. Son cœur s'emballa. Elle plissa le front. Pour quelqu'un qui refusait de croire à l'impossible, elle avait une drôle de manière de s'y prendre.

— Toi et tes romances…, dit-elle à sa sœur avec un sourire indulgent, tu es encore pire que Trana.

Mais au lieu de lui répondre par un sourire, Svana conserva son air obstiné.

— Dès ce soir, j'irai prononcer mon vœu devant le porridge du *nisser*. De cette façon, le *nisser* veillera personnellement à ce que Gunnar Olafson fasse ce que l'on attend de lui. J'ai confiance, moi. Même si quelqu'un d'autre a déjà oublié…

Ragn commença à habiller sa sœur tout en retenant le mot grossier qui lui brûlait les lèvres. Ses tentatives pour que Svana cesse de croire à l'impossible se soldaient par un échec absolu. Pourtant, elle ne renonça pas.

— Gunnar et moi n'allons pas nous marier, ma douce. Dès qu'il aura trouvé la fiancée qu'il veut, nous nous quitterons. À ta place, je ne ferais donc plus allusion à cette éventualité. À moins que tu tiennes à te retrouver sur le prochain bateau en partance pour Ile. Gunnar est décidé à choisir lui-même sa femme sans aucune assistance.

Le visage de Svana se renfrogna de nouveau.

— Ai-je encore fait ce que je n'aurais pas dû ?

Puis elle ajouta en relevant le menton :

— Je vais me montrer courageuse. Et ceci dès aujourd'hui, tu vas voir ! Si les chiens entrent dans la cuisine, je ne tressaillirai même pas.

Ragn prit sa sœur dans ses bras et l'embrassa dans les cheveux. Les blâmes continuels que Svana s'adressait à elle-même la contrariaient beaucoup. Comme elle aurait aimé retrouver sa confiante petite sœur.

— Ce n'est pas ta faute si Gunnar ne tient pas la promesse que m'a faite son ami. En revanche, tu dois m'aider à tenir la mienne pendant tout le temps où il cherchera la femme qui lui convient.

— Peut-être qu'il veut t'épouser mais qu'il ne le sait pas. Les hommes peuvent avoir ce genre de réactions curieuses. C'est Trana qui me l'a dit. À ce propos, je te ferai remarquer qu'il t'a apporté des fourrures, cette nuit…

— Il a apporté les fourrures par peur que nous ayons froid et tombions malades, Svana…, la contra Ragn, consciente de la rougeur qui gagnait en même temps ses joues.

Heureusement que la lumière était encore faible, songea-t-elle, car si Svana devinait que Gunnar avait essayé de l'embrasser pour sceller leur pacte, il n'y aurait plus moyen d'arrêter son imagination.

La dernière chose dont elle avait besoin maintenant était que Svana se lance dans des tentatives de mariage aussi maladroites que malvenues.

— Où irons-nous quand sa future femme arrivera ? demanda l'enfant d'une voix, cette fois, très douce.

— Quelque part où nous pourrons vivre sans craindre que Vargr nous poursuive. En Islande, par exemple. Le voyage en mer est long pour y arriver. Or, Vargr déteste l'eau et, de ce fait, les voyages en bateau. D'autant que la sorcière lui a recommandé de se méfier des traversées.

Svana se mordit la lèvre.

— Moi non plus, je ne veux plus voyager sur l'eau ! Je déteste la façon dont les bateaux tanguent. Et puis, c'est toujours humide là-dessus. Même quand je veux me sécher, je n'y arrive jamais vraiment. S'il te plaît, Ragn, fais cela pour moi… Marie-toi avec Gunnar !

Ragn secoua la tête. Svana était vraiment incorrigible. Quand elle avait une idée en tête, il lui était impossible d'en démordre. Comme elle-même quand elle était enfant… Elle serra les lèvres. Non, Svana ne deviendrait pas comme sa sœur aînée. Elle deviendrait *mieux*.

— Nous nous inquiéterons du problème en temps voulu. Pour le moment, je sens surtout l'odeur du porridge. On fait la course jusqu'à la cuisine ?

— Quelquefois, les histoires inventées deviennent vraies, tu sais, chuchota Svana comme si elle lui confiait un grand secret. Je ne vais pas renoncer à mes croyances juste parce que tu me le demandes, jamais je ne ferai cela.

— Vous êtes levée…, dit Gunnar en entrant dans la cuisine à l'instant précis où Ragn retirait le porridge du feu.

Sa tunique lui moulait le corps, révélant son imposante

carrure. La jeune femme sentit son cœur palpiter dans sa poitrine tandis que lui revenait le souvenir de ses deux bras puissants sur elle. Un soupir s'arrêta au bord de ses lèvres. Elle qui avait espéré pouvoir justifier sa réaction par son épuisement… Mais au moins, de son côté, Gunnar avait accepté qu'elle refuse de partager son lit et avait respecté ses principes. À présent, elle savait qu'il ne tenterait pas de lui voler un nouveau baiser.

Elle se tourna de nouveau vers le feu et posa le porridge sur la flamme avant de le remuer une dernière fois avec énergie.

Quelques gouttes débordèrent et vinrent mourir en grésillant sur les flammes.

— Le porridge aux groseilles est prêt, annonça-t-elle.

— Je ne mange jamais de porridge, répondit Gunnar. Trop compliqué à préparer pour quelqu'un comme moi que mille tâches attendent. Mais l'adjonction de groseilles change tout !

La voix grave l'enveloppa comme du miel chaud.

Soudain, du coin de l'œil, elle vit Svana se raidir. La seconde suivante, attirés par l'odeur, les chiens pénétraient en trottinant dans la pièce. L'un des deux renifla l'enfant avant d'aller s'asseoir près de Gunnar. Courant alors vers sa sœur, Svana enfouit le visage dans sa robe.

— Svana, dit-elle tout de suite pour prévenir un désastre, qu'est-ce que c'est que cette conduite ? Nous n'allons pas recommencer la même scène à chaque repas… Les chiens de Gunnar ne te feront aucun mal.

— Sais-tu où se trouve le tas de bois, petite ? demanda Gunnar alors que Ragn terminait sa phrase.

Svana se redressa.

— Je crois.

Il lui indiqua l'âtre d'un mouvement de tête.

— Ce feu aurait besoin de quelques branchages supplémentaires.

— Je peux y aller, dit Ragn en posant la main sur l'épaule de sa sœur pour la retenir. Les chiens effraient Svana, vous l'aurez remarqué hier soir. Or, il faut passer devant eux pour atteindre la porte.

— Les chiens ne bougeront pas. Ils vont rester près de moi. Fais vite, s'il te plaît, Svana.

La tête tournée dans sa direction, il se pencha vers Svana et, comme s'il voulait n'être entendu que d'elle, lui chuchota assez fort quand même pour que Ragnhild entende :

— Ma mère disait que les *nissers* aiment particulièrement les tas de bois. Et si c'est là que le nôtre a passé la nuit ?

Un sourire émerveillé éclaira aussitôt le visage de Svana. Ses yeux pétillèrent.

— Oui, chuchota-t-elle sur le même ton, c'est un bon endroit pour se cacher, les tas de bois…

La seconde d'après, elle passait devant les chiens sans un regard pour eux et quittait la pièce tandis que Gunnar retournait à son porridge, l'air content de lui.

— À quel jeu jouez-vous ? demanda Ragn, une main sur la hanche.

— À celui de *Regardez et apprenez*. Regardez bien votre sœur quand elle reviendra. À mon avis, elle n'a pas encore remarqué la figurine. Je vais l'utiliser pour la prochaine étape.

— Vous auriez dû me demander avant ce que je pensais de votre idée. C'est moi qui suis responsable de Svana.

Gunnar repoussa légèrement son bol.

— La nuit dernière, vous souhaitiez que je vous fasse suffisamment confiance pour remettre la gestion de mon domaine entre vos mains.

— En effet, mais cela n'a rien à voir avec Svana. Ma sœur est une gentille enfant. Et très serviable. Certes, les chiens la rendent un peu nerveuse, mais c'est tout. Elle va parfaitement y arriver.

— Le problème sera réglé avant la fin de la matinée, répondit Gunnar en se resservant un peu de porridge. Observez, Ragnhild ! Apprenez quelque chose de nouveau…

— Je connais ma sœur et n'ai pas besoin de vos leçons.

En fait, la seule chose qui la préoccupait en cet instant était l'imminence du désastre.

Svana entra en trombe dans la pièce alors que Gunnar achevait de vider son second bol de porridge. Sans s'intéresser aux chiens davantage qu'à l'aller, elle posa ses branchages devant le feu.

— Pas de *nisser* dans le tas de bois. Mais il était peut-être en train de dormir.

— Regarde là-haut, répondit Gunnar d'un air ravi en pointant l'index vers le haut de la cheminée.

Décidément, l'enfant ressemblait terriblement à Asa et Brita.

Les yeux de Svana s'arrondirent.

— D'où vient ce petit objet ?

— Ma mère disait qu'il n'apparaissait que quand le *nisser* se sentait heureux. Je crois donc que cet endroit lui plaît. Le jour de mon départ, ma mère a ôté cette figurine de sa place et me l'a donnée pour qu'elle me protège.

— Nous protège-t-elle aussi, ma sœur et moi ?

— Même un *nisser* ne peut arrêter les gens mauvais. Tu dois placer ta confiance en quelque chose de plus fort, comme un guerrier et ses chiens.

Il se baissa au niveau de la petite fille.

— Les chiens sont des animaux très utiles, tu sais. Simplement, il faut prendre une grosse voix pour leur parler car ils n'écoutent pas toujours avec l'attention requise. Tiens, tu vas essayer. Appelle-les par leur nom. Le marron, c'est Kolka, et le moucheté s'appelle Kefla.

Svana jeta un coup d'œil furtif vers l'endroit où les deux chiens-loups sommeillaient, avant de se laisser aller contre les genoux de sa sœur.

— Ragn ?

— Essaie, Svana, dit Ragnhild sur un ton peu convaincu. Fais-le pour moi. Tous les chiens ne sont pas comme… ceux que nous avons croisés ce jour-là.

— Tu es passée deux fois devant eux, tout à l'heure, renchérit Gunnar.

Svana écarquilla les yeux.

— J'ai fait ça… !

Comme elle se raidissait, Gunnar reprit :

— Les chiens peuvent se révéler de formidables protecteurs, mais pour cela, ils ont d'abord besoin de savoir qui ils protègent. Tends la main dans leur direction et appelle-les de façon à leur faire comprendre que c'est pour faire leur connaissance et devenir leur amie.

Svana chuchota leurs noms. Aussitôt, Gunnar se redressa en claquant des doigts et pointa l'index vers l'enfant.

La réaction des chiens ne se fit pas attendre. Ils se levèrent, traversèrent la pièce en trottinant et s'assirent devant la fillette.

— Kolka et Kefla vont devenir mes amis ? s'enquit-elle d'une petite voix.

Ragnhild s'accroupit et posa les mains sur les épaules de la fillette.

— En tout cas, ils en ont envie, ma douce, j'en suis sûre.

— Fais confiance à ta sœur, enfant.

Ragnhild leva la tête vers lui et le fixa. Il lui rendit son regard, le souffle coupé par son sourire. Puis il tourna la tête vers Svana.

— Maintenant que tu t'es correctement présentée, ils vont très bien se comporter avec toi, dit-il. Mais rappelle-toi de prendre une grosse voix pour t'adresser à eux. Et de penser à leur donner tes restes quand tu ne vides pas ton bol.

Il vit le visage de Ragnhild devenir d'une douceur stupéfiante. Lentement, elle articula un « merci » silencieux.

Un sourire heureux aux lèvres, Svana tendit les mains pour que les chiens reniflent ses doigts. Lorsqu'ils se furent exécutés, elle toucha les oreilles de Kolka avec timidité.

— Et ma sœur aussi ? demanda Svana en se retournant vers Gunnar. Ragn aussi devra prendre une grosse voix ?

— Je pense parler assez distinctement pour ne pas devoir forcer, dit Ragnhild en plissant le nez d'une adorable manière.

Ses yeux recelaient des lumières retenues. Comment avait-il pu lui trouver un physique ingrat quand elle avait débarqué ?

— Voici qui est bon à savoir, dit-il avant d'appeler ses chiens.

Quand les deux animaux l'eurent rejoint, il ajouta :

— Je sens qu'ils attendent un nouveau bon ragoût, ce soir.

Il s'était à peine éloigné de deux pas que Ragnhild le rattrapa par le bras. À son contact, il sentit un courant le traverser.

— Merci, dit-elle. J'ai apprécié ce que vous venez de faire avec Svana.

— J'ai agi pour nous faciliter la vie et aussi nous la rendre plus agréable. Et puis, je n'aime pas que mes chiens soient tenus à l'écart.

— C'était néanmoins gentil de votre part. Vous aviez raison et votre méthode a très bien fonctionné. J'aurais dû vous faire confiance tout de suite. Vous êtes une bonne personne et votre cœur est tendre.

Il serra les mâchoires. « Tendre » ? Son cœur était un nœud si serré que personne ne pouvait le défaire. Pas même lui. La meilleure part de lui-même était morte et enterrée auprès de sa mère et de ses sœurs, la famille qu'il n'avait su protéger.

— Ne vous y fiez pas trop.

La salle de brassage gardait l'odeur d'années de levure et d'orge séchée, doublée d'une senteur douce-amère de malt. Ragn fronça les sourcils quand elle commença à nettoyer les barils. La réputation d'un domaine bien tenu dépendait de la qualité de la bière qu'il réservait à sa consommation quotidienne. Certes, cette bière était à peine buvable, mais, pour Svana, ce serait toujours mieux qu'une eau de provenance incertaine. Ragn avait vu trop de gens tomber malades après avoir bu de l'eau douteuse.

— Est-ce toi qui vas faire la bière de Yule ? l'interrogea l'enfant d'une petite voix.

— Oui. Mais il y aura à peine assez d'orge, car les grains n'ont pas été correctement conservés.

— J'adore ta bière.

— Alors, tu dois observer et apprendre. Produire de la bière est l'une des tâches les plus importantes qu'une femme puisse entreprendre.

Svana regarda autour d'elle.

— C'est plutôt confiné, ici.

— C'est exact. Mais il faut des endroits bien exigus et où il fait très chaud pour que le moût produise de bonnes bulles. L'un des problèmes, ici, me semble être le terreau. Svana, peux-tu m'aider… ? Svana ?

Elle scruta sa sœur, paniquée. L'enfant était devenue d'une pâleur affolante, ses yeux s'étaient révulsés et elle commençait à se contorsionner. À peine le temps d'un battement de cils, et Svana tombait à terre comme une masse.

Ragn sentit un cri monter en elle. Elle se précipita vers sa sœur. Adressant des prières à tous les dieux susceptibles de l'entendre, elle s'efforça de chasser l'effroi qui l'envahissait. Après avoir assisté à plusieurs crises de cette sorte, elle savait que tout ce qu'elle pouvait faire était d'attendre, espérer et empêcher sa sœur d'étouffer. Pour cela, elle tourna la fillette sur le côté et, avec beaucoup de délicatesse, lui orienta la tête vers le sol. De cette manière, elle ne risquait pas de s'étouffer.

— Que se passe-t-il ? J'ai entendu un cri.

La main sur le pommeau de son épée, Gunnar se trouvait dans l'embrasure de la porte avec, sur le visage, le même masque impassible que d'habitude.

Ragn fit deux pas sur le côté pour masquer le corps inconscient de Svana et s'efforça de sourire.

— La situation est entièrement sous contrôle.

— Kefla est venu gémir dans mes jambes. Le moment d'après, vous avez poussé un cri.

Elle avait donc crié…

— Svana s'est évanouie. Ses genoux ont dû cesser de la porter. Mais sa tête n'a pas touché le sol quand elle est tombée.

Gunnar fit le tour pour rejoindre l'endroit où gisait Svana. Les cils de l'enfant semblaient particulièrement noirs contre sa peau blanche. Et ses jambes étaient agitées de soubresauts convulsifs.

— Il faut la sortir d'ici, dit-il.

Sans attendre, il souleva la petite fille et la prit dans ses bras. Suivi de Ragn et des chiens, il la porta ensuite jusqu'à la chambre.

Comme il déposait Svana sur les fourrures, celle-ci gémit. Ses paupières battirent.

— Ragn ?

— Je suis là, ma douce, répondit-elle, le cœur un peu moins serré.

Cette fois, sa sœur avait vite repris conscience.

— Il faut te reposer, ajouta-t-elle.

— Je… Je…

— Ne t'inquiète pas. Il fait atrocement chaud dans la salle de brassage. Qui plus est, tu n'as presque rien mangé depuis ce matin.

Elle s'efforçait de conserver un ton mesuré pour que Svana ne perçoive pas son inquiétude. Son optimisme de ce matin avait été bien exagéré. Ce ne serait pas avec une simple nuit de sommeil que Svana guérirait complètement.

— J'avais décidé de faire la bière de Yule avec toi, bredouilla la petite fille tandis que ses paupières battaient, mais je suis si fatiguée…

Déjà ses yeux se fermaient. Néanmoins, Ragn remarqua que son souffle demeurait régulier.

— Votre sœur va dormir plusieurs heures, dit Gunnar. Laissez-la. Les chiens viendront nous chercher si elle se réveille ou commence à bouger. Quant à nous, nous devons parler.

Son ton n'admettait pas de réplique. Ragn quitta sa sœur à regret et se dirigea vers la cuisine. En dépit des braises dans l'âtre, elle ne cessait de frissonner.

— Arrive-t-il souvent à votre sœur de perdre connaissance ? demanda Gunnar.

— Svana n'avait pas assez mangé à son réveil et il faisait beaucoup trop chaud dans la salle de brassage. Je ne la laisserai plus y pénétrer.

Les traits du visage de Gunnar se creusèrent. Il sentit son ventre se nouer.

— Depuis combien de temps est-elle atteinte de cette affliction ?

Ragn s'humecta les lèvres. Son cœur sombra. Gunnar savait. Dans une minute, il agirait comme elle avait vu le faire ses cousins et s'écrierait que l'esprit de la géante Angrbord avait pris possession de l'enfant.

— Un évanouissement n'est pas une affliction.

— Svana n'est pas tombée à cause de la chaleur ni par faiblesse. Elle a fait une crise.

Ragn croisa les bras.

— Comment le savez-vous ?

— Je connais les signes.

Des ombres couraient sur le beau visage viril.

— Vous auriez dû me le dire vous-même, ajouta Gunnar.

— À quel moment ? riposta-t-elle Quand nous avons débarqué ? Et dans quel but ? Pour que vous nous obligiez à remonter dans cette chaloupe et que l'équipage nous fasse passer par-dessus bord quelques milles plus loin ? La nuit dernière, quand vous vous prépariez à nous envoyer à Ile ? Ou encore quand je suis venue vous supplier de nous garder ?

Ragn s'estimait soudain en droit de donner libre cours à sa colère. Contre Gunnar, parce qu'il était en fait aussi étroit d'esprit que les autres, et contre le monde entier, pour autoriser que pareille chose arrive à une petite fille. Une joie étrange se propageait en elle. Crier après quelqu'un pouvait décidément se révéler satisfaisant.

— Svana n'a pas eu de crises sur le bateau. Je l'ai observée pendant toute la traversée. Au point d'avoir presque fini par espérer qu'elle en était débarrassée ! Que savez-vous sur quoi que ce soit ? Svana n'est pas l'émissaire de la géante Angrbord !

Quand il lui posa lourdement les mains sur les épaules, elle sut que ses yeux sondaient son âme, qu'il voyait en elle tout ce qu'elle avait fait de mal et comprenait les raisons qu'avaient eu les dieux de se détourner d'elle.

— Je pensais avoir le droit de savoir, dit-il. Et, c'est vrai, Svana n'est pas l'émissaire de la géante Angrbord.

Elle secoua vivement la tête.

— Ne comprenez-vous pas que j'ai tout perdu sauf elle ? Ne saisissez-vous pas pourquoi j'essaie de vous tenir éloigné de tout cela ?

Leurs regards demeurèrent scellés l'un à l'autre. Enfin,

Gunnar la laissa aller. L'air froid s'engouffra entre eux quand elle recula d'un pas.

— Si vous m'aviez tout expliqué, j'aurais agi de manière différente, déclara-t-il sur un ton plus calme. Je me serais montré plus attentif.

— J'avais trop peur, dit-elle.

— De moi ?

— Peur pour Svana. Même si je notais quelques changements positifs en elle et que j'entretenais l'espoir que ses crises deviennent vite de l'histoire ancienne.

Elle serra les mâchoires.

— De toute façon, la responsabilité de cette dernière crise m'incombe. Certaines personnes ne supportent pas le confinement de la salle de brassage. J'en avais déjà vu avoir des malaises. Nous allons partir, toutes les deux. Cela vaudra mieux pour tout le monde. Je n'aurais pas dû m'énerver ainsi contre vous.

— Depuis quand Svana a-t-elle ces crises ?

— Depuis l'incendie. Svana a alors été victime d'un coup sur la tête. Ce coup m'était destiné. Je tournais le dos à Vargr et j'ai bougé au dernier moment. Pourquoi ? Je l'ignore. J'aurais mieux fait de…

— Est-ce vous qui avez frappé Svana ou qui avez commandité l'attaque ? demanda Gunnar avec douceur.

— Non, mais je suis celle qui a convié la sorcière au Yule de l'année dernière. Or, c'est là que tout a démarré.

Les mots se bousculaient à présent sur ses lèvres tant elle avait besoin d'expliquer ce qui s'était passé et comment la sorcière était entrée en transe au moment précis où son regard avait croisé celui de Svana.

— Mais vous n'avez pas forcé cette sorcière à faire sa prédiction.

— Je continue à penser que si cette mauvaise femme n'avait pas d'abord espionné Svana elle aurait raconté que ma sœur et moi étions complices. Au lieu de quoi, ayant déjà vu Svana, elle a pu faire semblant d'être prise de transes au premier regard. Sans cesser de gémir, elle a déclaré que

Svana causerait la mort de Vargr. En conséquence de quoi celui-ci a immédiatement commencé à distribuer ses ordres et exprimer ses doléances. Sauf que Hamthur l'a renvoyé du château. Vargr l'a alors maudit tout en fomentant sa revanche… Et il l'a très vite prise.

Gunnar tapota pensivement le bout de ses doigts les uns contre les autres.

— J'ai vu des guerriers souffrir du même mal après avoir été victimes d'une blessure à la tête.

Elle le fixa avec intensité. Gunnar connaissait donc des gens souffrant comme Svana ?

— Ont-ils guéri ?

— Quelques-uns.

Il haussa les épaules.

— Cela dépend des dieux. Mais, en général, ceux qui guérissent demeurent de vaillants guerriers.

— En connaissez-vous un qui ait complètement guéri ? insista-t-elle.

Le regard de Gunnar sembla s'éteindre.

— Un ou deux. À quoi bon vous faire entretenir de faux espoirs ? Ce sont de toute façon les Nornes qui contrôlent nos destins.

— Si vous avez su quoi faire avec Svana tout à l'heure, est-ce grâce à ces guerriers qui en ont totalement réchappé ? demanda-t-elle dans un souffle tout en détestant le fol espoir qui naissait en elle.

— Une sorcière avait maudit ma plus jeune sœur quand celle-ci était encore petite. Par la suite, Asa a souffert de crises de ce genre. Nos voisins et amis nous conseillaient de la tenir à l'écart de notre vie, mais ma mère a fait tout le contraire en la gardant près de nous et en la choyant tout particulièrement. J'aurais dû me douter qu'il y avait quelque chose. Svana me rappelle ma jeune sœur.

— Asa est-elle morte d'une crise ?

— Non, d'autre chose.

Gunnar se détourna le temps d'un soupir. Quand il fit de

nouveau face à Ragn, son masque de guerrier endurci avait repris sa place.

Elle serra ses mains l'une contre l'autre.

— Je suis désolée…

— Avant de s'endormir, votre sœur a mentionné la bière de Yule. Mais il ne sera pas nécessaire d'en faire.

— La mienne était réputée pour être l'une des meilleures du royaume.

Gunnar fronça les sourcils.

— En général, je suis absent pendant la période de Yule. Je suis tout entier occupé au renouvellement de mes serments d'allégeance. Du reste, qui boira toute cette bière que vous vous apprêtez à faire ? Qui viendra voir la roue enflammée ?

— En tant que propriétaire terrien, il vous reviendrait d'offrir une célébration à ceux qui résident sur vos terres.

Ragn avait promis à Svana un Yule digne de ce nom et se sentait à la fois capable et obligée de tenir son engagement.

— De par sa position, poursuivit-elle en revenant à la charge, votre épouse aura elle aussi à cœur d'offrir des divertissements aux autres et d'être elle-même divertie. Je n'apprécierais guère que l'on mette en cause votre sens de l'hospitalité.

Les yeux de Gunnar flambèrent.

— Personne ne le fera.

J'ai en outre constaté un ou deux problèmes dans la salle de brassage : vos tonneaux ne sont pas bien entretenus, le moût sent très mauvais et il vous reste très peu d'orge.

— Seriez-vous par hasard en train de me critiquer ?

Gunnar avait posé sa question d'une voix forte qui résonna entre les murs. Nullement impressionnée, elle répondit avec calme :

— J'émets un constat. Quand votre femme arrivera, vous aurez envie que l'accueil qui lui sera réservé soit chaleureux, j'imagine…

— Vous montrez-vous toujours aussi obstinée ?

— Seulement quand je crois en quelque chose.

Gunnar laissa échapper un long soupir.

— Et êtes-vous obligée d'aborder la question comme si cette femme allait arriver avec la prochaine grande marée ? Arrivent-elles par trois ? Par vagues comme la mer ?

— N'avez-vous pas décidé de vous marier ?

— Avec vous sur place, je peux faire face.

Un éclair de malice passa dans ses yeux.

— Savez-vous que vous êtes agaçante ?

— Après moi, je doute fort que votre ami Eylir réitère sa… tentative en vous envoyant une autre femme. Donc, à moins que d'autres relations à vous soient, comme lui, à la recherche de cette épouse quelque peu… fuyante, je…

Elle s'interrompit. Gunnar était en train d'emmêler ses cheveux en y passant la main. Une envie inattendue de les rabattre en douceur la démangea.

— Eylir est le seul qui ait osé pareille extravagance.

Elle sentit les muscles de son cou se détendre un peu.

— Tant mieux. Il me semble que vous n'auriez pas assez de place pour accueillir de nouvelles… intendantes, rétorqua-t-elle, provocante.

La repartie de Gunnar fusa beaucoup trop vite.

— Comme vous le savez, j'ai la ferme intention de partir dans le Nord. Ce n'est qu'une question de temps et d'organisation.

— Vous vous lancerez à la recherche de votre épouse quand vous aurez le temps et serez certain que vos terres seront bien gérées en votre absence.

— Ce dernier point reste à voir.

— Autorisez-moi à préparer Yule comme je l'entends et ce sera tout vu. Avec un peu de gentillesse et de prévenance, vous obtiendrez de moi de bons résultats.

Gunnar pinça les lèvres.

— Yule peut se fêter ailleurs.

— Votre femme attendra quand même qu'il soit célébré dans *votre* domaine. Et puis, de cette façon, les préparations des années suivantes seront beaucoup plus simples à réaliser puisque vous saurez à l'avance tout ce qu'il y a à faire.

— Parce que vous vous imaginez que je ne le sais pas ? Ma mère m'a élevé dans la tradition. J'ai décidé seul d'oublier Yule.

— Ce que je pense n'a aucune importance, répondit-elle en choisissant ses mots avec soin. Svana a bien mérité sa grande fête. Pendant les préparatifs, vous pourrez ignorer absolument tout ce qui se passe autour de vous, et vous isoler complètement.

— Vous arrive-t-il d'écouter quand on vous parle ? Nous faisons les choses à mon idée et à ma façon ou nous ne faisons rien du tout.

Sur ces mots, Gunnar s'éloigna et claqua des doigts. Les chiens le rejoignirent aussitôt.

— Occupez-vous de votre sœur et oubliez Yule, dit-il seulement avant que la porte claque derrière lui, emplissant la pièce de son écho.

Ragn regarda droit devant elle.

— J'ai promis, murmura-t-elle. Et je trouverai le moyen de tenir ma promesse.

Chapitre 5

La pile de rondins avait gagné plusieurs mètres depuis que Gunnar avait commencé à la constituer. De la sueur perlait à son front et il éprouvait une certaine satisfaction à se débarrasser de sa colère en travaillant. Colère contre Ragnhild, contre lui-même et surtout contre ce moment précis de l'hiver.

Il détestait Yule. C'était le moment de l'année que sa mère avait toujours préféré, mais c'était aussi celui où sa famille avait péri. Un raid avait été mené contre la ferme familiale. Livrées à elles-mêmes et à la désolation que les agresseurs avaient laissée derrière eux, sa mère et ses sœurs étaient mortes de faim. Certains avaient tenté d'attribuer cette horreur à la *chasse sauvage*, traque des spectres qui, chaque année à la même époque, causait partout chaos et violences. Mais, en son for intérieur, Gunnar n'avait jamais hésité sur le nom de la personne portant l'entière responsabilité de ce désastre : Gunnar Olafson. Car lui seul savait que cette tragédie aurait pu être évitée si, séduit par Dyrfinna, il n'avait pas traîné aussi longtemps à Kaupang au lieu de rentrer chez lui où on l'attendait.

Depuis le drame, il s'était efforcé d'oublier jusqu'à l'existence de Yule.

Un juron lui échappa tandis qu'il posait le dernier rondin sur la pile maintenant très haute.

Ragnhild avait raison, ses hommes attendaient forcément des festivités, des danses et des banquets. L'enfant, surtout, l'espérait. Elle qui avait tout perdu mais croyait encore aux *nissers*.

Dans ces conditions, ne valait-il pas mieux endurer ces célébrations avec quelqu'un qui ne se soucierait pas de son caractère revêche ni de son humeur maussade ? Ragnhild le connaissait sous son plus mauvais jour et savait tout de sa muflerie. Sauf qu'au lieu de prendre peur, de s'affoler et de se sauver à toutes jambes, elle gardait les pieds bien sur terre.

— Gunnar !

Ragnhild courait vers lui, son châle noué autour de ses épaules. Le vent plaquait sa robe contre ses jambes, révélant leur galbe gracieux.

Quel fou il avait été de vouloir la repousser quand elle avait débarqué de la chaloupe !

— Y a-t-il encore une chose que je devrais faire ? demanda-t-il sur un ton acerbe qu'il regretta aussitôt.

Le visage de la jeune femme se crispa, ses sourcils se rejoignirent et son regard se fit hésitant. Jusqu'à ce qu'elle remarque l'impressionnante pile des rondins qu'il avait débités en aussi peu de temps.

— Je me demandais la raison de tout ce fracas.

— Le bruit du bois que l'on découpe offenserait-il vos oreilles délicates ?

Comme elle se mordillait la lèvre inférieure tout en examinant la haute pile, il remarqua que ses yeux gris argent scintillaient. Avec sa finesse d'esprit, elle avait compris sans mal que la mauvaise humeur qu'il affichait n'était pas dirigée contre elle.

— Vous êtes manifestement déterminé à ce que nous ne manquions pas de combustible cet hiver ! remarqua-t-elle, poussée par une taquinerie charmante.

— Vous avez dit que vous alliez avoir besoin de davantage d'orge, or l'orge demande de l'énergie. Quant à mes hommes, ils vont devoir renouveler leur serment d'allégeance.

— C'est vrai. Une célébration de Yule en bonne et due forme ne sera donc pas de trop pour animer un peu ce château.

— Mon château est déjà vivant. Et en ce qui concerne mes hommes, il s'agit de prestations de serment.

— Ce château est un endroit froid et désert où personne n'a envie de s'attarder. Yule est là pour nous rappeler que nous avons besoin les uns des autres et que c'est entre autres grâce aux traditions que les gens se rencontrent et se lient. Or, il est évident que vous devez gagner l'affection de vos hommes si vous voulez qu'ils vous restent dévoués. Qui peut prédire le moment où l'on aura besoin d'alliés fidèles ? Ce sont les faits, pas les contes, qui donnent à Yule sa véritable signification.

Gunnar attrapa sa hache.

— Je préfère ne plus aborder ce sujet.

— Très bien, mais que vais-je dire à Svana ? À la seule pensée d'avoir peut-être gâché la bière de la salle de brassage, elle était déjà en larmes.

Ragnhild avait accompagné sa remarque d'un geste de la main. La manche de sa robe se releva, dévoilant une cicatrice bien rouge à son poignet.

— Peu importe, murmura-t-elle. Peut-être est-il temps pour elle de grandir…

Gunnar baissa les yeux. Asa avait été pareille. Un jour, pour la taquiner, il avait tiré sur sa longue natte en lui affirmant que « cette année, Yule n'arriverait pas ». À cause de lui, Asa n'en avait plus jamais connu.

— Vous pouvez vous attaquer à la bière de Yule. Mes chiens détestent les larmes.

Ragnhild sourit aux anges.

— Merci. Svana va être enchantée !

— Mais je ne veux pas être dérangé ni que le brassage de cette bière devienne prétexte à ne pas faire le reste. Comme le porridge du matin.

— Et les autres divertissements de Yule ? Si nous les respections aussi, cela prouverait à ma sœur que la vie continue même si notre ancienne existence est morte et que nous reprenons tout de zéro.

Il ferma les yeux tandis que les paroles d'Asa tournaient encore et encore dans sa tête.

« Si tu ne rentres pas à la date prévue, mon très cher frère, je saurai que c'est parce que tu traces ton chemin dans le monde. Mais quand tu célébreras Yule, pense à moi. Toujours. »

Il ne l'avait pas fait. Jamais plus il n'avait fêté Yule. Or, ni Asa ni Brita ne méritaient d'être oubliées.

— Je veux un beau Yule, dit-il alors d'une voix sourde. Un Yule qui vous réchauffe tout le corps, du sommet du crâne à l'extrémité des orteils.

Ragnhild lui jeta un regard étonné avec, au fond des yeux, des étincelles d'argent à vous faire croire que certaines choses comme les malédictions n'étaient faites que pour être levées.

Il voulait continuer à voir cette étincelle. Pour Svana ? Pour effacer l'indicible ?

Effacer l'indicible.

Son égoïsme le saisit à la gorge. Pour le bonheur de la petite fille qui avait tout perdu et qui méritait au moins un Yule heureux, il se plierait aux célébrations et aux festivités.

— Faites ce que vous devez faire, reprit-il. Brassez la bière, appelez servantes et serviteurs à la rescousse, organisez la roue enflammée. Faites brûler la bûche de Yule. Mais ne venez pas m'importuner.

Le panier plein de Ragn se balançait contre sa hanche quand elle traversa la cour. Grâce à Svana et à la petite enquête menée auprès des hommes, elle avait maintenant quelques idées sur ce dont les habitants du domaine avaient besoin : de quoi manger pour la femme de Lars qui souffrait de fièvre, d'une nouvelle tige pour le métier à tisser de l'épouse de Coll qui avait perdu la sienne, sans oublier quelques herbes médicinales, remèdes de sa grand-mère pour soigner les brûlures.

— Que partez-vous faire de tout ce que contient votre panier ? lui demanda Gunnar en la croisant.

— Rendre visite aux habitants de votre domaine et m'assurer que tout le monde va bien. Cela fait partie des tâches de la lady qui y habite. Cela me donnera l'occasion d'approcher les femmes et de trouver celles qui pourraient le mieux m'aider au château.

— Vous tenez vraiment à procéder ainsi ?

— Ma grand-mère m'a toujours impressionnée par tout ce qu'elle faisait. En la regardant agir, j'ai compris très tôt la quantité de choses que la lady d'un domaine devait accomplir pour bien s'en occuper. *Mor-mor* connaissait des familles mortes de faim parce que la lady du domaine où elles habitaient avait failli à son devoir. Or, une lady doit maintenir la cohésion au sein de sa communauté. Pour cela, si elle est intelligente, elle fera confiance à ses yeux pour tirer ensuite les conclusions qui s'imposent.

Gunnar la fixa.

— Votre grand-mère accomplissait-elle vraiment tout ce travail ?

— Oui, répondit-elle en riant. Chaque semaine à partir de son arrivée chez nous. Mon père disait souvent que le seul moment où la maison était tranquille était quand elle partait rendre ses visites.

— Si vous lui ressemblez un tant soit peu, je comprends pourquoi il appréciait le silence, riposta-t-il avec un regard malicieux.

— Vous trouvez que je parle trop ?

— En tout cas, vous parlez plus que moi.

— C'est tellement facile que ce n'est pas une preuve...

Il eut un petit sourire.

— J'ai grandi comme cela.

— Donc, ce que je m'apprête à faire auprès des habitants de votre domaine est... bien ?

Il acquiesça de la tête.

— Vous avez raison. Si les gens pensent que vous ne vous souciez pas d'eux, pourquoi se soucieraient-ils de vous ? Je regrette de ne pas avoir considéré plus tôt les choses de ce point de vue.

Elle sentit son cœur s'accélérer. Au cours de son mariage, Hamthur n'avait fait que lui répéter qu'elle était idiote de faire des dons à des gens dans le besoin plutôt que de tout garder pour les temps difficiles. Malgré cela, elle avait persisté. Et cela lui avait sauvé la vie lorsqu'elle avait fui Vargr : un couple âgé à qui elle avait donné, quelques mois plus tôt, les semences qui lui manquaient l'avait cachée dans sa grange avec Svana, le temps pour elle de récupérer de ses blessures.

— Vous avez compris, n'est-ce pas ? murmura-t-elle.

— Oui.

Son regard se troubla. Il répéta :

— Je regrette de ne pas y avoir pensé plus tôt. Il y a des années.

— On ne peut revenir en arrière.

— Ragn ! Ragn ! Viens vite ! Dépêche-toi !

La porte de la salle de brassage s'ouvrit si brusquement sous la forte poussée de Svana que, catapultée à l'intérieur, elle dut se rattraper à la manche de Ragn au moment précis où celle-ci trempait l'orge dans l'eau pour démarrer le processus de fermentation de la bière de Yule. Ragn bondit sur le côté, évitant de justesse que tout le grain se déverse à terre.

— Svana, que t'ai-je dit à propos de ta présence dans cet endroit ? N'étions-nous pas tombées d'accord pour que tu n'y viennes plus ?

L'enfant se frappa le front.

— J'avais oublié.

Posant son seau d'orge, Ragn se dirigea vers sa sœur, soudain tout abattue, et la prit dans ses bras.

— Je ne veux pas te voir victime d'un nouveau malaise, ma douce. Les émanations sont toujours importantes en début de fermentation. Et qu'est-ce que font les chiens ici avec toi ?

— Un navire approche dans la baie. J'ai vu ses voiles du haut de la falaise. C'est un grand bâtiment et… et tout.

Le cœur de Ragn se mit à cogner fort dans sa poitrine. Vargr ne pouvait avoir découvert leur cachette aussi vite. Quant à Trana, jamais elle ne les aurait trahies.

— Tu es montée sur la falaise ? demanda-t-elle en cherchant à faire diversion. Toute seule ?

— Les chiens étaient avec moi, répondit Svana. Gunnar m'avait dit que je pouvais y aller à condition de ne pas m'approcher du bord. J'ai aussi cherché le trou où se cache le *nisser*, mais il n'a visiblement pas élu domicile dans la pile de bois. Seule une souris y réside.

Ragn tentait de dissimuler son étonnement de son mieux. Pendant des semaines, Svana avait à peine bougé, mais voilà que depuis quelques jours, la fillette s'aventurait toute seule un peu partout.

— Qui suis-je pour aller contre la volonté de Gunnar ? dit-elle. Et que puis-je faire ? Surtout maintenant qu'il a accepté de nous interpréter l'un de ses chants le soir de Yule.

— C'est grâce à toi, Ragn. Il voulait te voir sourire.

Se sentant rougir, elle espéra que Svana mettrait sa réaction sur le compte de la haute température régnant dans la salle de brassage.

— Je crois que ma façon de chanter lui arrache les oreilles.

Svana haussa les épaules.

— Si tu préfères te dire cela…

— Je t'assure qu'il avait placé ses mains sur ses oreilles, insista-t-elle en souriant au souvenir de l'expression affligée de Gunnar en l'entendant chanter.

Svana rit. Puis, presque sans transition, son expression se fit chagrine.

— Penses-tu qu'il va vraiment se rendre dans le Nord avec le retour de la lumière ? Il pourrait rester ici et… Il aime ton porridge, non ?

Ragn eut un petit rire triste. Malgré tout ce qu'elle s'était appliquée à répéter à Svana, celle-ci continuait à s'accrocher à l'idée que Gunnar était amoureux de sa grande sœur. Quel espoir insensé… Elle prit une profonde inspiration. Avec Gunnar, ils étaient parvenus à devenir amis. Hors de question, donc, de mettre leur nouveau et précieux lien en péril.

— Et ce navire ? Qu'en dit Gunnar ?

— Rien. C'est toi que je suis venue voir en premier.

— Allons le prévenir. Comment sont les voiles ? Hissées ou descendues ?

— Descendues, répondit Gunnar en entrant dans la salle de brassage. Votre petite assistante court plus vite que moi.

Svana se mit à rayonner.

— Puisque vous ne m'autorisez ni l'un ni l'autre à être d'une aide véritable, dit-elle, je tâche d'être à la fois les yeux et les oreilles de Ragn quand elle se trouve occupée à produire la bière.

— Bien sûr que si, ton aide est une *aide véritable*, protesta Ragn. Mais maintenant, hors d'ici ! Nous avons assez de situations incroyables pour rester en parler pendant encore un an !

Sentant les yeux de Gunnar sur elle, elle prit conscience de sa peau brillante et de son tablier humide et même mouillé par endroits. Sans parler de sa joue droite sans doute tachée, à en croire le regard que Svana venait d'y poser et de la façon dont elle s'était frotté inconsciemment la joue. Dès ce soir, il faudrait qu'elle parle à sa sœur. Car laisser la petite inventer des romances là où il n'y en avait pas risquait de la laisser terriblement déçue.

— Es-tu prête à recevoir les visiteurs inconnus, Ragn ?

De petites gouttes s'étaient prises dans la barbe et les cheveux de Gunnar qui brillaient comme s'ils étaient piqués de diamants. Un épais vêtement de peau lui recouvrait les épaules et une bague en or parait sa barbe en son milieu. Deux anneaux autour du bras et une épée au pommeau orné complétaient l'ensemble. Un souffle chaud se propagea en elle, lui coupant la respiration. Ressentir de l'attirance pour Gunnar était une chose, agir contre cette attirance en était une autre. Fixant un point juste au-dessus des larges épaules, elle répondit sur un ton volontairement vif et décidé :

— Pensez-vous qu'il puisse s'agir d'un raid ?

— Il me semble que la saison est déjà trop avancée pour les raids. Njörd, le dieu de la mer et des vents, est sans pitié avec les voyageurs qui s'aventurent pendant la période où la Jeune-fille-Soleil se trouve encore dans le ventre du loup.

Elle s'essuya les mains sur son tablier en espérant qu'il ne remarque pas la sueur qui lui recouvrait le cou et les épaules. Pour les simples visiteurs aussi, la saison était un peu trop avancée et ils ne seraient plus nombreux à emprunter les routes maritimes avant que la Jeune-fille-Soleil soit sortie du ventre du loup. Quant à ceux qui osaient le faire, ils ne s'éloigneraient guère du rivage afin de ne pas servir de repas au serpent Midgaard. Qui, dans ces conditions, se trouvait sur le navire ?

— Depuis combien de temps avez-vous repéré le bâtiment ?

— Assez longtemps, répondit-il.

Il l'observa un instant avant de poursuivre avec un froncement de sourcils :

— Votre question signifie-t-elle que vous n'avez appris sa présence que tout à l'heure par votre sœur ? Vous qui proclamez l'importance de l'hospitalité à cette époque de l'année, entre la chaloupe qui vous a amenée et ce navire, j'ai l'impression que les dieux vous ont entendue et s'appliquent à rendre la période très propice aux visites inattendues !

Svana applaudit des deux mains en remarquant la petite lueur qui pétillait au fond des yeux de Gunnar.

— Je n'ai rien vu. La bière de Yule requérait toute mon attention et les autres femmes filent la laine. Nous avons un besoin urgent de vêtements chauds. Ma petite aide chérie pourrait-elle aller voir si les fileuses ont besoin de laine ?

Il se mit à tousser tandis que Svana quittait la pièce à contrecœur.

— Tout est prévu en cas d'invités surprise. Sauf en ce qui concerne la bière. Quelqu'un a mal malté le dernier lot d'orge et j'ai dû pratiquement tout jeter.

— J'ai hâte de goûter à votre bière légendaire.

Il s'interrompit pour tousser de nouveau avec discrétion.

— Mais en attendant, je me débrouillerai avec la mienne. Même si elle est beaucoup moins bonne que la vôtre.

— À qui appartient ce bateau, Gunnar ? J'imagine que vous le savez et que vous ne doutez pas qu'il s'agit d'un bâtiment ami puisque vous ne nous avez pas pressées, Svana et moi, d'aller nous cacher.

— Il a dû être envoyé par Kolbeinn, mon ancien commandant et maintenant suzerain.

— Vous êtes-vous quittés en bons termes ?

Les mots avaient jailli tout seuls de sa bouche et elle se le reprocha en silence. Elle venait de reconnaître la peur qu'elle ressentait envers un ancien ami pouvant être passé dans le camp ennemi.

Gunnar eut un sourire en coin.

— À l'occasion du dernier Yule, j'ai prêté serment à Ketil et Kolbeinn avant d'aller prendre part aux luttes. Les parieurs qui ont misé sur moi n'ont d'ailleurs pas eu à le regretter. Ils se sont même sincèrement réjouis de voir, à l'issue des confrontations, leur bourse s'alourdir et se remplir de manière considérable. Quant à ceux qui avaient parié sur les perdants, ils se sont aussi réjouis de m'entendre proclamer que j'abandonnais la lutte car j'estimais avoir atteint le point culminant de ma carrière. Les gains d'Eylir étaient si importants qu'il a juré de m'offrir un présent de Yule que je n'oublierais jamais. Voilà comment vous êtes arrivée.

Elle hocha la tête sans le quitter des yeux.

— Et voilà comment vous changez discrètement de sujet.

Il lui posa une main sur l'épaule. Elle irradiait la chaleur.

— Que craignez-vous ?

Ragn entoura sa taille de ses bras. Elle trouvait que Gunnar considérait toute cette situation avec beaucoup trop de légèreté.

— Kolbeinn vous a-t-il envoyé quelqu'un en qui vous pouvez avoir confiance ? Ou quelqu'un qui vous hait ?

Gunnar se caressa la barbe d'un air attentif.

— Le bateau appartient à un guerrier que je connais à peine et que l'on surnomme Maurr-à-la-Barbe-Fourchue. Au dernier Yule, c'était lui le favori des compétitions de lutte que j'ai remportées.

— Avez-vous vu le nombre de boucliers ? Va-t-il y avoir une bataille ? Disposez-vous d'hommes en nombre suffisant ?

— Il y a plus de boucliers que je voudrais, mais leur nombre reste tout de même peu élevé. Peut-être le bateau entreprend-il simplement le dernier tour des voies maritimes avant Yule ? Généralement, Kolbeinn envoie un messager à tous ses hommes pour les inviter à la cérémonie de prestation de serment.

— Il aura donc dépêché quelqu'un que votre personnalité, vos transactions et pourparlers passés ne risquent pas d'influencer. Et vous seul saurez si sa raison de se présenter ici est valable ou non.

Elle s'essuya les mains sur son tablier tandis que son cerveau ne cessait de travailler.

— Il nous faut procéder avec prudence et nous assurer que ce messager de Kolbeinn soit très bien reçu. Autrement, il pourrait vous dénigrer aux yeux de votre suzerain ou salir votre nom.

Toute trace d'arrogance disparut du visage de Gunnar. Inclinant la tête sur le côté, il fixa Ragn.

— Kolbeinn choisit toujours ses messagers avec soin. Rien n'est plus important pour lui que de s'assurer, quoi qu'il arrive, de sortir victorieux.

Il expira longuement.

— Vous me faites voir des ombres là où il n'y en a pas, Ragnhild. J'ai l'impression que c'est une mauvaise habitude chez vous.

Pour toute réponse, elle posa une nouvelle question :

— Vous a-t-il déjà envoyé des émissaires dans le passé ?

— Il a un jour envoyé de proches amis à lui inspecter mon château pour s'assurer que celui-ci n'était pas aussi grand que le sien, répondit Gunnar avant de marquer un silence qu'il conclut d'un air pénétré : vous avez raison… Cette visite a forcément un but caché.

Ragn s'autorisa enfin à reprendre son souffle. Gunnar admettait qu'il fallût parfois se montrer prudent — chose que Hamthur n'avait jamais réussi à reconnaître. De plus, elle aurait pu jurer que Gunnar était sincère. Rien, dans son comportement, ne montrait qu'il retenait une information préoccupante ou même gênante sur l'envoyé personnel de Kolbeinn.

— Ce sera pour vous une fantastique occasion de prouver votre loyauté.

— Comment ?

Ragn pressa les mains contre le tablier qu'elle avait noué sur sa robe. Au lieu de repousser la moindre de ses idées comme l'avait si souvent fait Hamthur, Gunnar l'écoutait.

— Accueillez-le comme s'il s'agissait de Kolbeinn en personne, dit-elle. À partir du moment où c'est Kolbeinn qui l'envoie, il mérite la même considération.

— Quelle idée avez-vous derrière la tête ? demanda Gunnar. Je n'aime guère cette étincelle dans vos yeux. Je veux voir ces guerriers partis le plus vite possible.

Un mince sourire étira les lèvres de Ragn. Cette remarque lui faisait davantage penser au Gunnar du début, celui qui ne chérissait que sa solitude.

— Révélez-vous hospitalier et montrez-lui que tout se déroule bien au domaine, reprit-elle en relevant le menton. L'expérience m'a appris que mal accueillir un visiteur est l'un des meilleurs moyens de lui donner envie de mal se conduire.

Le regard de Gunnar se fit perçant au point de lui donner l'impression qu'il pénétrait les recoins les plus inaccessibles de son âme.

— Pensez-vous vraiment que quelques chopes de bière puissent suffire à prévenir une effusion de sang ? demanda-t-il.

— D'après ce que disait ma grand-mère, c'est la façon dont un homme en reçoit un autre sur le seuil de sa porte qui décide s'il restera en vie ou mourra, et si son domaine prospérera ou non.

— Votre grand-mère avait bien des dictons.

— Un pour chaque occasion. Il y a longtemps, je lui avais demandé s'ils étaient de son cru et mon père m'avait frotté les oreilles pour m'être montrée trop directe. Elles ont chauffé pendant une semaine.

— Je vois… Vous avez très tôt été déterminée à faire les choses telles que vous le vouliez plutôt qu'à écouter la voix de la raison.

— Et j'en ai payé les conséquences le jour où un guerrier a

cru que l'hospitalité que je réclamais pour moi et préconisais pour les autres n'était que le fruit d'une politique délibérée de ma part. Mais revenons à celui qui va bientôt se présenter ici… À votre avis, quelle sera sa réaction si vous lui grognez dessus comme un ours mal léché ?

— Quand vous vous montrez aussi résolue, Ragnhild, je me sens céder, répondit-il en lui posant une main sur l'épaule avant de poursuivre dans un murmure : allez enfiler votre plus jolie robe. Donnez de la fierté à ce domaine. Prouvez-moi que l'hospitalité n'est pas un vain mot. Et si malgré tout cela la communication ne passe pas avec mes visiteurs, je m'autoriserai alors à grogner devant eux comme un ours mal léché.

Comme la voix de cet homme pouvait être douce et s'infiltrer profondément en elle ! Résistant à sa troublante impression, elle recula de deux pas. Plutôt que de réfléchir à ce que Gunnar voulait peut-être dire en lui touchant les mains ou les épaules, elle décida de se concentrer sur la situation présente. Kolbeinn avait dépêché un bateau jusqu'ici. Il fallait découvrir dans quel but.

— Où avez-vous dissimulé l'hydromel ? Nous allons en avoir besoin.

— « Dissimulé l'hydromel » ? répéta Gunnar d'un air ahuri. Pourquoi donc aurais-je fait une chose pareille ?

— Précisément pour m'empêcher de l'utiliser. Combien de barriques, Gunnar ? Combien de barriques avez-vous mises de côté pour Kolbeinn ? J'ai toujours entendu mon père dire que c'était, de loin, le breuvage préféré de cet homme.

Gunnar sourit et ses yeux se plissèrent de charmante manière. Elle sentit son cœur se retourner.

— Auriez-vous le cœur à priver un pauvre homme comme moi de son hydromel ? demanda-t-il, tentant l'humour.

— Combien ?

Le sourire de Gunnar s'étira.

— Quatre barriques. Pour Kolbeinn, c'est vrai, au cas où il se présenterait.

— Parfait. Quand vos visiteurs regagneront Colbhasa,

Kolbeinn apprendra donc que vous avez traité ses émissaires aussi bien que vous le traitez lui-même.

Gunnar s'approcha et se plaça derrière elle. Bien qu'il ne la touchât pas, le simple fait de le savoir à quelques centimètres la fit frissonner. Ce fut ensuite son souffle chaud qu'elle sentit sur elle.

— Très bien, je me rends. Je vais le sortir de sa cachette tout de suite. Mais seulement deux barriques.

— Cela ira pour commencer. Souvenez-vous que Maurr pourrait exiger une fête. Heureuse coïncidence que vous ayez égorgé un agneau il y a deux jours.

— Maurr et ses acolytes ne resteront pas longtemps. Je n'ai pas l'intention de m'éterniser avec lui.

— De la raison de sa visite dépendra la durée de son séjour. Pour commencer, respecter certains détails nous assurera de lui donner une première impression très positive du domaine.

Ragn édicta ensuite une longue liste de tâches à accomplir pendant le court laps de temps qui leur restait. Le respect qui se lut aussitôt sur le visage de Gunnar la fit intérieurement triompher de joie. L'occasion était trop belle de lui prouver qu'elle était on ne peut plus capable de diriger un domaine. Ce n'était pas par hasard qu'elle avait réussi à faire de celui de Hamthur une réussite que tout le voisinage leur avait envié !

— Impressionnant… Je ne me doutais pas que bien accueillir quelqu'un nécessitait une telle organisation.

— Je veux être avec vous sur le rivage lorsque le bateau arrivera, ajouta-t-elle ensuite. Et que nous nous tenions épaule contre épaule. Au cas où la visite de Maurr aurait pour but de renforcer le décret du roi.

— Parce que vous pensez pouvoir changer quoi que ce soit par votre seule présence sur le rivage ?

Gunnar croisa les bras haut sur son torse. Guerrier implacable.

— Votre beau-frère peut très bien avoir appris que vous étiez toujours vivante et connaître l'endroit où vous vous cachez…

Elle prit une profonde inspiration.

— Vargr se trouve à Kaupang et aucune personne de ma connaissance ne s'y rendra avant que Yule soit déjà passé depuis longtemps. Entre-temps, tout le monde nous aura oubliées, Svana et moi. De plus, on vantait partout l'extrême longueur de mes beaux cheveux noirs. Or, ils sont méconnaissables. Quoi qu'il en soit, Maurr peut très bien venir vérifier que le décret du roi est respecté partout.

— Si c'est le cas, je lui dirai la vérité, Ragnhild. Et je lui expliquerai tranquillement que, le temps venu, j'irai chercher une femme dans le Nord.

Elle fronça les sourcils.

— Même si cet aveu devait vous coûter vos terres ? Réduire à néant tant de travail et de sueur ?

— Je ne suis pas inquiet à ce point-là, répondit-il en secouant la tête. L'émissaire m'accordera un minimum de temps pour appliquer le décret. Mentir n'est jamais une solution.

Ragn déglutit péniblement. Il était pour elle hors de question de perdre deux foyers en quelques mois.

— Plutôt que de les obliger à entendre votre version, laissez-les donc venir à leurs propres conclusions. Parfois, il suffit de donner une certaine impression.

Le regard de Gunnar se fit glacial.

— Vous me laisserez parler. Rappelez-vous que c'est à moi que ces terres appartiennent. Non à vous, femme étrange.

— *Étrange* est un mot qui me qualifie bien et que je prends pour un compliment.

Elle fit une petite révérence.

— J'attendrai vos excuses pour plus tard.

Gunnar sentit un muscle tressaillir sur sa joue.

— Si, pour sauver le domaine, vous me désobéissez et racontez à Maurr que nous sommes mariés, je vous mettrai en personne sur son bateau et le laisserai vous emmener.

Elle recula.

— Vous n'oseriez pas. Nous avons passé un accord.

— Voulez-vous vraiment me mettre à l'épreuve ? Je vous ai permis d'agir comme vous l'entendiez avec les gens demeurant sur ce domaine. À présent, à vous de me laisser accomplir ma tâche.

— Mais…

— Mais rien. La confiance, Ragnhild, se gagne des deux côtés.

Chapitre 6

Gunnar comptait en silence les guerriers à mesure que ceux-ci quittaient leur bateau. Pourquoi étaient-ils aussi nombreux ? Bien plus que nécessaire. Quelques années plus tôt, se dit-il, il était l'un de ces hommes — froid, mouillé, ballotté par le vent, content d'avoir atteint le rivage et prêt à n'importe quoi. Aujourd'hui, il se tenait devant un château d'une taille non négligeable, une belle femme à son côté. En regardant Ragnhild, il aurait en effet été difficile de reconnaître en elle la femme qui était descendue de la chaloupe en chancelant quinze jours plus tôt. Loin des canons conventionnels de beauté, elle était si jolie dans sa robe d'un bleu profond garnie d'un lourd brocart révélant son statut de lady ! Sans parler de son esprit et de son intelligence. Jamais il ne l'avait vue se comporter de manière vaine ou stupide.

Il secoua la tête en songeant à lui. Pour ces hommes en train de débarquer sur le rivage, sans doute représentait-il une personne digne d'admiration autant que d'envie. Et lui seul savait à quel point tout cela n'était que supercherie.

— Est-ce bien la personne à laquelle vous pensiez ? demanda Ragnhild à mi-voix. Et s'agit-il bien d'un ami ?

— Maurr-à-la-Barbe-Fourchue n'est ni un ami ni un ennemi. Comme je vous l'ai dit plus tôt, je l'ai battu l'année dernière lors de la compétition de lutte. Aussi peut-il m'avoir gardé rancune de sa défaite, même si le combat a été loyal.

— Je sens que l'hydromel va être apprécié à sa juste valeur…

Comme les guerriers approchaient, il prononça la phrase rituelle de bienvenue. Mais au lieu d'y répondre, Maurr scruta Ragnhild de ses yeux bleu pâle comme s'il avait besoin de se persuader de sa présence. Comme si l'émissaire de Kolbeinn ne s'attendait pas à ce que Gunnar eût une épouse. En silence, celui-ci maudit presque Ragnhild d'avoir vu juste. Bien qu'il eût fait tout ce qu'il avait pu pour l'oublier, ce décret existait bel et bien, et ne sortait pas de l'imagination d'Eylir.

— Ne nous présentez-vous pas ? s'enquit Maurr auprès de lui sur un ton faussement aimable.

Cette façon de faire rappela aussitôt à Gunnar tout ce qu'il n'aimait pas chez cet homme. Sans compter le regard que celui-ci posa ensuite sur le décolleté de Ragnhild lorsqu'elle se pencha pour lui faire la révérence. Avec son visage levé et le vent de novembre qui balayait sa frange brune, elle était l'incarnation parfaite de la femme nordique.

— Êtes-vous venu ici porteur de paix, Maurr ?

Celui-ci laissa tomber son épée à terre et proclama être venu en paix. Gunnar en profita pour recompter en silence ces satanés guerriers qui foulaient maintenant le sol de son île. Son instinct lui criait de souffler dans sa trompe pour avertir ses hommes et provoquer le combat. Mais cela aurait mis Ragnhild et sa sœur en grand danger. C'était donc un petit jeu attentiste et vigilant qui venait de commencer. Et qui durerait jusqu'à ce qu'il ait réussi à assurer la sécurité de ceux vivant sur son domaine.

Les yeux bleu pâle luisaient à mesure que Maurr poursuivait l'évaluation attentive des courbes de Ragnhild. Personne n'avait le droit de faire cela, se dit-il en serrant les poings. Ce ne fut que grâce à une discipline durement acquise au prix d'intenses efforts depuis des années qu'il réussit à dominer son énervement, sa colère et son dédain.

Il s'éclaircit la gorge. Le regard de Maurr vola vers lui.

— Nous vous souhaitons la bienvenue à Jura, Maurr-à-la-Barbe-Fourchue, dit-il. Et nous espérons que votre séjour chez nous vous sera agréable. À présent, vous prendrez bien un rafraîchissement.

Ragnhild haussa un sourcil mais garda le silence tandis que Gunnar se rapprochait des cornes d'hydromel. Plus vite Ragnhild aurait souhaité la bienvenue à l'émissaire de Kolbeinn, plus vite elle partirait. Et après son départ, il aurait les idées plus claires.

L'instant d'après, il tendait à Svana une corne d'hydromel pleine à ras bord. La petite fille se dirigea vers Maurr. Sa chevelure brillait dans le soleil et Gunnar retint un sourire devant le sérieux et la gravité de l'enfant tandis qu'elle procédait. Elle souleva la corne entre ses deux mains, rappelant à Gunnar comment Asa répétait régulièrement ce geste pour le jour où elle devrait l'accomplir en public.

Maurr-à-la-Barbe-Fourchue jeta un regard à la fillette, frémit et recula au moment précis où celle-ci lui tendait la corne. L'hydromel jaillit de son contenant et arrosa le guerrier. L'émissaire rugit.

— Fille stupide ! Cherche-t-on à me déshonorer en m'envoyant une créature pareille ?

Le visage de Svana se chiffonna tandis qu'une larme roulait sur sa joue.

— Ce serait peut-être plus facile si vous preniez solidement la corne dans votre main avant d'essayer d'en boire le contenu, murmura Gunnar.

— Est-ce ainsi que vous traitez vos hôtes, Gunnar Olafson ? repartit Maurr avec une expression terrible.

En un clin d'œil, ses hommes l'entouraient, n'attendant que ses ordres pour attaquer.

— En me servant de la bière de qualité inférieure, poursuivit le visiteur, avez-vous l'intention de m'humilier ?

Gunnar posa la main sur son épée. Ses muscles étaient tendus à l'extrême.

— Ragnhild…, marmonna-t-il avec un mouvement de tête vers le château pour qu'elle s'éloigne.

Mais celle-ci s'approcha d'eux.

— Faites-nous l'honneur de goûter cette boisson avant de la qualifier d'inférieure, dit-elle à Maurr d'une voix chantante. Votre jugement insulte Lord Kolbeinn qui a offert l'hydromel à Gunnar. Est-ce ce que vous voulez ? Avez-vous décidé de vous élever contre votre suzerain ? Dites-moi donc ce que fait Lord Kolbeinn aux personnes qui lui sont déloyales.

Les yeux de Maurr s'écarquillèrent. Ses hommes baissèrent leur bouclier, se cherchèrent du regard et reculèrent de plusieurs pas. Ils savaient ce que Kolbeinn faisait subir à ceux qui ne se montraient pas loyaux envers lui.

Quant à Gunnar, il fournissait un gros effort pour ne pas afficher son soulagement mais savait que, grâce à l'intervention de Ragnhild, il avait regagné toutes ses chances.

— De l'hydromel ? croassa Maurr. Vous m'avez honoré de votre meilleur hydromel ?

— Je vous ai traité comme je traiterais Lord Kolbeinn, rétorqua Gunnar en décrispant sa main mais en ignorant avec superbe l'expression supérieure de Ragnhild. Ragnhild, voulez-vous bien offrir à Maurr une seconde chance de goûter à cette boisson avant qu'il continue à nous insulter et me force à prendre des mesures ?

Elle fit une petite révérence.

— Je m'y empresse.

Gunnar tendit la main et attira Svana vers lui. La petite tremblait comme une feuille mais trouva le courage de lui adresser un sourire. Alors, il fit signe aux chiens qui arrivèrent aussitôt et s'assirent de chaque côté de l'enfant dont le visage se détendit. Puis il adressa un simple signe de tête à Ragnhild. Avec sa finesse habituelle, elle parut décrypter le message qu'il lui transmettait : Svana va bien.

— À qui est la fille ? demanda Maurr. À vous, Gunnar ? Elle n'est pas très douée et a un œil qui louche. Il est clair qu'une sorcière lui a jeté un sort et qu'elle porte malheur.

Gunnar compta doucement jusqu'à trois. Massacrer un envoyé de Kolbeinn lui causerait sans nul doute beaucoup plus de tort que cela en valait la peine. Il libéra une toux bien ostentatoire.

— Sachez, Maurr-à-la-Barbe-Fourchue, que Svana se trouve être un membre estimable et de grande valeur de mon foyer. Quant à vous, je vous rappelle votre qualité d'invité, et vous fais confiance pour que vous vous en souveniez aussi dorénavant. À moins que vous teniez à me défier.

Maurr regarda par-dessus son épaule et, remarquant la distance à laquelle se trouvaient maintenant ses hommes, se courba dans un profond salut.

— J'ai dépassé les bornes et vous prie de m'excuser. Notre voyage éreintant en est seul la cause.

Ragnhild se hâta vers l'émissaire de Kolbeinn et épongea sa tunique rendue humide par l'hydromel.

— Je regrette la maladresse de ma sœur. Svana s'est un peu trop empressée. C'était la première fois qu'elle saluait un personnage aussi important. Heureusement, il n'y a pas eu de mal. À présent, si nous quittions le froid de cette plage pour aller nous mettre à l'abri dans la grande salle du château et nous réchauffer autour de l'âtre ?

Maurr haussa un sourcil tandis que son regard détaillait Ragnhild, s'arrêtant, au goût de Gunnar, un peu plus longtemps que nécessaire sur son long cou blanc.

— Quel est votre rapport à Gunnar Olafson ?

Ragn fit une brève révérence.

— Je suis Ragnhild Thorendottar, arrivée tout récemment du Nord.

Maurr reniflait comme quelqu'un se régalant de la senteur d'une viande de cheval. L'envie de lui arracher les quatre membres un par un saisit Gunnar.

— Est-ce votre sœur, Gunnar ?

— Nous ne sommes pas liés par le sang, répondit Ragnhild avec un sourire tendu tout en jetant un regard éloquent à Gunnar.

Celui-ci émit un grognement qui n'engageait à rien et refusa de s'expliquer. Après la manière dont Maurr s'était permis d'examiner Ragnhild, l'émissaire ne méritait pas de réponse à sa question. Jusqu'à ce que Gunnar trouve une femme, Ragnhild resterait sous sa responsabilité et il refusait de la voir traiter comme un morceau de viande à la disposition du premier guerrier venu.

Il posa la main sur l'épaule de Ragnhild. Comme celle-ci frémissait à son contact, il fit demi-tour et s'éloigna.

— Ainsi que Ragnhild vous l'a dit, elle est arrivée du Nord depuis peu, lança-t-il à Maurr. Dois-je vous révéler le nom de ses ancêtres dans le détail ?

L'impertinence de la question n'échappa pas à Maurr. Il lui jeta un regard incertain avant de répondre :

— Je ne désire aucunement me faire des ennemis.

— Pourquoi vous feriez-vous des ennemis, Maurr ?

L'innocente question avait fusé des lèvres de Ragnhild.

— Nous sommes tous amis ici, poursuivit-elle.

Maurr enroula les fourches de sa barbe autour de son index droit. Non, Ragnhild n'était pas une écervelée. Et il avait commis une erreur en la cataloguant comme telle.

De son côté, Gunnar se réjouissait intérieurement, anticipant le moment où Maurr comprendrait qu'il avait été joué. À l'avance, il se délectait de la tête que ferait alors l'émissaire de Kolbeinn.

— Je suis venu en ami, répéta Maurr. Ceci est valable pour chaque personne ici présente et en particulier pour Gunnar et sa belle épouse.

En guise de soutien, ses hommes frappèrent leur épée contre leur bouclier tout en tonnant leur accord.

Ragnhild accompagna son sourire d'un léger haussement d'épaules comme pour dire à Gunnar : « Voici venue pour vous l'heure du choix : vos terres ou un petit mensonge. »

Reportant ensuite son attention vers Maurr, elle repartit :

— Vous nous faites trop d'honneur.

— Pas du tout, *my lady*, répondit Maurr en lui prenant la main.

Puis il la porta à ses lèvres charnues et la retint un souffle trop longtemps. Gunnar ne respirait plus. Décidément, cet homme ne méritait pas de connaître la vérité.

Retirant sa main, Ragnhild fit alors signe aux serviteurs, qui vaquaient maintenant à diverses tâches, d'apporter plus d'hydromel. Ceux-ci se précipitèrent et servirent les hommes de Maurr pendant que Gunnar s'évertuait à calmer son envie de plus en plus pressante de tordre le cou de son visiteur, histoire de lui faire comprendre ce qu'il en coûtait de prendre ainsi des libertés avec Ragnhild.

— Ce domaine se trouve sous la responsabilité de Ragnhild, déclara-t-il. Bien qu'arrivée depuis peu de temps, elle a déjà accompli beaucoup.

Le rose dont se colorèrent alors les joues pâles de la jeune femme lui fit plaisir. Il n'avait pourtant dit que la vérité.

— Comment se fait-il que ni Lord Ketil ni Lord Kolbeinn ne sachent rien de votre récente acquisition ? demanda Maurr en tapotant sa barbe du bout des doigts. Le mariage de Gunnar Olafson avec une femme du Nord est un événement que vous avez gardé secret.

Gunnar serra son épée contre lui en se demandant à quoi ressemblerait son interlocuteur privé de ses deux épaules… Il avait toujours trouvé cet homme insupportable. Mais aujourd'hui, en s'exprimant comme si Ragnhild était un objet, Maurr avait atteint le point de non-retour.

Ragnhild fit une révérence mais garda les yeux baissés lorsqu'elle dit :

— Le plus sage de nos dirigeants sait qu'il est impossible de tout savoir, lui qui possède des exploitations aussi vastes ! Nous pensions que la prestation de serment de Yule serait un bon moment pour annoncer la nouvelle.

— Existe-t-il une raison particulière pour laquelle vous devriez connaître les arrangements intimes de mes nuits, Maurr ? demanda Gunnar, impressionné par la façon dont Ragnhild avait su éviter tout mensonge direct.

— Lord Ketil s'inquiétait de voir que, tout en n'étant pas marié, vous aviez la charge d'un domaine très vaste, répondit Maurr. Le roi a en effet décrété…

— Que les terres attribuées ne seraient conservées que par des hommes mariés, termina Gunnar à sa place en sentant son cœur sombrer. Je connais l'existence de ce décret. Il est loin le temps où le roi Harald refusait de se marier et se laissait pousser les cheveux. À présent qu'il les a coupés et qu'il a épousé la femme de ses rêves, il pense que tout homme doit trouver le même bonheur que lui.

— Depuis un mois, il a d'ailleurs davantage assis son autorité, ajouta Maurr. Cette évolution est due à l'influence de Kolbeinn. Un grand nombre d'entre nous s'est en effet rendu dans les Hébrides extérieures pour échapper à cette nouvelle loi très stricte. Or, la dernière chose que désire Kolbeinn est qu'un guerrier se rebelle et jure allégeance aux Scandinaves de Black Pool.

Les Scandinaves qui s'étaient installés en Irlande, autour de Black Pool ou de Dubh Linn, étaient devenus les ennemis jurés de Kolbeinn pour avoir tenté de tuer la fille de ce dernier, se rappela Gunnar.

— J'ai servi avec Harald à Constantinople, poursuivit-il, et je me trouvais à ses côtés quand nous avons repoussé l'avancée des bateaux, avant de réussir à nous enfuir. Après ce combat, Harald m'a serré contre lui et appelé *frère*.

À ces mots, il fixa Ragnhild de telle façon qu'elle comprit pourquoi il pensait que le décret du roi sur le mariage ne le concernait pas en priorité.

— Ce n'est donc pas mon cas qui l'empêchera de dormir, dit-il en guise de conclusion.

La mâchoire de Maurr qui s'était décrochée le fit bien rire intérieurement. L'émissaire n'était manifestement pas au courant de son amitié avec le roi Harald.

— Mettre sa foi en des rois peut se révéler risqué, constata Ragnhild d'une voix tranquille.

— C'est bien pourquoi je vous ai, répliqua-t-il.

Maurr laissa tomber le bâton de runes qu'il tenait à la main.

— On voit que vous vous êtes trouvés, tous les deux, dit-il. J'ai rarement vu de nouveaux mariés aller aussi bien ensemble.

Ragnhild fit une petite révérence, ramassa le bâton et, après y avoir jeté un rapide coup d'œil, s'écria en le tendant à Gunnar :

— Tiens ! Le décret du roi sur le mariage ! Amusant de voir combien une petite chose peut retenir l'attention de tous.

Il la gratifia d'un merci silencieux. Ragnhild avait saisi

qu'il ne savait pas bien lire et qu'elle devait donc lui indiquer avec discrétion le sujet des runes.

Elle frappa dans ses mains.

— Buvons à présent à la paix et à la réussite de nos entreprises. Réjouissons-nous aussi que Gunnar tienne tous les décrets du roi en aussi haute estime !

— Lord Kolbeinn attend que vous et votre lady le rejoigniez aux célébrations de Yule, déclara Maurr. En ce moment, il se trouve en Irlande occupé à des discussions sur ce qu'il convient de faire de la requête déposée par les Scandinaves de Black Pool désirant rejoindre Alba. Mais je suis sûr que l'idée de rencontrer votre femme l'intéressera bien davantage, Gunnar.

Ce dernier jeta le fond de son verre dans le feu sans réagir.

— Dites à Lord Kolbeinn que nous serons enchantés de nous rendre aux célébrations de Yule, dit alors Ragnhild.

— Existe-t-il une raison particulière de vous avoir envoyé personnellement ici et non Hring-Cœur-Vaillant ou vingt autres capitaines de la flotte ? demanda Gunnar avant que Ragnhild commît plus de dégâts.

— Kolbeinn pensait que vous pouviez avoir cherché à contourner son décret. Il a donc préféré envoyer auprès de vous quelqu'un qui ne laisserait pas l'amitié se placer en travers de son devoir.

— Ni lui ni Lord Ketil n'auraient dû s'inquiéter. Entre-temps, Ragnhild est arrivée.

Se penchant légèrement en avant, Maurr s'éclaircit la gorge.

— Juste un mot, si vous me le permettez : laissez l'enfant ici pendant votre séjour. Ses yeux…

— Svana m'accompagne toujours, quel que soit l'endroit où je séjourne, rétorqua Ragnhild.

Gunnar serra les poings. Qu'attendait-il pour s'exprimer ? Sa mère, elle, ne serait pas restée muette. Oui, plutôt que de se lamenter sur son propre sort depuis des semaines, il aurait mieux fait de remercier chaleureusement les dieux que son ami Eylir lui ait envoyé cette femme.

— Ragnhild et sa sœur viendront avec moi à Colbhasa pour la fin des célébrations de Yule, dit-il en fixant Maurr.

— J'informerai donc Lord Kolbeinn qu'il doit vous attendre tous les trois, dit l'émissaire avec amabilité avant de poursuivre tout en se prenant la tête entre les mains : le voyage a été long et très dur.

— Vous et vos hommes devez passer la nuit ici avant de reprendre la route, dit à ce moment Ragnhild. J'insiste. Il faut absolument que vous goûtiez à l'hospitalité que peut offrir ce domaine.

Gunnar adressa à Ragnhild un regard furieux. Fût-elle demeurée silencieuse que Maurr serait parti.

Ignorant le visage de Ragnhild, Maurr posa directement les yeux sur son décolleté.

— Si vous m'assurez que cela ne vous causera aucun dérangement, j'avoue que nous apprécierions un bon repas chaud autant que la compagnie d'une personne pleine d'esprit.

— Gunnar non plus ne désire pas autre chose, répondit Ragnhild en jetant à ce dernier un regard explicite.

Les mots de refus qu'il avait à l'esprit moururent dans l'instant sur ses lèvres.

— Votre femme voyage-t-elle avec vous et demeure-t-elle à la cour ? demanda Ragnhild.

De manière fort inattendue, les oreilles de Maurr devinrent toutes rouges.

— Ljot est restée à Colbhasa, m'dame. Elle attend notre premier enfant pour dans quelques semaines. Du reste, à en croire Sif, la femme de Kolbeinn, tout laisserait à croire qu'elle attend des jumeaux.

— J'ai hâte de la rencontrer à Yule.

— Ljot aura à cœur de revenir avec moi, quand la marée nous permettra de faire le voyage, afin de vous remercier. Elle s'inquiète si souvent pour rien…

Maurr posa des yeux brillants sur Gunnar.

— Cela me permettra de mieux connaître votre femme. Ljot va d'ailleurs me poser mille et une questions sur votre jolie lady. Vous savez comment sont les femmes : curieuses de tout ce qui concerne les naissances, les mariages et les derniers commérages.

L'énorme éclat de rire par lequel Maurr ponctua sa tirade se répercuta au-delà de la baie.

Malgré son inquiétude, Gunnar s'efforçait d'afficher une humeur égale. Il fallait que Ragnhild le sache au plus vite : Maurr avait à peu près autant de morale qu'un serpent.

— La marée va changer avant l'aube, remarqua-t-il seulement.

— Maurr la prendra, dit Ragnhild en lui posant une main chaude sur le bras. En attendant, qu'il profite de l'hospitalité de ce château. À présent, vous voudrez bien nous excuser, messieurs, mais ma sœur et moi devons veiller à ce que tout soit bien organisé pour notre banquet. La viande est déjà sur la broche.

Sur ces mots, elle s'éloigna de cette démarche souple qui faisait onduler ses hanches. Maurr ne quitta pas des yeux les courbes de Ragnhild jusqu'à ce qu'elle eût disparu de sa vue. Gunnar serra les dents. Mariage ou meurtre ? Entre les deux, il hésitait.

— Heureux homme ! s'exclama Maurr. Quelle chance vous avez d'avoir une femme pareille !

— Je ne saurais mieux dire, répondit-il.

— Ragn ? Est-ce que j'ai causé des problèmes en renversant la corne d'hydromel ? Dire que je n'avais que cela à faire et que je l'ai mal fait…

La voix timide de Svana résonnait dans la cuisine où Ragn avait battu en retraite. L'idéal aurait évidemment été que Maurr partît. Mais Gunnar avait beaucoup à gagner en faisant preuve d'hospitalité. Car, dès le retour du contingent à Colbhasa, les potins allaient aller bon train.

Elle posa une marmite sur le meuble et entreprit de la remplir d'orge.

— Svana, j'ai une fête à préparer. Tu te rappelles ce que *mor-mor* disait toujours : les hommes affamés posent des problèmes, mais ceux qui ont le ventre plein chantent des louanges. Alors, va dans la salle et regarde ce qu'il reste à faire. Et préviens-moi immédiatement si certains hommes présents font mine de vouloir se battre.

La fillette se tordit les mains.

— Es-tu sûre de vouloir m'envoyer dans la grande salle ? Cet homme, ce Maurr… Je lui fais peur. Il a lâché la corne d'hydromel parce que c'est moi qui la lui tendais. Et il a dit que je portais malheur.

— J'ai des yeux pour voir et des oreilles pour entendre, ma douce, répondit-elle en lui ébouriffant les cheveux. Et tu as entendu Gunnar : non seulement tu es la bienvenue ici mais aussi, et c'est encore plus important, tu appartiens à cet endroit. Par ailleurs, tu m'as souvent porté bonheur. Souviens-toi, par exemple, que tu m'as sauvé la vie quand tu as reçu sur la tête le coup qui m'était destiné.

D'un geste machinal, Svana se frotta la nuque à l'endroit où la massue de Vargr l'avait atteinte.

— Je ne me rappelle rien de ce qui s'est passé et je n'ai plus mal. Tu dois arrêter de parler de cet incident comme s'il était important.

Un nœud se forma dans la gorge de Ragn. Elle savait pour sa part que jamais elle n'oublierait cet épisode.

— C'est une bonne chose que tu n'aies plus mal, remarqua-t-elle très vite. Cela signifie que tu es en train de guérir.

— Je ne me souviens que des méchants chiens et de leurs grondements. D'ailleurs, si, ce jour-là, des animaux comme Kolka et Kefla avaient été présents pour nous protéger, je suis sûre que Vargr n'aurait pas osé nous approcher.

— Sans doute, dit-elle en se baissant à hauteur de la fillette.

Mais elle entretenait surtout l'espoir que sa ruse avait fonctionné et que son beau-frère les croyait vraiment mortes toutes les deux. De cette façon, comme les terres qu'il convoitait étaient à présent en sa possession, il n'avait plus aucune raison de les rechercher.

Depuis qu'elle était arrivée ici — et même si cela ne faisait pas longtemps — son envie de retourner dans le Nord avait disparu. Même l'idée de récupérer les terres qui lui appartenaient n'y changeait rien.

— Nous vivons ici et avons toutes deux un travail à accomplir, dit-elle. Alors, oublions le passé !

— Penses-tu que nous pourrons rester toujours ? Maurr s'est adressé à toi comme si tu étais mariée avec Gunnar.

Ragn regarda par-dessus son épaule. Les servantes s'affairaient comme il se devait à la préparation du banquet.

— Maurr-à-la-Barbe-Fourchue a raconté un sacré nombre de choses, dont certaines à ton propos complètement erronées. Dans ces conditions, pourquoi devrais-je attacher de l'importance à ses dires ?

Son ventre se serra. Elle aurait pu reprendre Maurr sur la véritable nature de son lien avec Gunnar, mais, à ce moment-là, son instinct ne cessait de lui répéter que l'émissaire de Kolbeinn était venu dans l'intention d'utiliser l'insubordination de Gunnar au décret du roi comme prétexte pour saisir ses terres. Du reste, Gunnar non plus n'avait pas corrigé l'erreur de Maurr.

Les yeux de Svana brillèrent.

— J'aime bien Gunnar. Il est gentil. Penses-tu que…

— Tu es un peu jeune pour lui.

La fillette tapa du pied.

— Ce n'est pas ce que je voulais dire ! Tu le sais très bien ! Gunnar a affirmé que nous étions sa famille et que nous l'accompagnerions à Colbhasa. S'il l'a déclaré, c'est que cela doit être vrai.

Ragn secoua la tête.

— Au dernier moment, il trouvera une bonne raison pour aller prêter serment en plein Yule sans nous !

Svana baissa la tête.

— À cause de moi ? C'est ce que tu veux dire ?

— N'as-tu pas entendu comment Gunnar t'a défendue, ma douce ? S'il se dérobe pour les célébrations de Yule, ce sera seulement parce qu'il refusera de vivre dans le mensonge.

Tandis qu'elle prononçait cette phrase, les mots prenaient dans sa bouche un goût de cendre. Oui, il s'agirait bien d'un mensonge car Gunnar n'avait pas la moindre intention de l'épouser. Jamais. La faire parader devant son commandant au titre d'épouse serait donc une erreur.

— Il devient plus doux à ton égard, dit Svana. Et j'ai remarqué le regard furibond qu'il lançait à Maurr quand le guerrier s'attardait un peu trop longtemps sur ta silhouette. À un moment, j'ai même cru qu'il allait le défier séance tenante.

Ragn prétendit soudain être très occupée avec l'orge qu'elle avait mise à tremper un peu plus tôt. Aucun guerrier, c'était évident, n'avait prêté attention à sa silhouette. Mais elle se félicitait de la loyauté de Svana envers elle.

Elle posa la marmite sur un trépied et déplaça le tout vers l'âtre. L'orge adoucie allait bouillir jusqu'à donner la consistance désirée.

— De toute façon, qu'ai-je à faire des hommes et de ce qu'ils pensent ? répondit-elle. Ces dernières années, ils ne m'ont apporté que des problèmes.

— Je t'en ai causé plus que quiconque.

Le remords poignarda Ragn. Elle passa un bras autour de l'enfant.

— Tu es mon unique sœur, Svana, et je t'ai aimée dès que tu es venue au monde. À présent, va vite voir si servantes et serviteurs font bien ce que je leur ai demandé. Sois mes yeux et mes oreilles pendant que je m'assure que le repas que nous allons servir à nos hôtes sera bon.

— D'accord. Et je vais aller demander au *nisser* de ne pas nous jouer de tours. C'est une soirée beaucoup trop importante !

Là-dessus, l'enfant appela les chiens. Obéissants, ils lui emboîtèrent le pas sans rechigner.

Ragn la regarda s'éloigner, le sourire aux lèvres. Si quelqu'un lui avait dit que Svana se remettrait aussi vite de son choc et s'entendrait aussi bien avec les chiens-loups, jamais elle ne l'aurait cru. Décidément, cet endroit se révélait excellent pour l'enfant. Malheureusement, elles allaient devoir le quitter. Et dans peu de temps. En effet, Ragn n'imaginait pas l'épouse de Gunnar tolérer qu'elles demeurent ici. Une haine irrationnelle monta en elle. Cette créature serait bien évidemment un parangon de grâce et de beauté. Exactement ce que Gunnar recherchait.

Pendant un long moment, les servantes entendirent claquer

assiettes et cornes à hydromel dans la cuisine. Jusqu'à ce que Ragnhild Thorendottar ait recouvré le plein contrôle de ses émotions…

Dans le chaudron géant bouillirent bientôt la viande de porc et trois poulets. Quant au porridge, ce qui restait de groseilles viendrait bientôt en enrichir la saveur. Enfin, la modeste réserve de poisson allait apporter un petit plus au repas. Oui, le banquet serait à la hauteur de la réputation de l'une des meilleures hôtesses du Nord.

— Ragnhild, quelqu'un d'autre que vous peut préparer cela !

Gunnar lui prit la marmite des mains.

— Il faut que nous parlions.

Ragn comprit alors que le moment des comptes était venu.

Chapitre 7

— Vous n'aviez encore presque rien dit que cet homme s'était déjà pratiquement invité ! dit Ragnhild à Gunnar en renversant les groseilles de reste dans le porridge à l'orge. De plus, poursuivit-elle en le poussant pour passer, nous aurions éveillé les soupçons sur la raison exacte qui vous engageait à vous débarrasser de lui aussi vite. Enfin, de cette façon, Maurr ne pourra divulguer que des compliments sur votre table. S'il vous plaît, je sais ce que je fais…

Les lèvres de Gunnar se rétrécirent en une ligne tandis qu'il entraînait Ragnhild dans une petite alcôve, loin des servantes prétendument affairées autour des chaudrons.

La pièce était à peine assez grande pour deux et Ragn se sentit tout de suite étrangement consciente de la proximité de Gunnar. Cependant, il ne fallait pas qu'elle s'attarde trop sur cette intimité, car il était en colère contre elle.

— Je sais parfaitement comment les choses se sont passées, dit-il, Je vous rappelle que j'étais présent.

Le souffle de Gunnar lui caressait l'oreille. Il était trop près. Et au lieu d'être glaciale, sa voix était douce comme le miel. Pas de colère, non.

Elle croisa les bras sous ses seins devenus très sensibles et se força à songer à l'*épouse inconnue*, celle qu'il allait trouver dans le Nord, qui serait dotée d'un sourire victorieux et de formes généreuses, celle qui ferait briller les yeux de Gunnar quand il la présenterait à tous.

Elle s'éclaircit la gorge.

— J'ai sauvé votre domaine à deux reprises aujourd'hui. Ce Maurr s'attendait à tomber sur du menu fretin avec vous mais j'ai su lui tenir la dragée haute. C'est en ami qu'il repartira. Et en allié.

— Tout était sous contrôle jusqu'au moment où vous avez pris la parole.

Le Gunnar sévère venait de réapparaître. Ragn réprima un sourire. Affronter ce guerrier grincheux ne lui posait pas de problème. Elle préférait cela plutôt que d'avoir affaire au Gunnar plus doux…

— Cet homme vous prend pour ma femme !

— Et vous vous êtes bien gardé de le détromper !

Elle jeta un coup d'œil derrière son épaule.

— Parlez à voix basse si vous ne voulez pas qu'il découvre la vérité.

Sur la joue de Gunnar, un petit muscle tressaillit.

— J'avais mes raisons de vouloir qu'il parte. Il y a certaines choses dont nous devons tous deux discuter et d'autres qu'il nous faut mettre au point.

« Des choses qu'il nous faut mettre au point. » Quelle triste façon de s'exprimer… Dans deux minutes, il allait lui annoncer de nouveau que finalement, avec Svana, elles devraient trouver refuge à Ile.

— J'imagine, ajouta-t-elle, que je dois lui être reconnaissante de me considérer comme votre femme et non comme votre concubine. Car c'était un autre risque…

Le regard de Gunnar se posa sur elle, passant de ses cheveux, qui repoussaient lentement et dépassaient de son foulard, à ses formes discrètes. Elle résista à son envie de se recroqueviller.

— Vous n'avez pas une allure de concubine.

La remarque la blessa plus que les insultes de Hamthur.

— Dois-je me sentir flattée ou gênée par votre réflexion ? demanda-t-elle pourtant d'une voix égale.

Presque en même temps, après avoir feint de considérer le problème en vitesse, elle décréta :

— Le fait de ressembler à une épouse plutôt qu'à une concubine me plaît. C'est parfait.

L'expression de Gunnar se durcit.

— J'ai toujours eu mon franc-parler. De votre côté, pourquoi semblez-vous tout à coup chercher le compliment ? À cet égard, vous me faisiez plus penser à un homme qu'à une femme.

Décidément… « Plus à un homme qu'à une femme. » C'était bien là la preuve de l'indifférence absolue que Gunnar ressentait pour elle. Le tout petit espoir qu'elle avait entretenu jusqu'ici disparut complètement. Parvenir à convaincre Gunnar qu'elle était la femme qu'il voulait se révélait manifestement impossible.

Aussitôt, elle réalisa le vide qui occupait son cœur et la souffrance qu'il lui causait. Pourquoi l'espoir que Gunnar avait suscité en elle se manifestait-il aussi fort et au dernier moment, à l'instant même où elle était en train de le perdre ? Elle serra les poings jusqu'à ce que ses ongles aient gravé des demi-lunes au creux de ses paumes.

— Les hommes préfèrent les concubines aux épouses, dit-elle. Ils les convoitent et leur dédient des chansons. Les épouses, en revanche, sont cantonnées à bien mener la maison et à élever les enfants. Quant aux femmes dénuées de beauté qui cherchent à se marier, elles doivent, pour attirer un homme, compenser avec une grosse dot.

Elle haussa les épaules.

— Pour ma part, je ne possède ni la beauté ni la fortune…

— Je n'ai pas le temps de m'attarder à vos insignifiantes préoccupations. La différence entre une épouse et une concubine ? Quel intérêt ? Aucun ! Que les dieux m'accordent la patience de vous écouter !

— Des *préoccupations insignifiantes* ! Comment osez-vous dire cela quand tout mon avenir dépend du mari que je trouverai !

— Vous pouvez cesser de chercher tout de suite. Grâce à votre attitude, Maurr vous considère maintenant comme ma femme !

— Grâce à mon attitude, Maurr a surtout échoué à vous confisquer vos terres ! Rien que pour cela, vous devriez me remercier à genoux ! C'est grâce à moi si, ce soir, les galets de la plage ne sont pas rouges de sang. Le vôtre !

Comme Gunnar claquait la langue d'un air dégoûté, elle le toisa avec hauteur :

— Il existe d'autres manières d'arriver à influencer les gens qu'en utilisant, comme vous, la force et l'intimidation. Le rôle des femmes ne se réduit pas à celui de partenaire de lit ! poursuivit-elle. Nous excellons entre autres à faire des amis de nos ennemis rien qu'en rompant le pain, ce qui est un geste des plus pacifique.

— Je saurai entretenir mon château sans votre aide, Ragnhild.

Elle serra les dents. Comment Gunnar pouvait-il ne pas encore croire aux aptitudes qu'elle montrait pourtant depuis son arrivée ici avec Svana ? Bien organiser le banquet de ce soir allait grandement contribuer à prouver à cet homme qu'elle serait tout à fait capable de gérer le domaine quand il serait parti.

— Aviez-vous une raison plus intéressante de m'emmener dans cette alcôve que l'envie de gémir et vous plaindre de Maurr ? Car la dernière chose dont j'aie besoin quand je prépare des festivités est d'avoir des gens qui se lamentent à côté de moi. Retournez là-bas et souriez au lieu de promener cet air lugubre. À moins que manifester un minimum de sens de l'hospitalité soit encore trop vous demander…

Comme Gunnar la regardait en souriant, elle eut l'impression que le soleil perçait à travers les nuages, irradiant son corps de troublante manière.

— Qui ronchonne à présent ? demanda-t-il. Votre repas sera parfait, comme d'habitude.

— Alors que désirez-vous au juste, ô lord de ce château ? Des résultats encore meilleurs ?

— J'attends beaucoup de vous, répondit-il en lui jetant un regard si perçant qu'elle se sentit les jambes toutes molles. Mais pour le moment, ce que je réclame est un mariage.

Elle fit voler ses mains à ses oreilles. Si elle se mettait à entendre des paroles que personne n'avait prononcées…

— Un mariage ? Vous réclamez un mariage ! Mais… Pour quand ? Et pour qui ?

— En ne démentant pas les suppositions erronées de Maurr, j'ai permis à une petite erreur de se glisser sur le statut que vous occupiez dans mon château. Et je ne laisserai pas le mensonge s'établir entre mon suzerain et moi.

Le cœur de Ragn accéléra. Gunnar était on ne peut plus sérieux.

— Je ne vous ai jamais demandé de mentir à qui que ce soit.

— Rappelez-vous que nous sommes convoqués à Colbhasa pour fêter Yule. Nous n'avons donc d'autre choix que celui de nous marier dans les règles. Et sans attendre, c'est-à-dire dès que Maurr sera parti. À présent, comprenez-vous pourquoi je voulais que Maurr s'en aille au lieu de s'incruster comme une odeur de poisson mort depuis cinq jours ? Car maintenant, à mon grand regret, au lieu de préparer notre mariage au plus vite, je dois perdre deux jours à héberger quelqu'un que je n'aime pas et même lui organiser un banquet !

Ragn laissa l'air s'échapper lentement de ses poumons. Gunnar voulait l'épouser. Plus que cela, il venait de statuer sur cet événement sans la moindre hésitation. Elle tendit la main pour assurer son équilibre.

— Vous me voulez pour femme ? Juste comme ça ?

— Avant même que Maurr pose le pied sur la plage, je vous avais prévenue qu'il y aurait des conséquences.

— Et cette incursion dans le Nord au prochain printemps ? demanda-t-elle dans un murmure.

— Pourquoi partirais-je à présent ? dit-il avec un haussement d'épaules qui souligna son imposante carrure. Vous êtes une femme du Nord, nous sommes habitués l'un à l'autre, vous aurez un toit pour abriter votre sœur et moi, je… j'aurai du porridge aux groseilles à mes petits déjeuners, je célébrerai Yule dans ma demeure et, pour l'occasion, je chanterai des chansons.

Elle ne put s'empêcher de sourire.

— Le porridge nature est-il donc si terrible ?

— Je me suis plié à mon destin. Vous plierez-vous au vôtre ?

Plié à son destin… Elle se pinça les lèvres.

— En vous écoutant, on a vraiment l'impression que ce mariage équivaut à une condamnation à mort.

Gunnar détourna les yeux.

— Peut-être en est-ce une ? Peut-être devriez-vous le craindre…

— Pour quelle raison ? Vous êtes un homme bon.

— Je suis un homme maudit.

Les mots semblèrent se suspendre dans la petite alcôve. Sur les traits de Gunnar, Ragn ne distinguait plus ni raillerie ni humeur taquine. Seulement un air sévère. Oui, Gunnar croyait en cette malédiction.

— « Maudit » ? répéta-t-elle. Alors que vous êtes en bonne santé, possédez votre propre château et que les gens s'inclinent devant vous ?

— Peu importe. Face à une malédiction, tout cela ne sert à rien. Ma famille au complet est morte après que j'ai eu tué un devin.

— Aviez-vous une bonne raison de le faire ?

— Il abusait de très jeunes filles et s'apprêtait à les sacrifier. Je m'y suis opposé.

— Eh bien, je suis heureuse que vous ayez agi de la sorte.

— Juste avant de mourir, il m'a maudit ainsi que toute ma famille.

Ragn secoua la tête. Pourquoi ne parvenait-il pas à considérer les faits avec objectivité ? Devins, sorcières, sorciers et autres charlatans causaient décidément beaucoup de mal avec leurs prétendues prédictions !

— Pour ma part, dit-elle, j'ai cessé de croire aux malédictions lors de cette nuit sans lune alors que je fuyais pour sauver ma vie. Quant à vous, puisque vous devriez déjà être mort, le fait même d'être encore en vie signifie que chaque jour qui passe est une bénédiction !

— Toutes les femmes de ma famille sont mortes et celles qui y entreront ensuite mourront avant leur heure. Avoir votre mort sur la conscience n'est bien sûr pas quelque chose que je souhaite ! Mais nous ne pouvons plus faire autrement que de nous marier…

Elle plongea le regard dans ses yeux turquoise. Son cœur battait dans ses tempes. Pour un homme qui avait affirmé ne pas être superstitieux, Gunnar donnait plutôt l'impression du contraire ! Jamais Svana ne causerait la mort de Vargr et elle n'arrêterait pas non plus une tempête se levant sur la mer. De même qu'il faudrait plus que quelques mots murmurés pour la tuer.

— C'est votre réaction à cette malédiction qui est importante, Gunnar. Car les malédictions n'ont que le pouvoir qu'on leur prête.

— C'est très sérieux. Je suis maudit et les femmes qui m'approcheront périront.

— Dites plutôt que, sans vous, Svana et moi nous trouverions aujourd'hui au fond de la mer. Je vous dois nos vies sauves, répéta-t-elle. Demandez-moi encore si j'y crois, à cette prétendue malédiction.

Les lèvres de Gunnar frémirent, mais sans laisser passer un seul mot.

— Alors, marché conclu, dit-elle. Nous nous marierons malgré la malédiction.

— Vous traitez tout cela avec trop de légèreté.

— J'en assume toutes les conséquences, repartit-elle en le fixant. Quand ce mariage se tiendra-t-il ? Nous devrons prendre soin d'agir avec discrétion car, si Maurr découvre la supercherie, il le prendra très mal.

— Le plus vite possible après le départ de Maurr.

Elle lui tendit la main tout en tentant de contrôler les battements de son cœur qui s'affolait, et ajouta :

— Ne disons rien à Svana aussi longtemps que ce sera possible. Ma douce petite sœur a du mal à garder les secrets.

— Vraiment ? dit-il avec un étonnement feint. Je n'aurais pas cru.

Ignorant sa main, Gunnar regarda sa bouche. Elle passa

la langue sur ses lèvres sans s'en rendre compte. Quel goût avaient celles de Gunnar ?

— Vous ne prenez pas ma main ? demanda-t-elle.

— Pour sceller un mariage, un baiser serait plus approprié.

« Un baiser » ? Elle fronça les sourcils. Les moqueries de Hamthur sur son apparence physique et sa balourdise en amour lui revinrent en un clin d'œil. De toute façon, après la mort du bébé, Hamthur n'avait cessé de l'accuser de tous les maux. Si cela pouvait se révéler différent avec Gunnar ! Hélas, elle craignait que rien ne change.

Comme elle reculait, l'un de ses pieds se prit dans le bas de sa jupe et elle se retrouva à terre.

— Tout cela vous ferait-il tomber à la renverse ? demanda-t-il avec un léger rire.

Mais déjà, il l'aidait à se remettre debout. Troublée, elle recouvra son équilibre et lissa jupe et tablier du plat de la main.

— Disons que je n'ai pas bien regardé où j'allais. Nous sommes restés ici beaucoup trop longtemps.

En s'entendant parler, elle trouva sa voix étrangement essoufflée.

— Et puis, continua-t-elle en essayant de la raffermir, votre allusion à un baiser m'a prise au dépourvu. Je pensais que les choses continueraient telles qu'elles avaient commencé. La nuit, par exemple, je reste avec Svana. Au cas où ses crises reprendraient.

La tension qui lui raidissait le cou disparut presque aussitôt. Elle venait d'invoquer la parfaite excuse pour justifier que, la nuit, elle demeurerait à distance de Gunnar. Ainsi, jamais les humiliations que Hamthur lui avait fait subir ne se reproduiraient. Même avec un homme séduisant comme Gunnar. Pourtant, son cœur ne cessait de lui murmurer que Gunnar était un homme meilleur que Hamthur.

— L'état de Svana s'est énormément amélioré depuis votre arrivée, repartit-il tout de suite. Y aurait-il une autre raison qui vous ferait fuir mon lit ?

Une raison ? Il y en avait plusieurs ! À commencer par le fait que Gunnar ne la désirait pas mais aussi parce que, aux dires de Hamthur, elle était experte pour étouffer toute passion dans l'œuf.

— Êtes-vous en train de menacer d'utiliser la force ?

Gunnar arqua un sourcil.

— Êtes-vous en train de me dire que je ne vous attire pas ?

Serrant les bras autour de sa taille, elle secoua la tête.

— Mon mari…, commença-t-elle avant de s'arrêter net, intimidée par l'expression féroce de Gunnar.

— Quoi qu'ait fait votre mari, je crois que nous pouvons convenir tous les deux que cet homme appartient au passé. Et si vous avez besoin de le pleurer, je vous accorderai le temps nécessaire pour faire son deuil.

Elle eut un rire étranglé. Était-il possible que Gunnar la crût toujours en train de porter le deuil de Hamthur ? Si c'était le cas, pourquoi ne pas utiliser l'excuse parfaite qu'il lui tendait ? Elle fronça les sourcils. Impossible. Jamais elle ne se cacherait derrière le fantôme de son mari.

— Je ne vous ai pas demandé cela, remarqua-t-elle seulement.

Gunnar fit courir un doigt sur ses lèvres, les faisant frémir.

— Alors, sachez que je n'ai jamais forcé une femme et que je n'ai pas pour projet de le faire. Si quelque chose se passe entre nous, ce sera parce que vous l'aurez décidé. Vous avez ma promesse.

« Je n'ai jamais forcé une femme. » Les accusations que Hamthur lui avait jetées à la figure, de l'avoir privé de sa virilité et d'être un échec total au lit, résonnèrent à sa mémoire. Après un mois de mariage, Hamthur ne la rejoignait plus dans son lit que lorsqu'il était soûl. Restait à espérer que Gunnar la traiterait mieux que lui. Déjà, songea-t-elle pour s'encourager, il ne prétendait pas l'aimer.

— Dans ce cas, nous voici d'accord et tous deux conscients des limites à ne pas dépasser.

— Risquerez-vous un baiser à présent ? demanda Gunnar dont la fossette apparut au creux de sa joue lorsqu'il ajouta : ou les préparatifs du banquet vous occupent-ils trop ?

Elle le considéra avec un sérieux redoublé.

— Est-ce vraiment la seule façon de sceller notre accord ?

— La plus agréable en tout cas, répondit-il avant de se pencher vers elle et de lui effleurer les lèvres.

Le baiser de Gunnar fut aussi léger qu'un battement d'ailes de papillon. Mais il fut aussi brûlant qu'une flamme.

Aucun des baisers de Hamthur ne l'avait préparée à l'intensité sombre et incandescente qui emplit son être. Ses jambes se firent tremblantes. Elle s'agrippa à la tunique de Gunnar en laissant échapper un petit gémissement. L'instant d'après, Gunnar l'entourait de ses bras et la serrait contre lui.

Non loin, quelqu'un fit tomber une marmite. Le fracas ramena Ragn à la réalité, lui faisant prendre conscience de ce qu'elle était en train de faire. Elle recula.

La brièveté de leur baiser laissa à Ragn un terrible sentiment de frustration. Bien qu'elle gardât le regard rivé avec obstination sur le sol, elle entendait toujours la respiration légèrement haletante de Gunnar.

— Je crois que cette expérience a été un succès, Ragnhild.

Levant les yeux, elle rencontra le regard turquoise qui brillait. Son cœur fit un soubresaut et elle s'efforça immédiatement de se calmer. Révéler à Gunnar à quel point elle avait apprécié ce qui ne devait être pour lui que le simple contact de leurs lèvres était impossible.

— Je préfère « Ragn », dit-elle tout simplement.

Gunnar sourit.

— Dans ce cas, « Ragn » ce sera. Ma femme.

— Vous prenez plaisir à me taquiner.

— Quand les circonstances s'y prêtent.

Il fit un geste vers la cuisine.

— Si nous allions entretenir notre invité importun avant qu'il commence à se demander où nous avons disparu ? Encore que je sois sûr qu'il comprendrait très bien que les deux jeunes mariés aient tout simplement voulu rejoindre le lit le plus proche.

— Maurr paraît être un homme prompt à se sentir insulté. De plus, il ne croirait pas à cette explication.

Tendant la main vers elle, Gunnar caressa ses lèvres tendres du pouce.

— Qu'est-ce qui vous fait dire cela ?

— Maurr me considère comme une épouse. Pas comme une concubine.

— Où est-il écrit qu'un homme ne peut désirer sa femme ?

Elle se détourna. C'était en grande partie à cause de cela que leur union devait se cantonner à un mariage pratique. Car elle savait ses charmes limités. Et pourtant… Si la petite voix qui insistait au fond d'elle avait raison ? Si Gunnar la désirait vraiment ? Il était si différent de Hamthur…

Écouter cette petite voix était une très mauvaise idée. De même qu'il était stupide de commencer à prêter l'oreille aux murmures de son cœur. Sinon, autant recommencer à croire aux elfes et aux fées…

— J'ai beaucoup à faire pour assurer la bonne tenue de votre foyer, dit-elle sans se compromettre.

— *Notre* foyer, la reprit-il. À présent, nous faisons cause commune, vous et moi.

Les mains de Gunnar se refermèrent sur ses épaules pour la faire pivoter sur ses talons.

— Je crois bien avoir trouvé le moyen de vous réduire au silence, dit-il.

Elle releva le menton.

— Vous avez promis de ne pas user de la force.

Leurs souffles se mêlèrent. Du regard, Gunnar suivit le contour des lèvres joliment ourlées qui se remirent à trembler tandis que les siennes esquissaient lentement un sourire, comme s'il connaissait les ravages qu'il était en train de provoquer en Ragn.

— Cette discussion est loin d'être close, Ragn. Sachez qu'il m'est très difficile de résister aux défis.

Elle secoua la tête.

— C'en est à peine un. Les épouses dirigent les maisons et les concubines chauffent les lits. C'est ainsi.

— Mon intention n'est pas de me méprendre sur la catégorie à laquelle vous appartenez, riposta-t-il avant de s'éloigner.

Se passant lentement un doigt sur les lèvres, elle eut l'impression d'y sentir la trace du baiser qu'il venait de lui donner.

Elle secoua de nouveau la tête comme pour s'aider à s'éclaircir les idées. En fin de compte, n'était-elle pas pire que Svana jurant contre vents et marées que les *nissers* existaient ? En tout cas, elle ne donnerait pas de nouveau à un homme, quel qu'il fût, le pouvoir de la faire souffrir et ne l'autoriserait pas davantage à remettre en question ses aptitudes. Tirant des leçons de ses erreurs, elle avait fait le choix de se fier aux faits et d'oublier la romance. Gagner le respect de Gunnar était ce à quoi elle pouvait prétendre de mieux. Or, à moins de se mettre à travailler comme il se devait, elle perdrait toute chance d'atteindre ce nouvel objectif.

Le pot d'orge se mit à bouillir, la rappelant à l'instant présent. Ragn se précipita vers l'âtre pour le retirer du feu.

En l'espace d'à peine une journée, le château s'était complètement métamorphosé et n'avait plus rien à voir avec le lieu froid et aride que Gunnar avait quitté le matin même. Étonné, il s'aperçut que tous les bancs étaient occupés. Et où Ragn avait-elle déniché les tapisseries qui ornaient les murs ? Le feu crépitait et il semblait se trouver ici des réserves sans fin de bonne nourriture et de boissons. Ne manquaient ni la bière diluée pour ceux installés aux tables situées dans la partie la plus basse de la salle ni l'hydromel pour ceux assis dans sa partie la plus haute. Et comment Ragn avait-elle découvert que l'un des hommes qui travaillaient pour lui était un excellent conteur ? Mystère… Quoi qu'il en fût, et bien qu'il détestât l'admettre, elle avait eu raison d'organiser ce banquet. Grâce à la bonne atmosphère et à la bonne chère, les hommes de Maurr ne semblaient plus hagards et désespérés.

La jeune femme voletait partout en s'assurant que tout le monde fût à l'aise. Malgré la volonté affichée des guerriers présents de capter à la fois son attention et son intérêt, elle restait imperturbable à leurs sollicitations, répondant aux commentaires par un sourire et de très adroits gestes d'esquive afin d'éviter les mains qui tentaient de la frôler. Sans parler de son don pour anticiper les bagarres et les étouffer dans l'œuf qui stupéfia Gunnar.

En même temps, se disait-il en secret, cette attitude n'augurait rien de bon quant à son intention de l'attirer dans son lit. Le baiser qu'ils avaient partagé un peu plus tôt l'avait échauffé, même si elle y avait mis fin en reculant et en posant sur lui un regard confus avant de fuir littéralement l'alcôve comme si elle était la Jeune-fille-Soleil en personne poursuivie par le loup Fenrir. Mais pourquoi ? La mort de son mari était encore très récente… Portait-elle toujours le deuil de cet homme ? Y avait-il quelque chose d'autre ?

— Votre femme vous manque-t-elle ? lui demanda Maurr à cet instant, lui rappelant qu'il était là pour s'occuper de son indésirable invité. Est-ce à cause de cela que vous n'avez pas répondu à ma question sur vos arbres ? Je ne sais toujours pas s'ils conviendraient à mon château…

— Mes arbres ? Vous m'avez interrogé sur mes arbres !

Réalisant l'étendue de sa distraction, il s'efforça de repousser ses pensées concernant *le problème Ragn* et de revenir à la demande de l'émissaire du roi qui avait besoin de bois d'œuvre pour construire son propre château.

— Certains de mes arbres seront assez grands pour vous permettre de réaliser votre objectif, lui assura-t-il.

Maurr le remercia alors d'un coup de coude qui se voulait complice, faisant jaillir de son gobelet une bonne rasade d'hydromel qui se répandit sur la table.

— Si elle était ma femme, je n'arriverais pas plus que vous à penser à autre chose. Comment s'est déroulé le mariage ?

— Pardon ?

— Le mariage ? A-t-il eu lieu ici ou dans le Nord ?

— Le mariage officiel s'est tenu dans le Nord et il y a eu ensuite un petit supplément ici. Rien d'extraordinaire.

Tout en parlant, il sentait des gouttes de sueur perler le long de sa nuque. À présent, il était fixé : Maurr se doutait de quelque chose.

— Nous avons à peine pu penser à cela, vous savez,

continua-t-il sur un ton posé. Nous manquions tellement de temps que nous n'aurions pu rendre le château assez accueillant. Vous comprendrez encore mieux si j'ajoute que, en revanche, Ragn a décidé d'organiser, ici même, les festivités de Yule pour toutes les personnes résidant sur le domaine.

— Cela me paraît assez logique, répondit Maurr avant d'avaler une nouvelle et généreuse lampée du meilleur hydromel de Gunnar. Votre femme est quelqu'un de bien qui pense avant tout aux autres et à leur bien-être. Justement, je me demandais…

L'émissaire hésita.

— Aucun de vos hommes ne paraît se rappeler la fête de votre mariage ni la couronne que portait la mariée.

— Vous avez interrogé mes hommes sur mon mariage ?

— Oui, pour Ljot.

Maurr se tapota le bout du nez.

— Il ne fait pas le moindre doute qu'elle va m'interroger et je ne veux surtout pas commettre d'impair en lui répondant de travers. Ma vie ne vaudrait alors plus la peine d'être vécue !

— Je préfère que vous questionniez directement Ragn sur ce sujet, repartit Gunnar. Mes souvenirs concernent surtout la nuit de notre mariage.

Maurr éclata d'un grand rire qu'il souligna en même temps d'une bonne claque dans le dos de Gunnar.

— Voilà qui est parlé comme un vrai guerrier assailli par les convulsions d'un amour encore jeune ! Je vous envie.

Gunnar avala une gorgée d'hydromel puis fit signe à Ragn d'en apporter de nouveau.

— Quelle bonne table vous tenez ! s'exclama Maurr tout en lançant un regard rusé en direction de Ragn et en émettant un renvoi sonore. Tout à fait contraire aux rumeurs…

Gunnar serra son gobelet de bois plus fort entre ses doigts. Maurr n'avait pas le droit de scruter Ragn de cette façon. Son envie de le tuer monta d'un cran. S'il éliminait le guerrier, le prix du sang qu'il devrait ensuite verser à la famille de l'émissaire serait peu de chose par rapport à sa satisfaction de contempler le corps de cet homme dûment démembré pour s'être comporté de manière inappropriée avec Ragn. Plus tard, le temps viendrait de régler ses comptes avec Maurr mais, pour le moment, son seul souci était de s'assurer que celui-ci restât dans l'ignorance sur son statut. Plus qu'une nuit. Dès le lendemain matin, il ferait le nécessaire.

Se levant, il frappa sur son gobelet avec sa cuillère. Le silence tomba dans la grande pièce.

— Je vais à présent vous souhaiter bonne nuit, déclara-t-il. À l'aurore, vous devez partir avec la première marée et je ne voudrais pas subir le blâme de vous envoyer droit dans le tourbillon.

Maurr eut un nouveau renvoi puis s'écria :

— Il fait à peine nuit ! Restez donc encore un peu pour que nous puissions apprendre à nous connaître mieux. Car nous serons voisins d'ici peu.

— Kolbeinn vous a-t-il attribué des terres ? demanda Ragn en se penchant en avant, non sans avoir tendu un tissu sur ses seins.

Gunnar lança un regard assassin à Maurr tandis que Ragn insistait :

— Dites-nous ! J'ai hâte de pouvoir accueillir votre épouse. Je suis sûre qu'elle et moi deviendrons vite amies.

À la façon dont Ragn avait prononcé sa phrase, il comprit qu'il s'agissait plus que d'une formule convenue. Oui, Ragn était ainsi : généreuse et courtoise. Et le fait de ne pas avoir apprécié ces deux qualités tout de suite le dérangeait beaucoup. Elle avait tant de cœur ! Comment cela avait-il pu lui échapper ? En fait, il avait passé beaucoup trop de temps à songer au bouleversement qu'elle avait introduit dans son existence pour la juger à sa juste valeur.

Les oreilles de Maurr virèrent au rose après la déclaration de Ragn et il ne put faire autrement que de lui répondre :

— Mes terres se trouvent derrière les vôtres, de l'autre côté de la baie. L'emplacement est d'ailleurs beaucoup plus venteux que celui-ci.

— Quel dommage qu'il soit déjà pris..., murmura alors Gunnar.

— Oh…, dit Ragn en se levant. Je m'aperçois que Svana est en train de s'endormir. Elle est très fatiguée, il faut que j'aille la mettre au lit. Vous savez comment elle est… Tous les soirs, elle s'endort avec l'espoir de surprendre le *nisser* le lendemain matin et si fermement résolue à obtenir un résultat que cela la réveille parfois la nuit.

Gunnar fronça les sourcils. Après avoir accompagné sa jeune sœur au lit, Ragn ne réapparaîtrait pas. Et le lendemain, elle raconterait que, épuisée, elle s'était endormie près d'elle, réduisant à néant le projet qu'il avait de l'entraîner dans sa propre chambre. Sans compter que Maurr allait sûrement se sentir obligé de trouver dès cette nuit le moyen de vérifier si le mensonge n'en était pas un…

Gunnar vida son gobelet.

— Vous voudrez bien m'excuser, dit-il, mais je vais accompagner Ragn jusqu'à la chambre de Svana. Je ne supporte pas l'idée qu'elle puisse se perdre ou être retardée.

Celle-ci fit une moue qui le fit intérieurement sourire. Le plan de Ragn n'était pas très compliqué : utiliser Svana comme prétexte pour le fuir. Pourtant, le baiser qu'il avait partagé avec elle avant le banquet lui avait déjà révélé qu'elle était dotée d'une nature passionnée. Lui restait maintenant à découvrir ce qui l'effrayait et à trouver quelle était la meilleure manière de faire tomber les barrières dont elle s'entourait. Car c'était une femme consentante qu'il voulait. Non un être apeuré.

— Inutile, déclara-t-elle. Je suis parfaitement capable d'aller coucher moi-même ma sœur. Vous pouvez rester ici à continuer à boire et rattraper vos commérages en retard. Je suis sûre que les guerriers adorent faire la causette. Encore plus que les vieilles dames.

— Bien sûr que vous en êtes capable ! repartit-il en lui prenant la main et en la portant à ses lèvres. Là n'est pas la question.

Elle le fixa sans retirer sa main.

— Après ce banquet, poursuivit-il, je suis même prêt à jurer que vous êtes la femme la plus capable qu'il m'ait été donné de rencontrer. C'est pour moi une expérience tout à fait nouvelle et je demeure un jeune marié empressé.

— Profitez-en, alors ! dit Maurr de sa place en berçant la cruche pleine d'hydromel que Ragn venait de poser sur la table. Car tout cela va vite disparaître ! C'est un conseil d'ami. Bientôt, tous les prétextes seront bons pour fuir votre épouse.

Une fois encore, Gunnar dut se retenir pour ne pas le massacrer.

Chapitre 8

— Est-ce absolument nécessaire ? demanda Ragn en tournant la tête vers Gunnar.

L'ignorer ou le fuir se révélerait à l'évidence tout aussi inefficace. Il fallait qu'elle règle le problème tout de suite avant que la situation dégénère. Avant que Gunnar commence à se comporter comme Hamthur…

Après avoir installé Svana dans son lit et l'avoir laissée entre les chiens qui lui servaient de gardes, Gunnar avait insisté pour l'escorter jusqu'à sa propre chambre au lieu de la laisser avec l'enfant comme il le faisait d'habitude. L'odeur de l'hydromel, se dit-elle avec dégoût, devait généreusement parfumer le souffle de son futur mari…

— À part le fait que vous ayez consommé trop d'hydromel, voulez-vous me dire exactement ce qui se passe ? demanda-t-elle. Je me doute que vous avez quelque chose derrière la tête depuis l'instant où, pendant le repas, vous êtes apparu avec les derniers tonneaux que vous aviez gardés en réserve.

— À partir du moment où vous aviez fait allusion au manque de bière, apporter de l'hydromel paraissait aller de soi.

Gunnar baissa la voix avant d'ajouter :

— Je ne veux pas qu'un guerrier ivre vous ennuie ou, évidemment, que l'on vous découvre endormie dans un endroit incongru.

— Vous débitez des absurdités et vous le savez. En fait, vous adorez ce qui se passe ce soir. À quoi jouez-vous ?

Elle leva la main.

— Non, ne me dites rien. Quand il buvait trop pendant les banquets, mon défunt mari avait un comportement à peu près identique au vôtre.

— Encore une fois, je n'ai rien à voir avec votre défunt mari, rétorqua Gunnar, le front plissé. Je *vais* devenir votre mari. De plus, je pensais qu'avec ces guerriers dans les parages vous seriez ravie de savoir votre sœur en sécurité et bien gardée par Kolka et Kefla.

L'agacement qu'elle ressentait à voir Gunnar se remettre à la commander se disputait en elle à la joie qu'elle avait ressentie devant le plaisir de Svana à se faire protéger par les chiens.

— Qu'est-ce qui vous fait dire qu'elle a besoin d'être gardée ?

Gunnar haussa les épaules.

— Disons que c'est ce que j'aurais fait si Asa ou Brita s'étaient retrouvées dans la même situation.

— Peut-être devrais-je quand même rester avec elle cette nuit. Au cas où…

Comme elle se grattait la tempe du bout des doigts, Gunnar reconnut que c'était la ligne de conduite la plus raisonnable à tenir.

— Laissons les événements décider par eux-mêmes, dit-il en lui glissant la main sous le coude.

Elle se sentit frémir à son contact tandis qu'il l'entraînait.

— Venez, notre chambre se trouve par là. C'est un jour plus tôt que la date mais je suis sûr que vous vous rappellerez le chemin plus tard.

Elle se dégagea.

— Vous êtes vraiment déterminé à agir comme vous l'entendez.

— À ce sujet, oui, je suis déterminé. Il est clair que Maurr veut mon château pour ne plus avoir à se donner le mal de construire le sien. Autre point : il a questionné mes hommes sur votre couronne de mariée au prétexte que son épouse s'intéresse à ce genre de choses.

— Ce n'est pas impossible, répondit-elle. Les femmes

portent un grand intérêt aux mariages, aux bébés et à la croissance des enfants, toutes ces choses qui maintiennent les sociétés soudées. Je ne vois d'ailleurs rien à redire à ces penchants.

En disant cela, elle repoussait de toutes ses forces la panique qui montait en elle. La dernière chose dont elle avait envie était d'avoir comme partenaire de lit un guerrier ayant consommé plus d'hydromel qu'il ne fallait.

— Devrais-je alors fournir à Maurr l'information dont il rêve ? demanda Gunnar sur un ton doux. Et que tous vos efforts de ce soir n'aient servi à rien ?

Prenant une profonde inspiration, elle marcha jusqu'à la chambre qu'elle avait, jusqu'à aujourd'hui, toujours évitée, confiant à une servante le soin de la ranger.

La chambre de Gunnar était de taille moyenne et bien meublée. Un coffre en fer était posé au pied du lit et une pile d'épaisses fourrures recouvrait le matelas. Des tapisseries décoraient les murs et, dans un coin, une petite tasse en argent était posée sur son socle.

Une chaleur diffuse se répandit depuis le creux de son ventre. Dans une chambre comme celle-ci, elle pouvait imaginer un homme la désirer. Elle passa la langue sur ses lèvres au souvenir de la manière dont celles de Gunnar les avaient effleurées.

— Vous êtes ridicule, dit-elle en refoulant le souvenir de leur baiser.

Car, en fin de compte, tout ce que voulait Gunnar après ce banquet était un corps chaud contre le sien. Sauf qu'*elle* désirait autre chose.

— Ne rien faire aurait été plus sage, dit-elle. Comme je vous l'ai dit, vous auriez dû demeurer avec Maurr. Avec un minimum d'adresse, vous lui auriez alors extorqué les plans et les idées qu'il avait en tête au lieu de… d'insister pour arriver à cette… farce.

— C'est vous qui avez commencé en autorisant Maurr à émettre certaines hypothèses sur notre situation commune.

Elle arqua un sourcil.

— Rappelez-vous que c'est grâce à cela qu'au lieu d'être couverts de sang séché, les galets ont conservé leur belle couleur noire et brillante, que les hommes de Maurr sont calmes et non en train d'agoniser un peu partout sur la plage. J'ai fait ce qu'il fallait faire.

— Eh bien, pour ma part, je continue votre beau travail ce soir dans cette chambre. Travail on ne peut plus nécessaire.

Sur ces mots, Gunnar se baissa pour poser la lampe sur un coffre d'où elle diffusa une lumière vacillante. Puis il traversa la pièce tout en se débarrassant de sa cape en fourrure et de son épée. Lorsqu'il souleva sa tunique, révélant son dos musclé traversé de cicatrices, Ragn sentit sa bouche devenir sèche et ses genoux se dérober.

Gunnar tourna légèrement la tête.

— Le spectacle vous plaît ?

Ses joues devinrent brûlantes.

— Pas vraiment.

— Votre visage vous trahit.

La voix de Gunnar n'était plus qu'un murmure enroué quand il ajouta :

— Qualité attachante et que je trouve particulièrement digne d'intérêt dans l'étrange situation qui est la nôtre.

— Croyez-vous que les doutes de Maurr viennent du fait que je ressemble davantage à une épouse qu'à une concubine ? demanda-t-elle en demeurant derrière lui sans bouger mais en haussant la voix. Ou que je ne sois pas le genre de femme que l'on s'attend à vous voir épouser ?

Gunnar interrompit son déshabillage et la regarda.

— J'aurais pensé qu'une lady de votre rang préférerait qu'on la considère comme une épouse plutôt que comme une concubine. Cependant, pour une raison qui m'échappe, j'ai l'impression que cela vous contrarie. Je ne comprendrai jamais les femmes… Voyons, Ragn, Maurr se demande si vous êtes vraiment mon épouse uniquement parce que votre naissance n'aurait pas dû vous amener à épouser quelqu'un comme moi ! Et non à cause de votre physique. Je suis sûr que Maurr n'a pas songé un seul instant à votre aspect extérieur.

— Comment cela ?

— Mon arrière-grand-mère était esclave et je sais à peine lire les runes tandis qu'en vous, tout proclame l'instruction et la culture. Résultat, Maurr n'arrive pas à comprendre pourquoi vous m'auriez choisi. Donc il doute…

Il fut impossible à Ragn de retenir l'immense éclat de rire qui jaillit de sa gorge. Ainsi, Gunnar se considérait comme son inférieur ?

— Mes ancêtres n'ont pas construit ce château. C'est vous qui y êtes parvenu. Vous avez tout acquis à la sueur de votre front. Mon défunt mari non plus n'a jamais rien gagné ni rien édifié. Quant à notre mariage, mes choix étaient limités. Les vôtres aussi. Et pour finir, si cela vous intéresse, je pourrai sans problème vous familiariser avec les runes.

— Qu'aurais-je dû répondre à Maurr ? Que la couleur de vos cheveux me fait penser à celle d'un ciel de nuit ? Que votre peau est translucide ? Vous aurait-il davantage respectée pour autant ? Cela l'aurait-il empêché de scruter votre décolleté chaque fois que vous versiez l'hydromel ? Il vous respecte parce qu'il croit que je viens de vous épouser !

La vague de chaleur qui avait envahi le ventre de Ragn se propagea tout autour de sa taille et lui caressa les reins. Mais elle tâcha de l'ignorer. Gunnar la séduisait. Exactement comme il l'avait fait un peu avant avec son baiser.

Le souvenir de la façon dont se comportait Hamthur après avoir trop bu lui revint soudain. Qu'elle le voulût ou non, Hamthur avait tout le temps envie d'elle. Le premier banquet qu'elle avait elle-même organisé l'avait épuisée. À la fin, cependant, loin de la complimenter, Hamthur l'avait accablée de critiques, lui reprochant tout et n'importe quoi, des cuillères ou des couteaux jusqu'à sa manière de rire — soi-disant trop fort — aux plaisanteries des hommes. Il l'avait ensuite appelée par d'autres prénoms de femmes avant de s'arrêter à celui de Sweetie, de la jeter sur le lit et de la prendre de force, lui bâillonnant la bouche de sa main pour l'empêcher de crier. Le changement opéré en lui, par rapport à la douceur dont il avait fait preuve au cours des premiers jours de leur mariage, avait été tel qu'elle était restée pétrifiée, incapable de réagir.

Plus tard, lorsqu'elle l'avait interrogé, il avait répondu qu'il ne pouvait s'unir à elle que quand il était ivre. Puis il lui avait dévoilé son projet caché de la partager avec ses amis et sa décision d'y renoncer de peur que l'un d'eux découvre à quel point elle était inepte.

Finalement, jamais elle n'avait su ce qui l'avait le plus choquée : que Hamthur ait prévu en secret de l'offrir à ses amis, qu'il n'ait pas voulu partager le même lit qu'elle ou qu'il l'ait épousée parce qu'il avait des dettes à honorer et que le père de Ragn avait déclaré à ce jeune homme ambitieux que c'était le seul moyen d'hériter de sa fortune.

— Ragn ? Ragnhild ? Êtes-vous d'accord quand je vous affirme que vous êtes digne de respect ?

Elle posa le bout des doigts contre ses tempes douloureuses en essayant de chasser les souvenirs odieux. La jeune femme qui avait tant pleuré et s'était recroquevillée sur elle-même avant de finir par coopérer à la pensée d'avoir peut-être un héritier avait disparu pour toujours.

Elle se dirigea vers le lit.

— Qui dort par terre ? Vous ou moi ? Je ne serai votre femme que demain.

Une lueur passa dans les yeux de Gunnar.

— Vous n'aimez pas les compliments ? Comme c'est rafraîchissant. La plupart des femmes en raffolent. Pourquoi d'ailleurs ? Je me le demande.

— Je n'ai personnellement pas besoin de cela et suis capable d'établir la liste de mes défauts aussi. Quand un homme commence à me flatter, je sais qu'il déforme la vérité parce qu'il attend quelque chose de moi, quelque chose que je ne serais autrement pas tentée de lui donner.

— Est-ce un défaut d'avoir de beaux cheveux noirs et brillants ? Une bouche généreuse ?

Elle s'efforça de garder une expression neutre et d'ignorer les paroles de Gunnar que justifiait seulement son excessive consommation d'hydromel. Quelqu'un devait prendre tout de suite la situation en main. Pour commencer, se souvenir que dormir près de Gunnar l'obligerait à sentir sa douce odeur qui lui rappellerait, si besoin en était, leur baiser trop tôt interrompu.

Non, décidément, elle refusait de croire aux rêves, ceux où Gunnar la prenait dans ses bras et lui faisait l'amour avec lenteur, où il lui exprimait de la considération et voulait la faire accéder au plaisir. Tous ces rêves impossibles…

Dorénavant, elle voulait garder les pieds sur terre, assumer son manque de charme et ne surtout rien faire risquant de lui faire perdre le refuge qu'elle avait trouvé à Svana.

— Vous comprenez très bien ce que je veux dire, riposta-t-elle en pointant l'index vers Gunnar et en cédant un peu à la colère de se trouver piégée dans cette chambre. Nous avons passé un accord, Gunnar, et cet accord n'inclut pas les compliments. Il dit en revanche que vous ne m'obligerez ni par la force ni par des cajoleries à faire des choses que je ne veux pas faire. Surtout avant notre mariage.

Toute trace de joie déserta le visage de Gunnar.

— Ai-je fait quoi que ce soit qui ne respecte pas cet accord ?

— Non, reconnut-elle.

Et elle baissa immédiatement les yeux vers les joncs recouvrant le sol. Tout plutôt que de lire ce que contenait le regard de Gunnar.

— Simplement, j'ai assez étudié le comportement des hommes en fin de banquet.

— Sauf que ces hommes n'étaient pas moi, rétorqua Gunnar avec un sourire étrange qui provoqua en elle une vague de frissons. Où dormirez-vous le mieux ?

— Je prends le sol, déclara-t-elle avec un hochement déterminé de la tête. Passez-moi quelques fourrures.

Comme Gunnar ne bougeait pas, elle voulut s'emparer elle-même de l'une des fourrures. Mais, tendant brusquement la main, il l'arrêta dans son geste. Et juste avant qu'elle le repousse, il se laissa tomber sur le lit qui craqua sous son poids. Plus moyen d'accéder à la moindre fourrure. Sauf à le repousser du lit.

— Vous êtes ridicule, Gunnar. Poussez-vous.

— Pas question que vous dormiez par terre. Ma mère serait horrifiée que je permette qu'une jeune lady fasse cela. Si j'acceptais votre suggestion, son ombre n'en finirait pas de me hanter.

— Ma suggestion ?

— Ragn…, je vous rappelle que nous étions en train de discuter de nos arrangements pour la nuit. À peine avais-je terminé de vous demander où vous préféreriez dormir que vous m'avez répondu « Je prends le sol ».

Elle secoua la tête.

— Ne faisons pas d'histoires. Tout va bien. Les chiens protègent Svana, elle est en sécurité et nous aussi. Quant à l'ombre de votre mère, nul doute qu'elle disposerait d'autres raisons que celle-ci pour venir vous hanter si l'envie l'en prenait.

— Jusqu'ici, elle ne l'a jamais fait.

— Alors, c'est qu'elle est très occupée ailleurs et qu'il n'y a pas de raison pour que cela change.

Sur ces mots, Ragn tira sur l'une des fourrures.

— Laissez-moi la prendre. Je ne crois pas plus aux ombres qu'aux malédictions.

— Que vous êtes bougonne ! Les banquets vous rendent-ils tout le temps comme ça ?

— Je vous retournerai la même question, riposta-t-elle.

Comme Gunnar, le visage impénétrable, demeurait assis sur le lit sans répondre, elle se coucha par terre et se recroquevilla pour chercher le sommeil, sûre qu'il finirait par jeter une fourrure ou deux sur elle en temps voulu. Mais il avait raison. Le sol était dur et les joncs auraient mérité d'être changés.

— Que pensiez-vous que je vous répondrais ? demanda-t-elle.

— Je m'attendais à ce que votre choix se porte sur le lit et que ce serait ensuite sur le nombre de fourrures que nous négocierions.

Il haussa les épaules.

— Vous êtes la femme la plus originale que j'aie jamais rencontrée.

— Avant de me complimenter, étiez-vous en train de me

faire comprendre que vous alliez garder toutes les fourrures pour vous ? Imaginiez-vous vraiment que je dormirais par terre sans rien pour me couvrir ?

Du bout du pied, elle repoussa les joncs sales. Un petit muscle se mit à battre sur la joue de Gunnar.

— J'ai été très clair : il est hors de question que je vous laisse dormir à même le sol.

— Eh bien, faites comme il vous plaira ! repartit-elle, agacée. Vous pouvez toutes les garder, vos fourrures !

— Vous m'avez proposé le lit, dit Gunnar sur un ton soudain doux et conciliant qui ne la mit pas en confiance. J'ai accepté votre offre avec gratitude et me suis étendu. À présent, je ne désire plus que négocier la part de lit qui vous est nécessaire.

Elle resta bouche bée. Négocier… Vraiment ? Sauf qu'elle savait très bien où cela mènerait.

En elle, la petite voix qui se faisait si souvent entendre ces derniers temps se manifesta de nouveau pour lui répéter la même chose : après tout, peut-être que Gunnar la désirait vraiment ? Peut-être que leur baiser avait signifié pour lui plus que ce qu'elle croyait ? Mais une fois encore, Ragn la repoussa. Avant de découvrir Hamthur tel qu'il était vraiment, elle l'avait cru sensible et passionné. Or, le seul chemin qu'il avait été capable de lui proposer avait été fait d'illusions, et elle avait fini avec un cœur brisé.

— Permettez-moi d'aller dormir avec Svana comme je le fais d'habitude. De cette manière, cette conversation due à une excessive consommation d'hydromel sera close.

Comment réussissait-elle à garder un ton égal ? Elle n'en savait rien, mais son calme apparent la rendait fière.

— De plus, poursuivit-elle, nous dormirons tous les deux beaucoup mieux et aurons demain l'esprit plus clair.

Gunnar plissa le front.

— Quittez cette pièce et je vous charge sur mon épaule pour vous ramener ici.

— Pourquoi ?

— Notre situation demeure périlleuse, Ragn ! Vous

avez bien sûr remarqué l'attention que nous a portée Maurr tout au long du banquet. S'il parvient à établir le moindre recoupement susceptible de le mener à la vérité, l'heure des comptes aura sonné pour nous.

— Vous cherchez à m'impressionner.

— C'est vous qui avez entrepris ce plan. Pour ma part, je me contente de le suivre ! Néanmoins, et d'inexplicable manière, vous semblez maintenant rattrapée par des scrupules de jeune fille. Au point que l'on peut juste se demander comment était votre défunt mari. Sans doute aveugle et stupide. Vous avez tort de le pleurer comme vous le faites.

— Laissez Hamthur en dehors de tout cela. Il n'a pas sa place dans cette discussion !

Comme Gunnar se laissait aller en arrière, elle remarqua le contraste entre sa peau mate et la fourrure marron clair. Sans un mot, elle détourna les yeux, la bouche sèche.

— Au moins sommes-nous tombés d'accord sur un point, remarqua-t-il.

— Peut-être pourrais-je trouver dans la cuisine un coin où dormir ? hasarda-t-elle.

— Je suppose que vous ne voudriez pas que Maurr ou l'un de ses hommes nous entendent argumenter sur un sujet aussi brûlant que celui-ci ? murmura-t-il en tournant la tête sur le côté. Ni qu'ils vous découvrent devant le feu de la cuisine comme une esclave ?

— Pensez-vous que Maurr irait jusqu'à vérifier où et comment nous dormons ?

— Je n'ai que peu d'idée sur ce que Maurr est capable de faire, mais c'est une possibilité que je considérerais avec le plus grand sérieux.

Sur ces mots, Gunnar croisa les mains derrière la tête et se perdit dans la contemplation du plafond. La lumière vacillante de la grosse lampe projetait des ombres sur son torse. Ragn aurait juré qu'il savait à quel point il était désirable, avec cette lumière qui jouait sur sa peau nue. Aussi prit-elle soin de lever discrètement le regard vers la tête de lit.

— Pour sauvegarder ces terres et ce domaine, je dormirai donc dans votre lit, déclara-t-elle.

— Je vous remercie de votre confiance. C'est une bonne base pour un mariage. C'est aussi ici que vous dormirez quand nous serons unis. Je ne crois pas aux espaces séparés entre époux.

Ragn serra les mains l'une contre l'autre pour les empêcher de trembler. L'hydromel était vraiment monté à la tête de cet homme.

— Vous avez raison. Après tout, partager un lit avec vous n'est guère différent qu'en partager un avec Svana. Sauf qu'elle ne ronfle pas.

— Comment savez-vous que je ronfle ? s'enquit-il en quittant le lit et en marchant vers elle.

La chaleur qu'il dégageait la recouvrit.

— Je sais surtout les quantités d'hydromel que vous avez absorbées...

— Vous *croyez* savoir, c'est tout. À cette heure de la nuit, réfléchir peut conduire à l'erreur, Ragn.

Il lui souleva le menton du bout des doigts jusqu'à ce qu'elle ne puisse plus faire autrement que de le regarder en face. Puis, il lui caressa la pommette avec douceur.

— Vos cernes sont marqués et votre peau est encore plus blanche que d'habitude. Quand vous serez ma femme, il faudra vous reposer davantage.

Elle se tendit. Tout ce soi-disant rapprochement à cause du vague espoir que leur baiser avait sans doute fait naître en lui... En fait, Gunnar l'assimilait à un laideron et, tout comme Hamthur avant le mariage, passait son temps à faire semblant.

— Tournez-vous, commanda-t-elle. Je vais me déshabiller et je ne fais pas cela pour vous distraire, ce soir.

— Ce qui signifierait que ce sera un jour le cas ? Avec une telle promesse, je n'ai d'autre choix que de satisfaire votre demande.

Là-dessus, Gunnar se retourna avec docilité. Mais ses épaules étaient agitées de petits soubresauts de rires qu'il parvenait mal à contrôler.

Elle ne répondit pas mais se fit la promesse que ce à quoi Gunnar faisait allusion ne se produirait jamais. Ses doigts, plus maladroits que d'habitude, avaient du mal à retirer les fixations de sa robe, mais sa peau apparut peu à peu sous le vêtement qui s'ouvrait. Même avant les cicatrices que l'incendie avait laissées sur sa chair, son corps au teint trop blanc ne séduisait pas beaucoup d'hommes. Après le mariage, elle se déshabillerait dans l'obscurité. De cette façon, ses défauts seraient dissimulés.

— Vous pourrez prendre autant de place que vous voulez dans le lit, reprit Gunnar derrière elle. Je suis plutôt généreux de ce côté-là.

Toujours sans un mot, le dos tourné, elle se recroquevilla pendant que Gunnar finissait de se déshabiller. Quand le lourd pantalon tomba à terre, elle fit semblant de ne pas entendre.

Gunnar éteignit la lampe. Le matelas se creusa quand il s'étendit et elle remarqua qu'il s'était couché sur les fourrures. Moins d'une minute plus tard, il respirait profondément, comme s'il n'avait attendu que le moment où sa tête toucherait l'oreiller pour sombrer dans le sommeil.

De son côté, elle se concentra pour tenter de ne pas en faire autant. Mais, entre la proximité et la douceur de son partenaire, elle eut malgré elle envie de se laisser aller. Très vite, elle sentit ses paupières devenir lourdes.

Couché dans le noir, Gunnar écoutait Ragn respirer.

Elle avait eu besoin d'un peu de temps pour s'endormir mais y était tout de même parvenue avec une certaine facilité. Il retint son souffle. La journée défilait à présent devant ses yeux et son enseignement lui parut aussi édifiant qu'évident : ni l'arrivée des nombreux guerriers sur la plage, ni la préparation du banquet, ni l'incessante lutte implicite contre Maurr, ni les bouffonneries paillardes des hommes de l'indésirable invité n'avaient perturbé Ragn. En revanche, dès qu'ils s'étaient retrouvés seuls dans cette chambre, elle avait été saisie d'une véritable terreur.

— De quoi avez-vous peur ? demanda-t-il d'une voix feutrée. Qu'est-ce que votre misérable défunt mari vous a fait ? S'il vous a blessée, Ragn, je décrète que sa mort aurait dû être beaucoup plus douloureuse qu'elle l'a été…

Ragn murmura quelques mots inintelligibles mais son corps se tourna vers lui, cherchant sa chaleur. De manière étrange, il trouva normal de la sentir contre lui, près de son cœur. L'une des mains de Ragn s'était posée sur son torse et lui effleurait le mamelon gauche. Il sentit son corps se tendre. L'indifférence que Ragn avait affichée à son égard n'avait donc été qu'un simulacre. Aussitôt, son humeur s'éclaircit. Ce n'était pas lui qui était en cause, mais autre chose…

Il se déplaça très légèrement pour apaiser la tension à son entrejambe tout en songeant que, s'il avait donné à Ragn sa parole de ne pas la prendre de force, il ne s'était pour autant pas interdit de la séduire.

Sa voix s'éleva doucement dans l'obscurité.

— Avez-vous déjà connu le plaisir ? Ou bien votre mari se contentait-il juste de prendre le sien ?

De nouveau, elle répondit par un murmure incompréhensible. Qu'à cela ne tienne. Bientôt, il découvrirait les secrets de Ragn. Et il n'aurait plus qu'à lui montrer combien faire l'amour pouvait être agréable. Et comme il ne lui donnerait pas son cœur, il n'y avait aucun risque qu'elle devînt victime de la malédiction.

— Je trouverai le moyen de briser cette malédiction, déclara-t-il tout bas. J'en fais le serment.

Un bruit, pas plus fort que celui d'une souris grattant dans un coin, sortit Ragn d'un rêve merveilleux : Gunnar venait de lui déclarer son indéfectible attachement et avait commencé, lentement mais sûrement, à lui faire l'amour. Ouvrant les yeux, elle se mordit la lèvre en voyant la position de leurs corps. Au cours de la nuit, en effet, elle s'était blottie contre Gunnar et lui encerclait la taille. De son côté, il lui entourait les épaules de ses bras. En les surprenant ainsi, n'importe qui aurait jurés qu'ils étaient très intimes. Comme elle tentait de se détacher, il resserra son étreinte avec fermeté. À cet instant même, une vive lumière se répandit dans la pièce.

Une ombre se tenait dans le chambranle de la porte, levant haut une torche. Effrayée, Ragn voulut se lever et s'enfuir mais Gunnar la maintenait, l'empêchant de bouger.

— Vous avez un problème, Maurr ? cria-t-il. Cette chambre est déjà occupée et ma femme a besoin de repos. Offrir l'hospitalité en un temps aussi court à un nombre conséquent d'invités lui a demandé un gros effort et causé pas mal de fatigue.

— Absolument aucun ! répondit immédiatement le guerrier en baissant sa torche. Je me suis stupidement trompé de chambre. Je vous prie, vous et votre lady, de bien vouloir m'excuser pour ce dérangement.

La lumière disparut en moins de temps qu'il ne fallait pour le dire et le bruit des pas de l'homme s'éloigna rapidement. Gunnar lâcha le bras de Ragn.

— Vous avez eu raison d'insister pour nous faire partager la même couche, reconnut-elle tout en se glissant vers le bord du lit.

Autant anticiper le moment où Gunnar la prierait aimablement de se pousser, se dit-elle. Même si elle sentait déjà sa chair protester contre le froid et le vide. Cependant, sentant son visage demeurer brûlant, elle se réjouit de l'obscurité complice qui la protégeait. Gunnar avait beau se trouver tout simplement couché auprès d'elle et parfaitement contrôler ses ardeurs, elle sentait son propre corps déterminé à aller jusqu'au bout de son rêve, ce rêve trop fou qui lui donnait en cet instant l'envie de le rejoindre, de mêler leurs souffles, et de ne faire plus qu'un avec lui.

Jamais elle n'avait dormi de manière aussi intime avec Hamthur. Même pas au cours des premiers temps de leur mariage, quand elle pensait encore que c'était elle qu'il aimait et non sa dot.

Cette nuit, n'importe qui, et Maurr le premier, avait pu les croire très proches l'un de l'autre en les voyant. Or, si tout cela n'était qu'illusion et mensonge, le corps de Ragn se languissait du moment où ses rêves deviendraient réalité. Elle ferma les yeux et se concentra sur sa respiration dans l'espoir vain que Gunnar ne découvre pas son attirance pour lui et ne l'utilise pas contre elle.

— Je connaissais assez Maurr de réputation pour savoir qu'il ne s'en tiendrait pas à nos affirmations verbales, répondit-il en se retournant sur le côté.

Elle se sentit glisser de nouveau vers Gunnar de manière irrésistible. Avec le même naturel qu'elle, il lui posa la main sur l'épaule :

— Nous devrions essayer de dormir, dit-il. La journée de demain risque d'être longue, surtout si Maurr trouve une excuse pour prolonger sa présence parmi nous. Heureusement, il finira par partir ! Quant à nous deux, nous serons mariés avant la tombée du jour. Je ne prendrai pas le risque d'attendre davantage.

Centimètre par centimètre, elle recula une nouvelle fois vers l'extrémité du lit et se sentit respirer mieux. Toutefois, même si elle était consciente des risques pris en acceptant de dormir avec Gunnar, elle ne regrettait rien. L'inopinée visite nocturne de Maurr en était la meilleure explication.

Du bout des doigts, Gunnar lui frotta gentiment la nuque.

— Détendez-vous, Ragn. Ne vous rappelez-vous pas que je vous ai donné ma parole ? Ce soir, vous dormez dans mon lit, tout simplement. Pour le reste, nous attendrons sagement notre mariage demain.

— Demain je dormirai de nouveau avec Svana, répliqua-t-elle tout en augmentant la distance entre eux. Je ne permettrai pas vos taquineries sous l'effet de l'hydromel d'obtenir le meilleur de moi-même. Les raisons de notre mariage ne m'échappent pas, vous savez, et je sais qu'elles sont d'ordre purement pratique.

— Mes… « taquineries sous l'effet de l'hydromel » ? Jamais de la vie !

La voix de Gunnar était pleine de rires.

— Vous n'êtes pas sotte, Ragn. Heureusement car, au fil

des ans, j'ai eu mon compte de filles accommodantes qui comblaient le silence de bavardages insignifiants.

— Vous adorez me déstabiliser, n'est-ce pas ?

Il retira son bras avec un soupir.

— Vous ne m'écoutez pas.

— Je ne fais que constater. Nous ne partageons ce lit que parce qu'il le faut. Or, ce problème disparaîtra dès demain matin lorsque Maurr s'en sera allé. Dans ces conditions, à quoi bon épiloguer sans fin sur le sujet ?

— Si vous le dites, c'est que ce doit être vrai. Car vous connaissez l'étiquette alors que je ne suis qu'un simple guerrier.

Elle le scruta dans l'ombre. La façon dont il venait de s'exprimer était étrange. Comme s'il cherchait à l'amadouer.

— Vous êtes tout sauf simple, Gunnar Olafson, riposta-t-elle après un instant, et votre façon de proclamer le contraire n'est qu'une technique pour désarmer vos adversaires ainsi que, j'ose le dire, les femmes.

— Je me demande qui, de votre côté, vous tentez de convaincre.

— Dormez bien, dit-elle pour clore le débat tout en se jurant que, cette nuit, ses paupières ne se fermeraient plus.

Il ne fallait pas qu'elle s'abandonne au désir ni à des espoirs insensés. Au cours du baiser qu'ils avaient échangé, Gunnar l'avait fait se sentir belle, comme si les reproches de Hamthur n'avaient été que l'expression d'une veulerie qui lui était propre. Mais à cause de ce baiser, telle une fileuse de laine, elle avait commencé à filer des rêves absurdes.

Et à présent, le vrai problème était que, tout au fond d'elle-même, elle *désirait* continuer à les filer.

Et à y croire…

Chapitre 9

— Et voilà, je vous quitte, dit Maurr en faisant le geste rituel du départ. Il me faut gagner ma prochaine étape à présent. Mais j'informerai Kolbeinn et Ketil de votre hospitalité, de très loin plus généreuse que ce que l'on m'avait laissé croire.

Gunnar lui retourna son geste. Enfin ! Debout depuis l'aube, il attendait le départ de Maurr qui multipliait les prétextes pour rester. Dès que l'émissaire et ses hommes seraient partis, il pourrait finalement s'occuper de ce qu'il avait de plus pressé : épouser Ragn et lui prêter serment. Dans son lit, il voulait une partenaire enthousiaste, non une épouse qui se crût là par devoir.

— Toutes les améliorations survenues ici l'ont été sous l'influence de Ragnhild, dit-il.

Maurr fit un léger sourire.

— La manière dont un homme tient sa table et celle dont il choisit la femme qu'il prend pour épouse sont deux choses qui en disent long sur lui. En tout cas, c'est ce que prétendait ma mère. Votre femme est un parangon. Quant à la mienne… Eh bien, je l'ai épousée pour sa beauté et non pour son talent à tenir une maison. Sa mère m'a juré qu'elle avait appris à le faire mais les résultats ne m'ont pas encore sauté aux yeux, bien que nous soyons mariés depuis presque un an. Quoi qu'il en soit, entre vous et moi, je sais maintenant qui de nous deux a conclu la meilleure affaire.

— J'imagine…, murmura très bas Gunnar.

— Nous allons bientôt nous revoir et nos femmes deviendront amies. Peut-être même que Ljot se mettra à la cuisine. Pour ma part, j'affirme que cette femme laisse délibérément brûler le porridge. Vous et moi pouvons réaliser de grandes choses sur cette île. Bien plus grandes, en tout cas, que celles que nous aurions pu faire en retournant dans le Nord où, à peine après vous avoir regardé, un homme vous vole à la fois votre terre et votre femme.

— Les dieux étaient avec moi quand j'ai épousé Ragnhild, répondit-il en retenant le bâillement qui aurait tout gâché.

L'instant d'après, il fronça les sourcils, saisissant l'exacte portée de ce que Maurr venait de dire.

— Vous voulez que nous devenions alliés ?

— Kolbeinn avait sous-entendu que vous seriez réticent à suivre le décret du roi et que je devais me tenir prêt à prendre les mesures qui s'imposaient. Mais je vois qu'il a eu tort.

— Kolbeinn est maître dans ce genre de tromperie. Tant qu'il gagne, il ne se soucie guère des conséquences de ses paroles et de ses actes. Mais aujourd'hui, c'est avec notre alliance qu'il l'emporte.

Maurr tira sur son col.

— Alors, marché conclu.

— Avez-vous commencé à construire votre château ? demanda Gunnar, étonné par sa proposition. Je tiens à vous vendre mon bois de construction au prix juste.

La gêne de son vis-à-vis le réjouit, et il retint un petit sourire. Comme l'avait justement remarqué Ragn, Maurr savait qu'il était tombé sur quelqu'un de plus fort que lui qui le battait pour la seconde fois. Il fallait donc en faire un allié et non un ennemi qui se révélerait forcément tenace.

C'était grâce à Ragn qu'il avait appris tout cela et il avait hâte de l'informer que les lois de la diplomatie n'étaient enfin plus un mystère pour lui…

— Je dois d'abord aller visiter quelques fermes de mon domaine pour m'assurer que tout se passe correctement.

— Vérifiez bien que les occupants sont prêts à négocier tous les emplacements avec vous.

Maurr rit.

— Je veux le meilleur pour ma femme et pour les enfants à naître. J'ai bataillé assez dur pour mes terres !

Gunnar pinça les lèvres. Décidément, cet homme resterait toujours un guerrier. Donc à surveiller.

— Nous serons amis le temps venu, dit Maurr au même instant. Et j'ai hâte que ce moment advienne. Sachez juste que, lorsque je me suis rendu pour la première fois sur mes terres, j'ai trouvé la baie où elles se situent venteuse et plutôt inhospitalière.

Regardant par-dessus l'épaule de Gunnar, il ajouta :

— Quel dommage que votre femme ne soit pas là ce matin ! J'ai beaucoup apprécié sa conversation. Elle n'a rien à voir avec les femmes des Hébrides extérieures. Elle est… beaucoup trop bien, si vous voyez ce que je veux dire. En général, ces femmes-là restent dans le Nord. Le fait qu'elle soit arrivée ici cacherait-il un mystère ?

Brusquement submergé par un sentiment de jalousie, Gunnar eut beaucoup de mal à retenir son envie de frapper son interlocuteur. Ragn était à lui et à lui seul.

— Dans le Nord, la situation est instable…, répondit-il sans se risquer.

Maurr hocha la tête.

— Ça ne serait vraiment pas une bonne idée si on vous renvoyait là-bas…

— Aucune crainte. Kolbeinn n'autoriserait pas une chose pareille. Il a besoin de moi ici pour garder son passage.

— Quand même… Je ne pense pas que beaucoup d'hommes refuseraient un bijou comme elle.

C'en était assez à présent.

— Ragnhild a eu une longue journée hier. Je la laisse dormir. Après tout, nous venons de nous marier.

Ce disant, le souvenir des beaux cheveux noirs de Ragn qui repoussaient, soyeux autour de son visage pâle, lui revint à l'esprit. Quand il l'avait quittée endormie ce matin, le contraste était si joli sur son oreiller ! Toutefois, malgré sa pressante envie de la prendre dans ses bras et de la réveiller sous ses baisers, il avait quitté la pièce sans un mot. Approcher doucement Ragn et lui laisser le temps d'apprendre à avoir confiance en lui était indispensable. Et puis, il était ambitieux. C'était l'entière participation de sa femme qu'il voulait obtenir le jour où il s'unirait à elle.

Pour cela, il avait décidé de mettre en œuvre son plan de séduction dès aujourd'hui. La veille, Ragn avait sans le vouloir amorcé les choses. À lui maintenant de les poursuivre. Même si la malédiction lui interdisait de donner son cœur à sa future femme, il saurait rendre leur mariage aussi agréable que possible pour elle et aussi pour lui.

— Le bonheur de ma femme me tient à cœur.

— Vous êtes un bon mari, lui dit Maurr. Je vous souhaite d'être heureux.

Lorsque le bateau se fut éloigné sur la mer, Gunnar resta à scruter le large, préparant déjà la suite.

— Gunnar ? Cet homme est-il parti en paix ?

Il se retourna. Svana courait vers lui, les joues barbouillées et le chapeau de travers.

Le visage de l'enfant était empreint de malice. Comme elle avait changé ! La fillette qu'il regardait se hâter dans sa direction n'avait plus rien à voir avec le petit animal écorché vif qui avait échoué de longues semaines auparavant sur la plage. Ses crises étaient moins fréquentes, néanmoins elle semblait parfois entendre des sons que personne d'autre ne percevait. Comme Asa. Asa dont il avait enfoui le souvenir depuis si longtemps au fond de sa mémoire et qu'il se réjouissait tant de voir resurgir.

— Tu es déjà debout, petite !

— Les chiens se sont réveillés de bonne heure, répondit-elle en plissant le bout de son nez. Ils ont d'ailleurs mangé le porridge du *nisser.* Ils l'ont même complètement avalé, les vilains.

— Alors, c'est que le *nisser* n'en voulait plus. Crois-moi, s'il ne les avait pas autorisés à le manger, jamais ils ne se seraient permis de prendre une liberté pareille. Les chiens savent ces choses d'instinct.

— Car il y a bien un *nisser*…

— Pourquoi mettrais-je en doute les paroles de ma mère ? répondit-il en se baissant à son niveau. Tu peux y croire aussi bien que moi.

Svana fit un hochement solennel de la tête.

— Promis.

— Où est ta sœur ? Elle dort encore ?

— Dans la grande salle. En train de tout nettoyer à fond.

Le regard de Svana se troubla quand elle ajouta :

— Ragn faisait tout le temps ça après les banquets que Hamthur organisait. Est-ce que tu lui as fait du mal comme lui ?

Gunnar se pétrifia.

— Pourquoi aurais-je fait du mal à Ragn ?

— Cela arrivait souvent avec Hamthur. Ragn croit que je ne suis pas au courant, mais il la battait quand personne ne le voyait. Mais moi, je le voyais.

— Son mari la battait ? répéta-t-il en tentant de contrôler la rage qui montait en lui.

Quel dommage que cet homme fût mort. Car il lui aurait arraché les membres un à un.

— Souvent ?

— Quand il était ivre. Le reste du temps, il l'ignorait. Au dernier banquet, il avait essayé de la pousser dans le feu au milieu de la grande salle. Il l'accusait de s'être montrée trop amicale avec un autre guerrier alors qu'elle s'était contentée de lui proposer encore un peu de bière. Alors, elle avait dit à Hamthur de s'en aller. Qu'est-ce que j'ai été contente quand je l'ai vu partir avec cette femme ! Tout était devenu si paisible. Et puis ils sont morts.

La petite posa brusquement la main devant sa bouche.

— Mais… Je ne devrais pas parler de tout ça. Il faut que je laisse le passé derrière moi, n'est-ce pas ?

Gunnar fronça les sourcils. La jalousie maladive de Hamthur expliquait la nervosité de Ragn. Décidément, le fantôme qu'il combattait avait été le contraire d'un mari compréhensif et respectueux. Ses manières odieuses avaient même confiné Ragn dans une attitude de méfiance qu'il mettrait du temps à vaincre. Mais il n'était pas pressé. Cette pensée lui permit de se détendre un peu.

— Jamais je ne ferai de mal à ta sœur.

— Je sais.

Svana releva le menton.

— Et je n'ai jamais dit que tu l'avais fait. Simplement, je te l'ai demandé parce que j'avais peur. Mais avec moi non plus, tu n'as pas été méchant comme Hamthur. Est-ce que je peux aller au lac ?

— Tu ne voudrais pas plutôt participer à la confection de la couronne de la mariée ?

Les yeux de Svana devinrent immenses.

— La couronne de la mariée ! Quelle mariée ?

— Ta sœur et moi nous marions aujourd'hui.

— C'est vrai ?

— Bien sûr.

Un hurlement de joie s'échappa de la gorge de Svana.

— La couronne de son mariage avec Hamthur a brûlé dans l'incendie. Mais elle a réussi à sauver les broches de notre *mor-mor* qu'elle avait portées au mariage.

— J'estime que toutes les mariées devraient avoir leur propre couronne ce jour-là.

Svana laissa échapper un petit soupir heureux.

— Tu es vraiment sérieux... Mais pourquoi Ragn n'a rien dit ce matin ? Pourquoi gardez-vous le secret ?

— C'est à elle qu'il faut poser la question. Pour ma part, je la soupçonne de vouloir que ce mariage reste une surprise pour tout le monde le plus longtemps possible.

— Oh ! mais...

Svana écarquilla de grands yeux affolés.

— ... Il faut absolument que j'attrape le *nisser* par le bout de sa chemise, maintenant ! Parce que j'ai une question très importante à lui poser !

— Que veux-tu lui demander ?

— Je ne peux pas le dire... Est-ce que j'ai le droit de parler du mariage aux autres ?

— À présent que Maurr est parti, ce n'est plus un secret.

Et puis, je veux que les gens se souviennent de la couronne de Ragn, Svana.

Les chiens sur ses talons, l'enfant partit, en chantant à tue-tête. Fasciné, il la regarda s'éloigner, ses longs cheveux balayant son dos, avec l'impression que l'esprit d'Asa revivait en elle. Quelle belle chose ! songea-t-il. Peut-être avait-il eu tort d'étouffer ainsi tous ses souvenirs ? Peut-être qu'après tout ce temps les dieux lui avaient pardonné ? Il se frappa le front. Décidément, il devenait aussi naïf qu'un enfant !

Ragn inspectait les dalles de la grande salle. Il ne lui en restait plus qu'un quart à nettoyer. Les autres reluisaient déjà.

Il était primordial pour elle que son mariage soit tout à fait différent de celui qu'elle avait connu avec Hamthur. Une cérémonie intime, puis elle retournerait à ses tâches. Pas de banquet somptueux ni de couronne d'or ni de femmes autour d'elle affairées à essayer de la rendre jolie.

À chaque nouveau coup de brosse sur les dalles, Ragn allongeait la liste de ses résolutions. Pas non plus de voyage de noces luxueux au cours duquel Gunnar prétendrait l'aimer ainsi que Hamthur l'avait fait. Ce mariage, comment l'oublier, était la raison de sa venue ici, à Jura. Aujourd'hui, il contribuait surtout à mettre Svana en sécurité. En effet, que Vargr vienne à apprendre qu'elles étaient toujours en vie, et il y réfléchirait à deux fois avant de se lancer à l'assaut du château d'un guerrier ayant la réputation de Gunnar Olafson ! Oui, les fondements de ce mariage étaient solides. Elle ne devait pas prendre en compte les gentilles taquineries que Gunnar aimait lui faire quand le soir approchait et qui l'attendrissaient tant, ni sa manière de se régaler quand elle cuisinait pour lui, ni même ce désir qu'elle avait de sentir encore ses lèvres sur les siennes.

Empoignant mieux sa brosse, elle frotta le sol avec une sorte de rage, celle d'avoir été folle de croire, fût-ce un instant, que ce mariage aurait pu représenter autre chose entre eux qu'un échange de bons procédés. Cette fois, c'était décidé, elle garderait sa dignité et son cœur intacts ! Sans compter que Gunnar pensait exactement comme elle. Du reste, n'avait-elle pas su assurer la prospérité du château de Hamthur ? Au point que Vargr s'était persuadé que son frère l'avait trahi. Oui, c'était sur cet autre aspect de son mariage qu'elle avait échoué.

— C'est donc ici que vous vous cachez…

La voix chaude de Gunnar la recouvrit comme une vague, lui rappelant aussitôt comme elle s'était sentie bien dans ses bras et chassant comme des fétus de paille les plans qu'elle avait établis.

— Svana vient de me réprimander, poursuivit Gunnar d'un air malicieux. Apparemment, je vous aurais bouleversée et vous vous seriez mise à tout nettoyer. Je suis donc venu m'excuser. Votre jeune sœur aura, en grandissant, autant de caractère que vous !

— Svana a compris la situation de travers, répondit-elle. En fait, je ne me cache pas, j'accomplis une tâche difficile et je travaille dur.

Sur ces mots, elle trempa la brosse dans le seau avant de recommencer à frotter les dalles tout en précisant :

— Après les banquets, j'ai à cœur de remettre la maison en état. Pour que tout soit immaculé quand la Jeune-fille-Soleil surgira du ventre du loup et que vos hommes renouvelleront leur serment.

— On dirait que vous avez oublié que nous nous marions aujourd'hui, Ragn. Le nettoyage attendra.

Elle le fixa, le souffle coupé. Le pâle soleil d'hiver découpait la silhouette de Gunnar dans le cadre de la porte, soulignant sa carrure virile. Elle porta son regard aux reflets d'argent en direction d'une flaque d'eau boueuse et secoua la tête.

— Justement, je ne suis pas sûre qu'il puisse attendre.

— Seriez-vous en train d'essayer de changer les termes de notre contrat ? Si oui, je vous signale que c'est trop tard. J'ai déjà pris tous les arrangements nécessaires.

Gunnar s'était exprimé d'une voix claire et forte qui avait empli la pièce. À l'évidence, il n'éprouvait aucun doute et n'avait pas changé d'avis… En une seconde, elle sentit son humeur triste passer au beau fixe et cette constatation l'agaça au plus haut point. Elle se releva en se forçant à froncer les sourcils et à prendre l'air renfrogné pour demander :

— Maurr et ses hommes sont-ils partis ?

À peine debout, elle prit conscience de sa robe constellée de projections d'eau.

— Oui, répondit Gunnar. Avec la marée du matin. Mais je vous ai excusée, marmotte…

— Vous auriez dû me réveiller.

— La journée d'aujourd'hui sera suffisamment longue. Surtout après celle d'hier.

Il haussa les épaules.

— Ce matin, avant d'envoyer Svana sur la plage, vous ne lui avez rien dit de notre mariage imminent. Pourquoi ?

— Parce que ses cris de joie auraient, c'est sûr, retardé le départ de Maurr.

— Pour ma part, lorsque je l'ai vue arriver sur la plage, je n'ai pas pu… Je lui ai annoncé la nouvelle sans attendre.

Les yeux de Gunnar brillèrent.

— Son hurlement de bonheur a dû s'entendre jusqu'à Ile ! Si ce n'est à Colbhasa…

Elle fronça les sourcils et regarda alentour. Pourquoi, après avoir échangé avec Gunnar, sa sœur n'avait-elle pas couru la retrouver ?

— Où est-elle ?

Puis, baissant la tête, elle ajouta comme pour elle-même :

— Je la cherche mais, après tout, c'est peut-être aussi bien qu'elle soit partie se réjouir de ce qu'elle doit considérer comme une victoire personnelle…

— Elle est allée cueillir des baies pour vous composer une couronne dont tout le monde se souviendra.

Gunnar la considérait de telle manière qu'elle sentit presque ses jambes se dérober.

— Je suis sûr que vous allez être la plus parfaite mariée que l'on ait vue, ajouta-t-il. De plus, de quel droit me serais-je opposé à son désir de participer aux préparatifs ?

Comme Ragn reculait, son pied heurta le seau, faisant jaillir son contenu sur le sol. Elle poussa un beau juron.

— Problème ? demanda prudemment Gunnar.

Attrapant un chiffon, elle répondit sans le regarder :

— Aucun dont je ne puisse venir à bout. De toute façon, ma journée a mal commencé et depuis, ça ne fait qu'empirer.

Le sourire de Gunnar s'élargit comme s'il lisait autre chose en elle.

— Vous aviez raison, dit-il. Offrir une généreuse hospitalité à quelqu'un peut tout changer. Je l'ai constaté ce matin. Et tout cela grâce à vos efforts. Arrivé en ennemi, Maurr est reparti en allié, si ce n'est en futur ami.

Ragn lâcha son chiffon. Son ventre se serrait. Enfin, Gunnar la complimentait et reconnaissait l'intérêt de ses actes. Il l'avait déjà fait mais pas aussi franchement. Si elle s'était lancée avec une telle précipitation dans le nettoyage des dalles, c'était entre autres pour ne pas avoir à subir les éternelles plaintes sur l'horreur qu'avait été le banquet, sur le repas raté et le rappel de ses erreurs sans fin.

— Voilà que mes méthodes remportent vos suffrages… Que se passe-t-il ?

Gunnar se frotta la nuque.

— Je ne comprends pas pourquoi je me suis tellement empressé de dénigrer vos idées, Ragn, et je vous présente mes excuses aussi pour avoir douté de vous.

Elle ne répondit pas. Ce nouveau et doux Gunnar était à n'en pas douter beaucoup plus dangereux que l'ancien.

— Et maintenant, dit-elle, de plus en plus intriguée, des excuses renouvelées… Que me vaut donc tout cet honneur ?

— J'estime normal de reconnaître les choses telles qu'elles sont et de rendre hommage à la personne qui le mérite.

Le petit sourire qu'il lui adressa manqua la faire fondre.

— Surtout le jour du mariage de la personne en question. Mais, je vous préviens…

Il eut un sourire taquin.

— Mieux vaut ne pas trop vous y habituer…

— Cela ne risque pas. Je sais comment vous êtes le matin avant d'avoir mangé votre porridge.

— Aux groseilles ! précisa-t-il dans un grand rire qui se propagea dans la grande salle du château. Je sais que ceux qui ont quelque chose à me demander le matin avant que j'aie mangé mon porridge aux groseilles tremblent dans leurs bottes. On craint mon humeur et mon comportement. On m'évite. Mais *vous*, en revanche, me ravissez car vous m'aiguillonnez et cela m'encourage à aller de l'avant.

— Vos airs effrayants sont là pour cacher votre cœur tendre, dit-elle. J'ai vu la manière dont vous vous comportiez avec Svana et les animaux de la ferme. La façon dont un homme traite les animaux est très révélatrice de son caractère.

C'était une leçon qu'elle avait apprise avec Hamthur. Pendant la période ayant précédé son mariage, si elle avait seulement eu l'idée d'observer la manière dont les chiens de son mari reculaient en apercevant leur maître ou dont les chevaux l'évitaient, tous les coûteux présents qu'il lui avait offerts ainsi que l'extrême sollicitude dont il avait fait preuve n'auraient pas réussi à l'aveugler ! Elle aurait vu ce que ce fourbe cachait : une détermination absolue à obtenir les terres qu'il convoitait et qu'il savait pouvoir s'approprier en l'épousant.

Elle se pressa les tempes du bout des doigts. Gunnar n'était pas Hamthur. Pas du tout.

— Mais… chut, dit Gunnar tout bas d'un air malicieux. Il ne faut pas que les autres le sachent.

— Allez-vous-en et laissez-moi terminer ma tâche, dit-elle en retenant mal un sourire. Quand j'aurai fini, nous pourrons parler du mariage et de ce qu'il conviendra de faire dans l'avenir pour améliorer votre humeur matinale.

— D'accord, mais, ce matin, on est tout de même en droit de se demander qui est le plus grognon des deux…

Elle risqua un regard dans sa direction. Appuyé au cadre de la porte, il l'étudiait d'un air taquin comme s'il savait très bien les choses qu'elle avait en tête.

— Je veux nettoyer cet endroit, reprit-elle pour dire quelque chose. Même si nous ne sommes qu'une poignée, quelle honte si le château était inhospitalier un jour de mariage !

— Justement... Lors d'une telle occasion, c'est la mariée que les gens regardent. Non le décor.

Son ventre se noua.

— Et si je vous confiais que je n'aime pas me faire remarquer ? Que c'est même la dernière chose que je recherche ?

— Vous ne disiez pas cela hier soir.

— C'était différent. Hier soir, l'enjeu était de taille. Je devais faire tout mon possible pour que le château rayonne et que Maurr reparte content.

Gunnar lui escamota son chiffon.

— Essuyez-vous vite les mains et souriez. Vous êtes venue ici pour vous marier, souvenez-vous-en. Rappelez-vous aussi que Svana a à cœur de vous fabriquer la plus belle des couronnes de mariée. Alors, allez vous faire belle.

— Impossible. C'est un état que je ne pourrai jamais atteindre.

Il soupira.

— Quand nous serons mariés, il faudra arrêter de contredire votre mari tout le temps...

Elle se mordit la lèvre. En arrivant sur l'île, elle aurait été prête à contracter n'importe quel mariage. Mais depuis, la situation avait évolué et elle aspirait à autre chose. À ce que Gunnar la trouve désirable. Elle voulait des preuves. Non plus des rêves.

— Si vous n'êtes pas fin prête quand le soleil atteindra le zénith, c'est moi qui viendrai vous chercher en personne, soyez-en sûre...

— Je n'ai pas pu faire mieux, dit Svana en tendant à sa sœur une couronne sommaire faite de houx et de lierre entrelacés. Elle n'est pas en or comme la précédente. Si elle ne te plaît pas, tu n'es pas obligée de la porter, tu sais.

Ragn prit l'objet des mains de sa jeune sœur et cligna rapidement des yeux.

— Les couronnes en or sont trop lourdes. À l'époque, après avoir mis la mienne, j'ai eu mal à la tête pendant des jours. Celle-ci, en revanche, est légère comme une plume. Ce sera un honneur pour moi de la porter.

Le petit visage de Svana s'illumina.

— Laisse-moi te la poser sur les cheveux.

Ragn inclina aussitôt la tête et l'enfant s'exécuta. C'était pour Svana, son sourire et sa joie de vivre recouvrée, qu'elle se mariait.

— Je porte ma plus belle robe, fit-elle remarquer à l'enfant.

— Les broches de grand-mère vont encore l'embellir ! Où sont-elles ?

Ragn baissa les yeux vers les joncs. Les broches… Svana y avait pensé.

— Elles ne sont plus là.

— *« Plus là » ?* s'écria l'enfant, stupéfaite. Mais… Mais où sont-elles, alors ? Tu les portais quand nous avons rencontré Trana, je m'en souviens très bien ! De tes différents bijoux, ce sont tes préférés.

Ragn s'agenouilla devant sa sœur et posa les mains sur ses épaules. Leurs deux visages se trouvaient maintenant à la même hauteur.

— Je les ai vendues au capitaine du bateau pour ton passage.

Svana baissa la tête.

— Je ne savais pas…, dit-elle d'une petite voix.

Elle entoura la fillette de ses bras et la serra contre elle jusqu'à ce que celle-ci se mette à se tortiller, visiblement mal à l'aise. Mais elle la retint.

— Je préfère t'avoir, toi, qu'une montagne d'or, Svana.

Tout en parlant, elle sentait le petit corps de l'enfant contre le sien. Les os de sa jeune sœur n'étaient plus aussi saillants qu'ils l'avaient été au moment de leur arrivée sur l'île. Rien que pour cela, elle avait raison de se marier ! Ses propres doutes sur son mariage et sur son aptitude à plaire à Gunnar n'étaient rien comparés à sa joie de savoir que Svana allait grandir libre et en bonne santé. De plus, il existait forcément un moyen pour que son union avec Gunnar fonctionne bien.

Et elle le trouverait… Pour le bien de Svana. Sans jamais oublier qu'il s'agissait d'un mariage de raison, sans place pour les rêves, les faux serments d'amour et le cœur brisé. Sans oublier non plus que le cœur de Gunnar était resté enterré dans les glaces du Nord avec sa famille.

— Êtes-vous prête ? demanda-t-il. Ou avez-vous besoin de plus de temps pour vous faire belle ?

Ragn saisit la main de Svana et la serra dans la sienne.

— Nous sommes plus prêtes que nous l'avons jamais été ! répondit-elle en échangeant avec l'enfant un large sourire.

— Je suggère dans ce cas que nous y allions.

Lorsqu'elle émergea de la chambre, Ragn resta saisie. En son absence, la grande salle s'était complètement transformée. On aurait dit qu'une forêt entière avait poussé à l'intérieur. Lierre et houx dégringolaient du plafond comme d'immenses festons verts. Quant aux bancs, ils étaient tous occupés. Oui, la pièce était noire de monde. Villageois et hommes de Gunnar accompagnés de leur famille se trouvaient ici au grand complet.

— Mais…, bredouilla-t-elle, éberluée. Comment ? Que… ?

Svana frappa dans ses mains, radieuse.

— Dès que j'ai annoncé la nouvelle autour de moi, tout le monde a voulu aider ! révéla-t-elle. La mère d'Owain elle-même a participé à la décoration ! Owain, tu sais, le robuste monsieur qui a déplacé les tonneaux de bière il y a deux jours. Eh bien, sa mère a adoré le pain que tu lui avais envoyé et elle a demandé à son fils de l'escorter jusqu'ici sur la piste boueuse. Ses jambes ne fonctionnent peut-être plus comme avant mais elle a l'agilité pour travailler le lierre et le transformer en superbes guirlandes.

— Je croyais que nous nous étions mis d'accord pour une cérémonie très simple…

— Ce résultat ne vient pas de moi, répondit Gunnar en la prenant par le bras. Ce sont tous ces gens qui, convergeant en même temps vers le château, se sont mis d'accord pour transformer la grande salle.

Pour l'occasion, Gunnar avait échangé son habituelle cape

de laine brute contre une cape en renard argenté qui s'accordait magnifiquement à la couleur de ses cheveux.

— Les gens d'ici sont clairement décidés à ce que vous ayez un vrai mariage. Leur détermination n'est d'ailleurs sûrement pas sans rapport avec les paniers que vous leur avez distribués ces derniers temps.

— Je n'attendais rien en retour.

— Ils se rappellent vos bontés.

Le petit sourire dont Gunnar accompagna sa remarque lui réchauffa le cœur.

— Ce sont souvent de petites choses qui font les grandes différences, ajouta-t-il.

Elle eut un rire léger.

— Vous aussi pouvez apprendre…

— Tout à fait ! Et vous serez étonnée de ce que j'arriverai à retenir.

Elle déglutit avec difficulté. Hamthur avait joué à ces petits jeux avec elle. Jusqu'à lui faire tourner la tête. Mais après leur mariage, il avait arrêté ses gentilles remarques, les remplaçant chaque jour par plus de reproches. Voilà pourquoi, cette fois, elle ne commettrait pas la même erreur. La raison de son mariage avec Gunnar était claire : disposer d'un lieu de vie sûr pour Svana ainsi que pour elle-même. L'amour ? Il n'avait rien à voir dans tout cela.

Et si… ?

La petite voix qui ne cessait de lui souffler la même question.

Elle la fit taire comme toutes les fois précédentes. Croire en l'impossible était une chose qu'elle détestait. Son seul désir était de bâtir du solide : un mariage de raison et dénué de toute attente.

Au cours de la brève cérémonie, Ragn resta consciente de la proximité de Gunnar. La fermeté de sa voix lorsqu'il répondit aux questions du prêtre la frappa. Tout autant que la faiblesse de la sienne quand ce fut son tour.

Son mari se pencha ensuite vers elle et lui effleura les lèvres. Une douce chaleur envahit son corps tandis que ses lèvres s'entrouvraient malgré elle. Leur baiser se fit plus profond dès que la langue de Gunnar toucha la sienne. Il la retira tout de suite non sans se serrer contre elle.

Quand leur baiser s'acheva, Ragn avait la poitrine qui se soulevait à un rythme fou, comme si elle avait parcouru plusieurs fois la salle en courant. Derrière eux, les vivats de la foule devenaient assourdissants. Gunnar la prit par la taille et se tourna vers l'assistance.

— Voici ma femme…

De nouvelles acclamations s'élevèrent qui firent trembler le plafond. Ragn se tendit. Cette partie du mariage avait été la plus inattendue et la plus facile. À présent, la seconde commençait et il fallait immédiatement cesser d'en attendre plus qu'elle-même avait jusque-là su offrir.

— Tu es belle, Ragn, murmura Svana. À croquer. En repoussant, tes cheveux forment plein d'adorables boucles noires. Cela te va très bien.

Après que les toasts eurent été portés et les discours prononcés, les femmes s'étaient retrouvées dans la chambre nuptiale afin de préparer la mariée pour la nuit de noces. De nombreuses et délicieuses petites bouchées aux légumes attendaient le couple sur le coffre au pied du lit ainsi qu'une cruche d'hydromel frais entourée de ses deux gobelets d'argent et d'un jeu de *tafl*. Bien que la chambre ne fût pas surchauffée, Ragn continuait néanmoins à ne pas se sentir très bien.

Depuis le début du repas, elle allait d'étonnement en étonnement devant le nombre de plaisanteries et de devinettes paillardes que connaissaient et se racontaient les femmes gaéliques. Heureusement, Svana ne comprenait pas la plupart de ces histoires. Cependant, plus elles se multipliaient, plus la fillette se faisait silencieuse.

— Le mariage s'est mieux passé que je le craignais, déclara-t-elle alors en prenant la petite à part pour qu'elle ne se sente plus esseulée.

Le regard de l'enfant se troubla. Elle haussa les épaules.

— Si tu comptes la visite de Maurr-à-la-Barbe-Fourchue,

continua Ragn sur un ton enjoué, cela fait quand même deux jours de festivités ! Bien sûr, on ne peut vraiment qualifier de « festivité » la journée qui vient de s'achever — en fait, il s'agit plutôt d'un repas avec des amis —, mais tant mieux. Je trouve cela beaucoup plus agréable.

Svana ne lui offrit qu'un hochement nerveux de la tête. Et ce fut une menotte toute froide qui se glissa dans sa main quand elle la saisit.

— Que se passe-t-il, ma douce ? As-tu peur que ce mariage change quoi que ce soit à ce que nous sommes en train de construire ? Il ne faut pas, tu sais. Après ce soir, tout redeviendra comme avant.

Svana soupira.

— J'ai pensé aux broches. C'étaient les préférées de *mor-mor*. Et toi, tu les portais à chaque banquet et à chaque réjouissance parce qu'elles portaient chance. Tu as vendu ta chance, Ragn.

— N'y pense plus. Elles sont parties.

La jeune mariée claqua des doigts.

— Et leur or sûrement déjà fondu ! Mais cela fait une chose en moins dont se soucier. Quant à ma chance, je m'en occupe très bien moi-même. Tu te rappelles ?

Svana ne s'en laissa pas conter.

— Si Vargr les découvre, il comprendra tout de suite que nous sommes toujours vivantes. Surtout si Maurr parle de moi et que la rumeur circule jusqu'à Kaupang. Alors, il viendra ici et, comme l'a dit la sorcière, tout ce qui adviendra de mal ensuite sera ma faute.

— La sorcière a aussi recommandée à Vargr de ne pas franchir de vastes étendues d'eau. Il ne viendra donc jamais jusqu'ici, même s'il découvre que nous nous y trouvons, ce qui n'arrivera pas.

Svana hocha la tête de manière à peine perceptible tandis que les autres femmes poursuivaient leurs plaisanteries sur la nuit de noces.

— Cesse un peu de t'inquiéter, dit Ragn en tapotant sa

petite main. Nous sommes en sécurité ici. Les chiens ne veillent-ils pas sur toi ?

Cette fois, Svana fit un vrai sourire.

— Ce sont mes amis à présent. Et ils ont les plus grosses mâchoires que j'aie jamais vues.

— En les voyant, renchérit-elle, Vargr s'enfuirait tout de suite.

— Tu es sûre ?

Se penchant vers sa sœur, elle embrassa sa joue.

— Absolument. Et même plus que cela.

— Voilà le maître ! s'écria l'une des femmes.

Ragn s'étendit sur le lit tandis que les femmes s'affairaient une dernière fois autour d'elle, arrangeant sa chemise pour qu'un V discret marque la naissance de ses seins menus. La porte s'ouvrit alors avec fracas, laissant entrer le bruit de tambours et boucliers qui se heurtaient dans le but de chasser les mauvais esprits infiltrés dans la pièce. L'instant d'après, Gunnar faisait son entrée. Toutes les femmes, imitées par Svana, disparurent en un clin d'œil, laissant Ragn seule avec lui. Débarrassé de sa cape et de sa tunique, il était torse nu, en pantalon. Ragn serra les poings et fixa le plafond, s'obligeant à respirer de manière régulière.

— Tout est effectué dans les règles de l'art, cria-t-il au milieu du vacarme assourdissant. Ils chassent les esprits avec l'entrain qu'il faut ! Et Svana, est-ce qu'elle va bien ?

— La femme d'Owain a promis de veiller à ce qu'elle se retrouve au plus vite à l'abri de son lit.

Les yeux de Gunnar s'illuminèrent.

— Détendez-vous, Ragn.

— Svana pense être à l'origine de ce mariage. Or, comme son excitation est à son comble, je crains un peu que…

— Si quoi que ce soit se passait, l'interrompit-il, les chiens viendraient me chercher.

Incapable de demeurer étendue plus longtemps, Ragn se leva et commença à tirer sur les fourrures pour les déplisser tout en cherchant très vite le prétexte idéal qui lui permettrait de quitter cette pièce et de ne pas passer la nuit avec Gunnar.

Quand la fourrure eut glissé au sol pour la troisième fois, elle s'éloigna, essuyant la paume de ses mains sur sa chemise de nuit.

— Il est vrai que savoir ma petite sœur avec Kolka et Kefla me rassure beaucoup.

Sans bouger, Gunnar pencha la tête sur le côté.

— Cette journée a dû vous épuiser, remarqua-t-elle. Personnellement, elle m'a tant animée que dormir est la dernière chose que j'aie envie de faire.

— Justement, ce que je prévois de faire ne requiert pas de dormir.

— Vous avez apporté une torche, dit-elle en tâchant de rattraper son impair bien involontaire. Apparemment, vous n'êtes pas plus que moi d'humeur à dormir.

Arquant un sourcil, Gunnar commença à installer les pièces sur le plateau du jeu de *tafl*.

— Savez-vous y jouer ? demanda-t-il. Eylir et moi y jouions tous les soirs.

— Cela fait des années que je n'ai pas touché à ce jeu, répondit-elle en fixant les pièces avec un regret profond. Quand j'étais petite fille, mon père et moi faisions parfois des parties et je me croyais très douée. Plus tard, mon mari a détesté le *tafl*. Depuis mon enfance, je l'ai donc très peu pratiqué.

À quoi bon, songea-t-elle, fournir à Gunnar des détails sur la colère noire dans laquelle Hamthur était entré après qu'elle avait remporté six parties d'affilée ni sur le fait qu'il avait ensuite catégoriquement refusé d'y jouer avec quiconque.

— Laissez-moi un peu deviner..., dit alors Gunnar. Vous l'avez battu et y avez pris beaucoup trop de plaisir !

— À cette époque, j'aimais gagner, admit-elle dans un murmure. En fait, je l'ai battu devant ses amis, et comme il ne supportait pas de perdre...

Une vague de frissons la parcourut au souvenir de la façon dont Hamthur avait abattu son poing sur le jeu, faisant voler les pièces qui avaient atterri au sol. Il s'était montré ensuite contrit et s'était excusé, mais trop tard. Elle s'était déjà promis de ne plus jamais jouer contre lui.

Gunnar se tapota le bout des doigts.

— Venez par là et examinez bien le plateau et ses cases. Je suis sûr que tout va vous revenir très vite.

Elle extirpa une fourrure du lit, s'en entoura les épaules et marcha jusqu'à l'endroit où Gunnar avait posé le plateau du jeu. Son estomac fut pris d'un petit spasme.

— Cela fait longtemps…, murmura-t-elle, curieusement hésitante.

— Si nous tentions une partie amicale ? proposa-t-il en lui plaçant le roi noir dans la main.

Très conscient de ce qu'il faisait, il lui effleura au passage la partie intérieure et sensible du poignet en ajoutant :

— Nous avons toute la nuit…

À ce contact, une douce chaleur lui irradia le bras. Elle déclara doucement :

— Jouer à un jeu est une bonne idée.

… Avant de refermer l'un après l'autre ses doigts sur la pièce qui lui brûlait la paume.

Son envie de renouer avec le *tafl* était si grande ! Autant que son plaisir à se confronter de nouveau à un adversaire. Elle voulait gagner. Et, si elle perdait, elle voulait que ce soit parce que Gunnar aurait mieux joué qu'elle.

— Quand avez-vous fait votre dernière partie ? s'enquit-il tandis que son regard turquoise devenait d'une intensité exceptionnelle.

— J'ai complètement abandonné après mon mariage, répondit-elle en jetant un coup d'œil au lit puis au roi du *tafl* encore dans sa main.

Des deux, lequel était le plus risqué ?

— Peut-être suis-je trop fatiguée pour me rappeler les règles…, dit-elle, prise d'une soudaine envie de se dérober.

Gunnar hocha la tête.

— J'en veux à votre immature de mari. Mais je ne me fais pas de souci. Vos souvenirs vont très vite revenir.

Poussant le plateau du *tafl* vers elle, Gunnar poursuivit :

— Vous avez les noirs, c'est donc à vous de commencer. Je lis votre envie de jouer au fond de vos yeux.

Elle toucha un pion et renversa six pièces blanches sur le plateau.

— Que je suis maladroite ! s'exclama-t-elle. Peut-être devriez-vous vous trouver une autre adversaire ?

Et elle se frotta le poignet avec nervosité à l'endroit où elle avait été le plus profondément brûlée, s'attendant à un accord plus ou moins réticent de Gunnar.

Redressant les six pièces, celui-ci répondit :

— C'est vous que j'ai choisie.

— Vraiment ? Ne vous ai-je pas plutôt été imposée ?

Un sourire étira les lèvres de son mari.

— Maintenant, je réclame toute votre attention car je ne rappellerai la règle du jeu qu'une fois.

Encore une facette inconnue de la personnalité de Gunnar, se dit-elle en l'observant. Un nouveau Gunnar beaucoup plus détendu, voire enjoué. À moins qu'il se montât enjoué parce qu'il avait compris qu'elle cherchait à éviter de devoir rester en sa compagnie, et qu'il avait décidé de ne plus se laisser éconduire… Cette supposition éveilla en elle un certain malaise. Gunnar avait découvert sa vulnérabilité.

— Je crains de faire une bien piètre adversaire, insista-t-elle pourtant.

Il lui montra le roi noir demeuré dans sa main.

— C'est avec cette pièce que l'on démarre.

Elle hocha la tête. De la peau de Gunnar émanait une chaleur qui l'attirait éperdument. La lumière de la torche projetait des ombres étranges sur son visage viril et sur le plateau du jeu.

Elle passa la langue sur ses lèvres sèches.

— À présent, posez cette pièce sur le plateau, poursuivit-il, et dites-moi dans quelle direction vous pensez qu'ira votre roi.

— Je sais où il va, repartit-elle. Je me rappelle les règles élémentaires.

Les doigts de Gunnar s'enroulèrent alors autour des siens et les pressèrent avec douceur. Mais elle retira sa main et la posa sur ses genoux tout en s'efforçant de ne pas penser à l'impression que venait de lui procurer ce contact.

— Vous devez vous assurer que la pièce est bien droite.

— C'est déjà fait.

— Je crois qu'il vaudrait mieux que je m'installe à côté de vous, dit-il d'une voix suave.

En même temps, elle vit Gunnar chercher du regard l'endroit où sa peau et sa chemise de nuit se rencontraient.

Stoïque, elle s'efforça de ne pas bouger.

— Je vais vous guider pour le début, dit-il en se levant pour la rejoindre.

— Vous restez où vous êtes, commanda-t-elle aussitôt sans le regarder.

— Que se passe-t-il ? Ne vous ai-je pas donné ma parole ? N'avez-vous pas le contrôle sur ce qui se passe ici ? De quoi avez-vous peur ?

La voix de Gunnar était d'une innocence surjouée.

— Je n'ai peur de rien, riposta-t-elle, le regard obstinément fixé sur le plateau du jeu de *tafl*.

— « De rien » ?

— Juste de quelques choses bien précises comme de tomber en pleine nuit sur des Berserkers, ces guerriers sauvages de l'extrême, ou d'être prise dans un incendie au moment où il échappe à tout contrôle. En un mot, de faits graves.

Elle conclut avec un geste de la main :

— De faits qui pourraient mettre ma vie en danger.

— À quel moment votre mari a-t-il commencé à vous battre ? Lors de votre nuit de noces ou plus tard ?

Elle fronça les sourcils. Gunnar était au courant. Elle comprit soudain d'où lui venait l'information, et sa propre naïveté lui sauta aux yeux.

— C'est Svana qui vous l'a dit… Elle n'avait pas le droit !

Gunnar haussa les épaules.

— Répondez à ma question. Votre mari a-t-il commencé à vous battre lors de votre nuit de noces ou après avoir perdu ces six parties d'affilée contre vous au *tafl* ? Et est-ce pourquoi ce jeu continue à vous faire peur alors que vous mourez d'envie de vous y remettre ?

Le plateau du jeu devint flou. Les larmes menaçaient de couler. Elle battit des paupières.

— Ce jour-là, je… je méritais la colère de mon défunt mari. Gagner m'avait procuré un contentement exagéré. Plus tard, heureusement, j'ai réussi à mieux le gérer.

— Ne parlez pas comme cela. Dans cette affaire, il n'est question ni de *mériter* ni de *gérer* quoi que ce soit. Un homme, un vrai, ne doit *jamais* lever la main contre sa femme. Qu'il soit ou non en colère n'y change rien.

Comme Gunnar lui touchait l'épaule, l'envie de lui prendre la main la saisit. Lever le visage vers lui et rencontrer sa bouche… Ce serait si facile ! Elle déglutit péniblement et, s'efforçant de se concentrer sur les pièces du *tafl*, dégagea son épaule en douceur.

— Pourrions-nous commencer à jouer au lieu de parler de quelqu'un qui ne pourra de toute façon plus jamais faire de mal à personne ?

Gunnar tapota le bout de ses doigts l'un contre l'autre.

— Jouons.

Pendant un moment, ils se concentrèrent sur leur partie dans le plus grand silence. Ragn constata avec plaisir que la règle du jeu lui revenait très vite en même temps qu'un certain savoir-faire. Elle parvint même à s'emparer de plusieurs pièces de Gunnar. Mais à peine eut-elle le temps de s'en réjouir qu'il la contra.

Elle étudia la disposition des pièces avec attention. Cinq coups… Oui, c'est exactement ce qu'il lui fallait pour gagner. Sa main se posa devant sa bouche tandis qu'elle soupesait les risques. Son sang sembla se glacer tandis qu'un coup d'œil à son adversaire lui donnait l'impression étrange qu'il considérait le plateau avec une vigilance étudiée.

Ce fut alors qu'elle décida de commettre une erreur délibérée en laissant son roi à découvert au lieu de faire ce qui l'aurait menée à la victoire.

Gunnar fronça les sourcils.

— Remettez cette pièce où elle était et rejouez votre coup.

— Pourquoi ? demanda-t-elle avec une fausse candeur en battant des cils. Si c'est ainsi que je veux jouer, la moindre des choses est que vous me laissiez faire.

— À condition que, de votre côté, vous ne me laissiez pas gagner délibérément. Pour vous prouver que je suis différent de ce misérable ver de terre qu'était votre mari.

Elle baissa la tête. Gunnar avait tout deviné.

— C'est peut-être parce que je voudrais que la partie se termine…

— Seule une personne sachant bien jouer aurait vu comme vous l'ouverture à laquelle vous avez bizarrement renoncé au dernier moment. Je veux que vous jouiez comme vous en êtes vraiment capable, Ragn. Et mesurer mon esprit au vôtre.

Sans un mot, elle rétablit son attention sur le plateau du *tafl* et le fixa en repassant les derniers coups dans sa tête.

— Me testez-vous depuis le début de la partie ? s'enquit-elle en levant brièvement le regard vers son mari.

Il eut un sourire en coin qui lui mit l'eau à la bouche.

— J'ai juste laissé parler mon instinct, répondit-il.

— Et quand nous aurons terminé la partie… ?

Comme elle laissait son regard vagabonder vers l'alcôve, elle trouva que le lit prenait un peu plus de place qu'avant dans la pièce.

— Quand nous aurons terminé de jouer au *tafl*, dit Gunnar, vous irez dormir dans le lit.

— Pourquoi ? Parce que je ressemble à une vilaine sorcière épuisée ?

Il leva le bras pour jouer avec une boucle brune qui lui caressait le front.

— Parce que nous ne devrons pas nous unir comme si vous accomplissiez une corvée, mais pour le plaisir.

— Cela n'a jamais été le cas pour moi, dit-elle dans un chuchotement.

— Il est donc de mon devoir de faire en sorte que cela change. Mais pas maintenant. Ce soir, nous jouons au *tafl* !

— Pouvons-nous recommencer la partie et jouer… normalement, cette fois ?

Gunnar eut un rire doux.

— Je pensais que vous ne le demanderiez jamais…

Chapitre 10

— Ragn ! Ragn !

Svana courut vers sa sœur alors que, après avoir pris son bain, celle-ci venait de finir de s'habiller.

Elle avait choisi exprès une robe bleu nuit, celle qui faisait briller ses yeux et qui dansait si joliment autour de ses jambes. Chaque fois qu'elle la portait, la vie lui paraissait plus belle. Et son espoir était que les yeux de Gunnar s'illuminent quand il poserait le regard sur elle. Quelques jours de romance avant qu'il la déçoive inévitablement ne seraient pas désagréables, n'est-ce pas ? Elle reposa la brosse qu'elle venait de saisir pour démêler ses petites boucles brunes et se tourna vers sa jeune sœur.

— Y a-t-il un problème, ma douce ?

Svana poussa un soupir heureux.

— Gunnar a dit que Kolka et Kefla pourraient dormir dans ma chambre ce soir. Ils aiment bien passer la nuit sur mon lit. Et, de toute façon, tu n'y dormiras pas, n'est-ce pas ?

— Comment sais-tu que les chiens aiment dormir sur le lit ?

La petite leva le menton.

— Parce que, ce matin, ils s'y trouvaient et me léchaient le visage pour que j'ouvre les yeux. C'est comme ça que je me suis réveillée. Jamais je n'avais aussi bien dormi. Pas un seul mauvais rêve ! Alors, je me suis demandé pourquoi ça ne pourrait pas durer toujours.

Ragn posa la main devant sa bouche.

— Je vois.

— Ne trouves-tu pas mon projet merveilleux ?

Svana la fixa d'un regard espiègle.

— Quand je l'ai exposé à Gunnar, il a tout de suite été d'accord. Et si je l'ai interrogé en premier, c'est juste parce que les chiens sont à lui.

Comme Ragn considérait sa sœur avec une certaine sévérité, celle-ci poursuivit :

— Ce matin, en partant voir si je ne pouvais pas surprendre le *nisser*, j'ai jeté un coup d'œil dans votre chambre et je t'ai vue dormir profondément. Tu ne peux pas savoir comme ça m'a rendue heureuse ! Après, j'ai croisé Gunnar.

Ragn posa le bout des doigts sur ses tempes en faisant le vœu que la douleur qui lui martelait la tête disparût. La dernière chose dont elle avait besoin était que Svana se fasse des idées.

Gunnar avait tenu parole, la veille au soir. Ils avaient repris leur partie de *tafl* de zéro et l'avaient menée jusqu'au bout. Puis elle était allée se coucher et ses yeux s'étaient fermés à l'instant où sa tête avait touché l'oreiller. À son réveil, elle avait découvert une pile de fourrures sur le sol à l'endroit où Gunnar avait vraisemblablement passé la nuit.

— C'est un sujet que tu aurais quand même dû aborder en premier avec moi, remarqua-t-elle.

— Je l'aurais fait, répondit aussitôt Svana, si je n'avais pas vu Gunnar avant et si tu ne t'étais pas trouvée dans ton bain. Mais je ne voulais pas te déranger. N'oublions pas que tu es en pleine lune de miel.

Comme l'enfant posait les mains sur ses hanches, Ragn prit conscience, heureuse, qu'elle avait retrouvé la vraie Svana, la petite fille sans peur qui avait laissé derrière elle la Svana que de simples ombres terrorisaient encore quelque temps plus tôt. Oui, c'était enfin sa sœur qu'elle avait maintenant devant les yeux !

Mais alors, pourquoi ne pas se réjouir de la situation au lieu de manifester de l'agacement et de faire des reproches à Svana ? L'enthousiasme de la petite n'était-il pas un plaisir à voir ? À condition, bien sûr, qu'il ne compliquât pas davantage sa jeune existence déjà si difficile.

— Comment pourrais-je dire non, quand Gunnar a dit oui ? dit-elle finalement.

Là-dessus, Svana fit voler ses bras autour du cou de Ragn et enfouit la tête dans son cou. Les deux chiens-loups rejoignirent aussitôt les deux sœurs et se mirent à tourner autour d'elles en aboyant joyeusement.

— Tu es la sœur la plus jolie et la plus fantastique qui existe ! s'écria Svana.

— Petite flatteuse, répondit-elle en se détachant.

Mais elle savait que Svana n'était pas la véritable responsable de son *arrangement* avec Gunnar. C'était lui. En tournant la situation à son avantage, il avait agi en toute connaissance de cause. Décidément, comme tous les hommes, il avait besoin de défis.

— Allez, ma douce, dit-elle, va-t'en profiter de tes nouveaux compagnons avant que je trouve quelques nouvelles corvées à t'attribuer…

— Tu ne ferais pas ça !

— Tu crois ?

Comme Svana détalait à toute vitesse en poussant de grands cris entrecoupés de rires, Ragn secoua la tête. Pour autant, il lui fallait désormais décider quelque chose concernant les nuits à venir.

Ragn fit irruption dans la chambre, l'œil vif et la robe dansant autour de ses chevilles. Gunnar attrapa une pièce de *tafl*.

— Votre bain a duré plus longtemps que je croyais. Si nous commencions une nouvelle partie ?

Elle ouvrit la bouche puis la referma tandis que, les mains croisées derrière la tête, Gunnar se laissait aller en arrière sur sa chaise.

— Je vous ai vue quand Svana est venue vous trouver. Son engouement pour les chiens est touchant.

Elle se laissa tomber sur le tabouret en face de lui.

— Justement, c'est de cela que je voulais vous entretenir.

Il leva un doigt.

— D'accord, mais avant, faisons une nouvelle partie de *tafl*. Je veux savoir comment vous brillez à la lumière du jour.

— Vous avez gagné la nuit dernière, cela devrait suffire.

— Vous apprendrez qu'avec moi une seule fois ne suffit jamais.

Elle retint un sourire tout en sentant ses joues rosir.

— Nous avons le temps, reprit-il. Mes hommes m'ont rappelé que je me trouvais en pleine lune de miel. Autrement dit que je devrais passer tout mon temps avec ma femme. Alors…, *tafl* ? À moins que vous ayez une autre idée.

Elle sentit son regard glisser involontairement vers le lit et sa langue humecter ses lèvres qui prirent aussitôt la couleur du soleil levant.

— Non, pas d'autre suggestion.

— Dans ce cas, commençons.

Gunnar attendit leur quatrième partie avant de tendre son piège. Ragn était une adversaire de taille. Au point qu'au fil des parties, son animosité envers le mari décédé de la jeune femme était devenue de plus en plus forte. La nuit précédente, il avait rêvé d'elle : il l'initiait avec douceur aux joies de l'amour physique, lui prouvant qu'il s'agissait bien d'un plaisir et non d'une tâche pénible. Il lui montrait ce que signifiait avoir un mari capable de se pencher sur le corps de sa femme et de l'amener aux portes du paradis, au lieu d'avoir un imbécile ne pensant qu'à sa propre personne comme Hamthur.

— Il me semble que j'ai gagné…, dit-il lorsque, longtemps après, il eut capturé le roi noir. Quel gage vais-je pouvoir exiger de vous ? Et vais-je vous permettre d'émettre des suggestions ?

Ragn resta longtemps le regard rivé sur les pièces. Ses yeux lançaient des éclairs. Il rit intérieurement. Sous son calme apparent se cachait une femme passionnée qu'il voulait libérer de ses entraves.

— Au début de la première partie, vous avez voulu me faire croire que j'étais capable de vous battre.

Elle tapa d'un doigt rageur au centre du plateau du jeu.

— Vous n'auriez pas dû faire cela ! Si vous ne m'aviez pas laissé entendre que je pouvais gagner, jamais je n'aurais accepté que la partie se conclue sur un gage non décidé à l'avance.

— Auriez-vous préféré que je vous laisse gagner ?

— Pourquoi répondez-vous à côté ? Vous saviez très bien que j'allais perdre mais vous êtes bien gardé de me le dire. Pire, vous m'avez persuadée du contraire. Pour ensuite mieux m'imposer votre gage…

Elle frappa si fort de son poing sur la table que les pièces sautèrent en l'air.

— Quant à me laisser gagner, continua-t-elle, je déteste les privilèges.

— Dans ce cas, j'ai bel et bien remporté ces parties et vous me devez un gage.

— Tant que le gage ne reste pas trop difficile, je veux bien le respecter.

— Vous m'avez sous-estimé, ce qui est toujours une mauvaise politique.

Ragn eut un sourire agacé.

— Non, c'est vous qui avez fait en sorte que je me surestime, ce qui est très différent. Et je reconnais que c'était très habile de votre part. Voilà une leçon que je retiendrai pour la prochaine fois…

Il eut un rire léger.

— Persévérer est une excellente méthode. Mais tout cela ne nous a pas fait beaucoup avancer sur votre gage : vous passerez toute la journée avec moi.

— Oh…, laissa-t-elle juste échapper.

— Je ne verrais aucune objection à la passer au lit, dit-il alors sans ambages, mais vous préférerez peut-être partir à la recherche de la bûche de Yule.

— La bûche de Yule ! Vous voulez vraiment mon aide pour la trouver ?

Comme Ragn se mordillait la lèvre inférieure, il dut lutter contre son envie de la prendre contre lui et de l'embrasser jusqu'à ce qu'ils roulent ensemble au fond du lit. Prendre son temps avec Ragn était en fin de compte bien plus dur qu'escompté.

— Aujourd'hui est un jour idéal pour aller la choisir !

Ragn baissa la tête.

— Je veux d'abord savoir la vérité : vous a-t-il été facile de me tendre votre piège final au *tafl* ?

Il hocha la tête et se mit à ranger les pièces.

— Eylir est la dernière personne à m'avoir permis de mener une partie digne de ce nom. Or, vous êtes meilleure que lui…

Le sourire qui irradia le visage de Ragn le mit en joie.

— Même si mon cerveau est encore rouillé après toutes ces années passées sans jouer ?

— Pourquoi mentirais-je sur un sujet pareil ? demanda-t-il, sincère.

Pas par amour en tout cas car, s'il appréciait énormément Ragn, il refusait de l'aimer d'amour.

Du reste, comment le pourrait-il alors que son cœur demeurait enfoui sous les cendres de sa famille et sachant que Ragn serait immédiatement frappée par la malédiction de la sorcière s'il se laissait aller à éprouver pour elle des sentiments trop forts ?

— Nous ferons d'autres parties pour que le manque de pratique ne finisse pas par rouiller *les deux* adversaires, ajouta-t-il avec gentillesse.

Ils échangèrent un grand sourire.

— Dois-je aller chercher Svana ? demanda Ragn en s'humectant les lèvres.

Gunnar se leva. Il souffrait de ne pouvoir toucher sa femme. Encore deux minutes dans cette chambre avec elle et il risquait de perdre tout contrôle de lui-même.

— Le gage que je réclame est *mon* dû. Nous allons donc nous rendre dans les bois seuls.

Le visage de Ragn se fit plus pâle.

— Là ? Tout de suite ?

— Absolument. Sinon, vous allez encore trouver une excuse pour repousser l'exécution de ce gage. Comme un millier de tâches à accomplir dans la grande salle, par exemple…

Voyant que Ragn se mettait à le considérer avec la suspicion d'un animal effrayé, il lui prit la main et lui enlaça les doigts. Non. Rien que ce geste menaçait de lui faire perdre sa maîtrise. Il s'éloigna sans un mot. Ragn ne voyait décidément pas du tout à quel point elle était séduisante avec son petit air perplexe. La beauté du contraste qu'offraient ses cheveux noir ébène bouclant sur ses tempes aussi blanches que le lait lui échappait aussi. Se penchant vers son coffre, Gunnar en sortit l'une de ses capes de fourrure.

— Enfilez-la. Elle vous protégera. Le froid est mordant aujourd'hui.

— J'ai la mienne. Dites-moi simplement où elle est rangée et…

Il secoua la tête.

— Le jour tombe vite à cette époque de l'année. Les ombres sont déjà plus longues et je crains, de plus, que votre cape n'ait pas été rangée au bon endroit.

Ragn s'efforça de lui jeter un regard sévère mais les commissures de ses lèvres se soulevèrent.

— Malin… Heureusement que je sais céder avec élégance.

Il l'aida à passer le vêtement puis dit :

— Le système de fermeture est un peu complexe. Laissez-moi vous aider.

De près, il apercevait le réseau de fines cicatrices qui quadrillait le cou de Ragn. Gunnar sentit son cœur se serrer. Cette femme avait assez souffert. À présent, elle était sous sa protection. Et à l'abri.

Passant la main sur la fourrure, Ragn fit le geste de l'ôter.

— Elle est beaucoup trop belle et fine pour être portée un jour ordinaire comme aujourd'hui. Je préfère chercher ma cape personnelle et…

— À l'évidence, l'interrompit-il, blessé dans son amour-propre, il ne vous est jamais venu à l'esprit que je pouvais disposer d'un vêtement pareil. Ou alors, vous avez pensé que je n'aurais pas envie de le partager avec ma femme.

— Je suis surprise car seul un *jaarl* de très haut rang peut posséder des fourrures de cette qualité. Mon père n'en avait pas de semblables.

Ragn rosit en saisissant, un peu tard, ce que sa réflexion semblait impliquer.

— Je ne cherche évidemment pas à vous situer à un rang inférieur à celui de ma famille, mais à vous faire comprendre que j'ignorais jusqu'à l'existence d'habits aussi magnifiques. Pourtant, je suis notoirement connue pour être difficile en matière de vêtements ! Hamthur… Non, je crois préférable de m'arrêter là. Vous vous estimez doté d'un caractère intransigeant ? Je suis pire que vous…

Gunnar se tapota les lèvres du bout des doigts.

— Encore… Vous recommencez à me comparer à votre défunt mari. Donnez-moi donc la possibilité de vous prouver que je n'ai rien à voir avec lui. Lui et moi avons vraiment très peu de choses en commun. À part le fait de vous avoir pour épouse.

Ragn battit des paupières.

— Vous êtes même son opposé.

— Alors, accordez-moi le luxe de disposer de mes propres affaires comme je l'entends. La réponse appropriée aurait été : « Quelle jolie fourrure, Gunnar. Elle va me tenir bien chaud dans les bois. Merci. »

Ragn inclina la tête, le rouge aux joues.

— Vous avez raison, reconnut-elle. Je vais essayer de me rappeler votre conseil. Merci de me l'avoir donné et de m'avoir prêté cette merveilleuse cape.

— À présent, oublions tout cela, et allons-y. À moins que vous craigniez de vous retrouver seule avec moi…

Elle leva les yeux au ciel.

— Vous avez vraiment une haute opinion de vous-même.

— Il faut bien que quelqu'un s'en charge…

— En quoi le choix de la bûche de Yule requiert-il un

vêtement d'une telle qualité ? demanda Ragn lorsqu'ils eurent franchi la porte.

— Disons que je n'ai pas envie que vous interrompiez brusquement notre promenade à cause du froid, répondit-il au lieu de reconnaître que cette fourrure lui allait à ravir et mettait merveilleusement en valeur ses soyeuses boucles d'ébène.

Elle regarda par-dessus son épaule la lueur qui s'échappait de la grande salle.

— Svana adore choisir la bûche de Yule. Elle a d'ailleurs des idées très arrêtées sur le sujet et se montre extrêmement exigeante. Si je l'appelais ? Cela nous éviterait de perdre du temps à dissiper son humeur boudeuse ensuite.

— Il vaut toujours mieux poser certaines limites aux enfants. Cela leur permet en outre de conserver quelques larmes pour l'heure du coucher.

— Et vous savez cela comment ?

— Par ma mère. C'était l'un de ses principes dont la pertinence m'a plus d'une fois frappé. De plus, Yule exalte Svana exactement comme Asa.

— Votre mère était un être sage. Me demander de vous accompagner aurait pu ne pas faire l'objet d'un gage, vous savez. Je serais venue avec plaisir si vous m'aviez exposé votre raisonnement.

Il rabattit vers l'avant la capuche de sa cape pour qu'elle lui protège les cheveux.

— Je tâcherai de m'en souvenir la prochaine fois.

— Il y en aura donc une ? demanda-t-elle.

— Ne dois-je pas vous accorder votre revanche au *tafl* ?

Ragn laissa tinter son joli rire.

— En effet, mais, cette fois, nous nous entendrons sur la nature du gage à attribuer au perdant *avant* le début de la partie. Vous voyez, je retiens bien les leçons de la vie…

Comme elle ramenait une petite mèche derrière son oreille, il constata que sa main tremblait.

— Je n'arrive pas à me rappeler quand j'ai choisi la bûche de Yule pour la dernière fois, dit-elle.

— Alliez-vous la choisir avec votre mari ?

Ragn trébucha, mais il la rattrapa par le bras avant qu'elle perde l'équilibre.

— Je ne me rappelle même pas si nous avons fait cela ensemble un jour. Hamthur trouvait cette tradition stupide.

Gunnar ramassa un bâton au sol avant de le jeter au loin d'un geste énervé en s'imaginant qu'il envoyait rouler la tête de Hamthur. Le bâton alla frapper un chêne avec un bruit mat.

— Pourquoi êtes-vous demeurée mariée avec lui ?

— Par orgueil.

Elle haussa les épaules.

— Au début, je pensais l'aimer. Mon grand-père et ma grand-mère désiraient depuis longtemps cette union qui devait permettre de réunir deux domaines auxquels ils tenaient beaucoup. Mais les choses se sont mal passées entre nous, et puis, j'ai perdu le bébé que je portais et je n'ai plus jamais été enceinte.

— Je suis désolé.

— C'était après un banquet, dit-elle d'une voix sourde. Hamthur était d'une humeur atroce et m'a frappée au ventre. Un petit garçon est né le lendemain. Parfait, mais c'était beaucoup trop tôt pour qu'il puisse survivre. Comme on pouvait s'y attendre, Hamthur a osé reporter la faute sur moi, prétendant que si je ne lui avais pas fait perdre son sang-froid il ne m'aurait pas battue et que le bébé ne serait pas mort. À l'entendre, j'avais ri trop fort aux plaisanteries d'un invité du banquet. De toute façon, quelle que fût la situation, il trouvait toujours un prétexte pour crier sur moi et me battre tout en me rendant responsable des coups qu'il me portait. J'ai appelé mon petit garçon Thoren et je l'ai enterré à côté de mon père. Plus tard, à l'enterrement de Hamthur, quand Vargr m'a offert de l'or en échange de mon château, si j'ai refusé, c'est en partie parce que je ne pouvais me résoudre à m'éloigner de la tombe de Thoren.

Gunnar se sentit blêmir. Ragn avait commencé par perdre un enfant à cause d'un monstre. Puis un autre monstre avait brûlé son domaine et l'avait obligée à fuir pour sauver sa vie et celle de sa jeune sœur ! La force morale de cette femme devant son destin le stupéfiait.

— Vous n'avez rien fait de mal.

— J'ai souvent de bonnes intentions... Malheureusement, elles se soldent presque toujours par un échec. Malgré ce qu'a pu répéter Hamthur, jamais je n'ai désiré perdre le bébé.

Ragn avait à peine pu terminer sa phrase. Sa voix s'était brisée.

— J'ai mal attaché votre cape, déclara-t-il alors sur un ton dégagé en changeant volontairement de sujet.

Voir éclater Ragn en sanglots lui aurait été insupportable. Rien ne lui était plus pénible que la voir souffrir.

— Nous n'aurons pas fait quelques pas, poursuivit-il, que la fourrure se détachera et glissera de vos épaules. Je préfère l'arranger avant !

Ragn leva le menton et le fixa avec, sur le visage, une expression entre le sourire et les larmes.

— S'il le faut, mais, en règle générale, je n'aime guère dépendre de quelqu'un.

S'efforçant d'attribuer à son intervention un caractère parfaitement neutre, il arrangea les différentes fixations du vêtement. Le moment viendrait où il percerait les défenses de Ragn. Peut-être pas aujourd'hui, mais bientôt. Alors, il délivrerait la femme passionnée qu'il avait déjà perçue en elle à plusieurs reprises. Sans aimer Ragn de la façon profonde et intense dont il avait vu son père aimer sa mère, il admirait le courage et la détermination de cette femme tout en estimant qu'elle avait assez donné aux autres pour être aujourd'hui en droit de demander quelque chose en retour. Oui, il était grand temps que quelqu'un s'occupât d'elle.

— Et moi, répondit-il, je n'aimerais pas que ma femme tombe malade...

Un profond silence régnait dans les bois. Seule l'eau de la dernière averse qui s'écoulait goutte à goutte des feuilles et des branchages rompait le silence en touchant le sol. En se sentant trembler légèrement, Ragn se trouva ravie que Gunnar ait insisté pour qu'elle endossât l'épaisse cape de fourrure. Et elle doutait d'avoir porté une seule fois dans son existence un vêtement de cette qualité.

Apparemment, Gunnar n'avait d'ailleurs pas fini de l'étonner. Cet homme semblait en effet disposer de la troublante aptitude à prévoir ses questions avant qu'elle les lui pose et à lui faire dire des choses qu'elle n'avait jamais racontées à personne, notamment les circonstances dans lesquelles elle avait perdu Thoren.

Ce ne fut que lorsque son mari s'éloigna d'elle qu'elle put un peu mieux respirer et s'arrêter de fixer la ligne de son cou ou ses hanches. Son attirance pour lui était maintenant sous contrôle. Elle ne subirait plus jamais aucune humiliation venant d'un homme.

Après lui avoir indiqué du doigt deux bûches possibles, Gunnar lui en montra une troisième. Elle réfléchit. Cette bûche était censée brûler pendant plusieurs jours. Certaines personnes choisissaient de la consumer telle quelle, mais Ragn préférait la découper en plusieurs morceaux en ayant bien sûr soin d'allumer chaque nouveau morceau avec l'ancien. Au bout du compte, le but était que la lumière ne s'éteigne jamais, surtout à partir de la tombée de la nuit, éclairant ainsi le chemin de la Jeune-fille-Soleil et de Thor, son sauveur, quand il l'aiderait à sortir du ventre du loup.

— Si j'ai bien compris, dit-elle à Gunnar, c'est entre les trois bûches que vous m'avez montrées que vous choisirez celle de Yule. Vous les pensez donc susceptibles de se consumer assez lentement pour durer le temps qu'il faudra…

Ces commentaires l'empêchaient de penser que Gunnar continuait décidément à trouver quantité de petits prétextes pour l'effleurer ; de la main quand il avait enjambé une bûche, ou du coude de manière soi-disant accidentelle pendant qu'ils cheminaient. Ces contacts ne signifiaient sûrement rien pour lui, mais en ce qui la concernait, son corps frémissait à chaque fois.

Peu à peu, le sentiment qu'il savait très bien ce qu'il faisait grandit en elle.

Elle sentit la main chaude de Gunnar dans son dos.

— Pourquoi cette question ? s'enquit-il. Avez-vous une autre suggestion à me faire ?

— Oui, répondit-elle en pointant le doigt vers un arbre tombé à terre. Je crois que ce tronc ferait une magnifique bûche de Yule. Je pense également qu'il faudrait regagner le château avant que la nuit tombe.

Pour mieux appuyer sa demande, elle frissonna de manière ostensible. Ce n'étaient pas les bois en eux-mêmes qui l'inquiétaient mais plutôt les créatures qui les peuplaient la nuit.

— Chaque chose en son temps, repartit Gunnar. N'oubliez pas que vous devez d'abord exécuter votre gage.

— Qui consistait à choisir la bûche de Yule en votre compagnie. Or, nous en avons vu plusieurs et mon choix est fait.

— Sans doute, mais... Je n'ai personnellement pas encore fait le mien.

— Revenons plus tard avec Svana si vous préférez, dit-elle. Du reste, si j'allais la chercher ? Cela me permettrait de me montrer avant que tout le monde se demande où je suis passée. Sans compter que vous allez bientôt avoir envie de souper... Or, je sais combien vous êtes grincheux quand vous avez faim.

Gunnar s'arrêta. Autour d'eux, l'ombre des bois s'épaississait.

— Je veux que nous apprenions à mieux nous connaître et que vous restiez avec moi jusqu'à ce soir.

Elle donna un petit coup de pied dans une pomme de pin qui roula sur la pente. Gunnar ne savait pas ce qu'il disait. Elle doutait fort qu'il continuerait à l'apprécier quand, dans une heure ou deux, il serait habitué à sa compagnie.

— Svana ne peut rester toute seule.

— Les chiens sont là pour veiller sur elle. En cas de problème, ils sauront nous trouver. Détendez-vous.

— J'essaie, répondit-elle en fixant les grands pins, mais c'est difficile.

Gunnar lui tendit la main.

— Venez par ici. Je viens de voir une autre bûche. Prenez tout de même garde au rocher, il est glissant.

Elle fit un pas vers lui… et glissa. Ses bras battirent l'air. Elle se vit tomber. Mais Gunnar était là. Il la rattrapa, la souleva dans les bras et la reposa juste devant lui. Comme elle posait les mains sur son torse, elle sentit qu'il se penchait vers elle et lui effleurait les joues de son souffle.

Ce fut sans le regarder qu'elle le remercia. En réponse, il jura d'une voix rauque et basse, et trouva ses lèvres. Quand, de la langue, il voulut aller plus loin, elle les entrouvrit. La chaleur qui l'envahit alors fut celle d'une flamme dévorante.

Au-dessus d'eux, un corbeau croassa comme pour lui rappeler où elle se trouvait.

Elle s'écarta brusquement de Gunnar.

— Est-ce bien sage ? demanda-t-elle, étrangement hors d'haleine. N'étions-nous pas censés choisir la bûche de Yule ?

— Vous alliez tomber…

Elle recula d'un pas.

— Nous avons trouvé celle qu'il nous fallait. Inutile de nous attarder davantage.

— Avant de rentrer, il y a encore quelque chose que j'aimerais que vous voyiez.

— Si vous y tenez…

Ajustant la fourrure autour d'elle pour mieux se protéger du froid, elle remarqua :

— Le vent semble se lever.

— Faites-moi plaisir, Ragn, s'il vous plaît.

Sur ces mots, Gunnar la mena vers une clairière que fermait un étang parsemé de roseaux.

Ragn désigna l'endroit d'un geste de la main.

— Pas de grands arbres ici. Je vous ai montré le tronc qui pourrait donner la plus belle des bûches de Yule, mais vous vous obstinez…

Gunnar la fixa. Un petit muscle battit sur sa tempe gauche tandis qu'il l'entraînait vers la pièce d'eau.

— Voulez-vous bien regarder cet étang avant que le jour soit tout à fait tombé, s'il vous plaît ?

— Pourquoi ? Allez-vous me faire une… prédiction ou quelque chose d'approchant ? Je vous ai déjà dit que je ne croyais pas en ce genre de choses.

— Regardez l'eau juste au-dessous de vous et dites-moi ce que vous voyez.

Elle baissa la tête et saisit immédiatement son reflet. Comme d'habitude, elle trouva ses yeux trop grands. Mais sa bouche gardait encore la couleur pourpre que lui avait donnée son baiser avec Gunnar. Quant à sa peau, le coucher de soleil la parait de reflets ambrés.

— Si vous m'aviez dit tout de suite que je m'étais sali la joue, j'aurais immédiatement fait quelque chose à ce sujet, dit-elle en se frottant la peau avec la main.

Gunnar émit un petit son affligé.

— Est-ce vraiment tout ce que vous voyez, Ragn ? Une petite tache insignifiante ?

— Je vois un visage simple et très ordinaire affublé d'une bouche beaucoup trop grande, aux yeux saillants et au nez trop long mais… habile pour repérer l'odeur du pain brûlé.

Une expression intense sur le visage, il la prit par le bras pour qu'elle se redresse, la fit pivoter vers lui et lui posa la main sur la joue d'un geste délicat. Elle frémit.

— Qui a élevé ces murs ? lui demanda-t-il, mettant les mains sur ses épaules. Qui vous a fait croire que vous étiez une femme ordinaire alors que vous êtes, au contraire, extraordinaire ?

Ragn s'humecta les lèvres et déglutit malgré elle. Chaque fibre de son être désirait que Gunnar posât les lèvres sur les siennes, et elle détesta ce besoin trop urgent.

— Quels murs ? s'enquit-elle sur un ton trop assuré. Montrez-les-moi.

Gunnar continuait à la fixer.

— Est-ce que je vous répugne ? Est-ce pour cette raison que vous avez mis fin à notre baiser de manière si abrupte ? Pourquoi me refusez-vous le droit de dire que je vous trouve belle ? Et pourquoi ne parvenez-vous pas à comprendre que j'ai raison alors même que votre reflet vous le crie ?

Elle cligna des paupières. Gunnar la trouvait belle et avait préparé toute cette mise en scène en espérant qu'elle prendrait conscience de sa beauté devant le portrait flatteur que lui renvoyait l'étang. Oh ! bien sûr, il lui aurait été facile d'aimer cet homme, mais elle avait déjà accordé son cœur trop vite, une fois, et ne prendrait pas le risque de recommencer.

Contenant ses émotions, elle lui jeta un regard oblique.

— Si ma mémoire est bonne, vous avez bien dit que j'avais le physique d'une épouse plutôt que celui d'une concubine.

— Depuis quand les épouses sont-elles moins belles que les concubines ? Depuis que votre ver de terre de mari l'a décrété ? demanda-t-il d'une voix si douce qu'elle la laissa courir sur sa peau comme une étole de soie.

Les mains de Gunnar toujours posées sur elle semblaient ne jamais devoir la lâcher. Tout ce qu'elle avait à faire pour qu'il l'embrassât était de se pencher un peu vers lui. Alors, elle trouverait ses lèvres chaudes et aurait enfin l'étreinte dont elle rêvait.

Tournant la tête sur le côté, elle jeta un nouveau regard à l'étang et au reflet trouble qu'il lui renvoyait. Ses yeux brillaient-ils autant qu'elle le constatait ? Le rouge de ses lèvres était-il aussi incandescent ? Et la peau de son visage possédait-elle cette blancheur délicatement ambrée ? Non, il ne s'agissait que de jeux de lumière trompeurs. De cette lumière qui continuait à pâlir. Comme son propre reflet qui disparaissait peu à peu. Retenant un soupir, elle se détourna.

La chaude voix masculine s'éleva dans l'ombre.

— Ragn, répondez-moi.

— Laissez-moi partir, Gunnar… S'il vous plaît !

Il leva les mains.

— D'accord, nous rentrons tout de suite.

Le pas qu'elle fit en arrière lui permit de reprendre son souffle et de se concentrer sur les arbres tout autour qui devenaient de plus en plus sombres. Le crépuscule s'installait. Bientôt, on ne distinguerait presque plus rien. Or, l'idée de passer la nuit dehors ne la tentait pas du tout.

— Comme nous en avons convenu dès le début, dit-elle,

refusant de se laisser aveugler une nouvelle fois par des flatteries trompeuses, mon but est de bien gérer ce domaine. Au cours de l'incendie criminel qui m'a obligée à fuir de chez moi, j'ai tout perdu. Jusqu'à ma chevelure de jais qui représentait mon seul attrait. Mes chevilles, mes poignets et le haut de mon dos sont striés de cicatrices. Ce qui vous anime en ce moment n'est donc que l'excitation de la chasse et l'odeur du gibier. Le reste n'est que flatterie et ne rendra service à personne. Pas plus à vous qu'à moi.

Malgré le vacarme intérieur qui lui faisait bourdonner les oreilles, elle avait réussi à adopter un ton neutre qui l'emplit de fierté. Elle compta jusqu'à dix, à peu près sûre que Gunnar allait entrer dans une colère terrible.

— Qui êtes-vous pour parler ainsi de mon désir ou de mon attirance ? demanda-t-il sans crier mais en lui coupant le chemin. Mon grand-père a été fasciné par ma grand-mère dès le moment où il avait posé le regard sur elle. Et sa fascination a duré jusqu'à son dernier soupir. Je ne prétends pas vous aimer et ne vous réclame pas ce que je ne suis moi-même pas préparé à vous donner. Mais j'ai beaucoup apprécié notre baiser et je crois que vous avez éprouvé le même plaisir. De fait, mon envie de partager mon lit avec vous est grande. Mais seulement si vous désirez m'y retrouver.

Ragn cessa de respirer. Quand Gunnar s'exprimait ainsi, elle avait envie de le croire de toutes ses forces. Mais elle ne savait que trop ce qu'il en coûtait d'écouter son cœur.

Retourner tout de suite au château en courant. Voilà ce qu'elle devrait s'empresser de faire avant qu'il soit trop tard, se dit-elle soudain. Gunnar la laisserait partir et la situation serait réglée. Tout serait réglé.

Elle releva la tête, le regarda dans les yeux et dit :

— De cette façon, au moins, nous n'élucubrerions plus sur ma prétendue beauté.

Il jura. Longuement et d'une voix forte qui porta jusqu'aux arbres.

Puis, baissant le visage vers le sien, Gunnar s'empara de sa bouche avec une faim sauvage. Le feu qui couvait en elle se libéra alors avec fureur. Elle referma les bras sur lui tandis qu'il la serrait, appelant en secret ce qui se cachait de plus primitif chez sa femme, cette facette d'elle-même dont elle ignorait jusqu'à l'existence.

Éloignant enfin le visage du sien, il demanda :

— Un homme sans désir aurait-il agi comme je viens de le faire ?

Au prix d'un gros effort, Ragn parvint à se détacher de Gunnar, mais il ne bougea pas, la maintenant serrée contre lui.

— Vous avez vraiment envie de moi ? demanda-t-elle.

Gunnar écarta les petites boucles qui retombaient sur son front.

— Pourquoi étiez-vous prête à négocier votre corps pour la sécurité de votre sœur si le lit conjugal vous effraie à ce point ?

— Ayant survécu à un mariage, je pensais n'avoir aucun mal à survivre à un second. J'ai appris à me détacher de ce que Hamthur imposait à mon corps. À me couper de moi-même. Je pensais que, qui que soit cet homme qui deviendrait mon nouveau mari, il ne se montrerait pas trop exigeant. L'obscurité permet de dissimuler une multitude de défauts et il était hautement probable que ce nouveau mari ne s'intéresserait pas aux miens.

Elle haussa les épaules.

— Mais vous avez prouvé que j'avais tort de penser ainsi.

Gunnar détacha ses bras et posa les mains sur ses épaules.

— Vous n'avez en fait qu'une petite idée de ce qui se passe vraiment entre un homme et une femme, Ragn. Je ne veux jamais, absolument jamais, que vous vous *détachiez* de ce qui se passe entre nous. Quand nous serons ensemble dans un lit, il n'y aura rien d'autre. C'est tout.

— Je suis restée mariée trois ans, observa-t-elle. Vous, en revanche, ne l'avez jamais été.

— Bien que votre remarque soit exacte, elle ne change pas mon point de vue.

— Je sais ce que mon mari faisait alors même que nous étions mariés, et sans se donner la peine de se cacher. Son comportement d'alors a fort entaché ma fierté.

Elle parlait d'une voix hachée, comme si les mots peinaient à sortir.

— Votre union ne laissait aucune place au plaisir, Ragn. Entre vous et votre mari, il s'agissait uniquement de domination. Celle qu'il exerçait sur vous.

Le baiser que Gunnar déposa au coin de ses lèvres l'aida à se détendre.

— Le plaisir, lui, est affaire de don, continua-t-il. Du don de soi. Avez-vous envie d'essayer avec moi ?

Lentement, elle acquiesça de la tête.

— Je vous ai menti pour sauver ma fierté. J'éprouve du désir pour vous…

Du *désir.* Voilà. Elle avait prononcé le mot. Un désir sans lien avec l'amour et sans rapport avec aucun autre sentiment. Pourtant, au fond de son cœur, elle savait que son attirance pour Gunnar allait au-delà du seul désir. Sans doute parce qu'elle appréciait malgré elle la bienveillance que son étrange mari lui manifestait.

Le sourire qui éclaira le visage de Gunnar la réchauffa comme un grand soleil.

— Savoir maintenant la vérité me procure beaucoup de joie, dit-il.

Comme il aurait été facile de s'attacher à cet homme ! Mais il avait déclaré qu'il ne l'aimerait jamais et n'avait pas besoin de son amour. Quant à elle, le rejet et les humiliations que lui avait imposés Hamthur lui avaient suffi pour toute une vie !

Elle ferma les yeux et releva la tête.

— Qu'allons-nous faire à présent ? Parviendrons-nous vraiment à ne pas livrer bataille ?

— Je vais vous montrer comment les choses peuvent se passer entre un homme et une femme.

De nouveau, il approcha le visage du sien. Mais, cette fois, son baiser fut lent quand il posa les lèvres sur son cou et qu'il glissa les mains à l'intérieur de la cape en fourrure.

Il les posa en coupe sur ses seins et en frotta doucement les mamelons du bout des doigts. Puis il les fit glisser vers son dos pour la plaquer contre lui.

— Hum…, j'aime cela, reconnut-elle, en laissant retomber sa tête sur le torse de Gunnar.

— Alors, avant de rentrer, laissez-moi vous montrer autre chose.

Joignant le geste à la parole, il la prit par la main et la mena vers le rocher en surplomb devant eux.

Là, il ôta sa cape et l'étendit sur le sol.

— Je pensais que nous pourrions regarder le soleil se coucher.

— Vous plaisantez… Svana va s'inquiéter.

— Svana sait que vous êtes avec moi, répondit-il en s'asseyant et en tapotant le sol à côté de lui. Asseyez-vous. Sauf si vous avez peur de moi. Sauf si vous n'avez toujours pas confiance en moi.

Elle s'assit, ramenant les genoux vers son buste. Contre toute raison, elle croyait Gunnar.

— Ce n'est pas facile pour moi, reconnut-elle en toute simplicité.

Gunnar se pencha vers elle et lui effleura le front d'un baiser, avant de descendre le long de ses pommettes puis de ses joues, lui rendant impossible le fait de réfléchir.

— Ne réfléchissez pas trop. Nous allons simplement rester assis là et regarder le soleil allumer ses ultimes flammes bas dans le ciel. Rien de charnel. Seulement deux personnes qui s'enthousiasment devant le même spectacle grandiose.

— Comment rentrerons-nous au château dans le noir ?

— Je connais le chemin.

Ils restèrent assis dans un silence devenu confortable. Leurs épaules se touchaient mais ils ne disaient plus rien. Quand le soleil perça derrière les nuages, baignant les bois d'une étonnante nuance à la fois rouge et dorée, Ragn sourit, sous le charme.

— Délicieux et inattendu, dit-elle.

— Je regrette que cette petite colline se situe aussi loin du rivage et de l'eau. Autrement, c'est ici que j'aurais construit mon château.

Elle ferma les yeux et enfouit cette image en elle.

— Quand je serai âgée, je repenserai à toute cette beauté.

Lorsque le soleil eut complètement disparu, Gunnar se leva.

— Il est temps de rentrer, à présent.

Une déception qu'elle n'attendait pas la saisit.

Tendant la main vers elle, Gunnar passa alors le bout de son pouce sur ses lèvres. Un frisson lui parcourut l'échine. Elle laissa échapper un petit gémissement.

— Pensiez-vous que j'allais vous prendre ici ? demanda-t-il. Dans le froid et l'humidité alors que nous attend un lit garni de douces fourrures ?

— J'ai peu l'expérience de ce genre de choses.

— L'attente fait monter l'imagination. Nous irons à votre rythme.

Le souffle de Gunnar lui caressa l'oreille quand il ajouta :

— Lorsque vous serez décidée, sachez que je serai de mon côté prêt à vous rejoindre dans notre lit. Tout ce dont je manque est une invitation.

Elle s'humecta les lèvres du bout de la langue. Tomber amoureuse de cet homme devenait décidément de plus en plus tentant et de plus en plus facile. Trop. Heureusement qu'il ne l'aimait pas et n'attendait pas non plus qu'elle l'aime, car elle avait un jour essayé l'amour à sens unique et s'était complètement fourvoyée.

— Et s'il me faut beaucoup de temps avant de pouvoir me décider ?

Il lui mordilla le lobe de l'oreille.

— Vous valez la peine que l'on vous attende…

Chapitre 11

Pendant tout le souper, Ragn s'appliqua à ne pas croiser le regard de Gunnar. Après leur promenade dans les bois, ils s'étaient séparés et elle avait vaqué à ses occupations en tentant d'oublier leurs baisers. Mais son cœur continuait à lui murmurer que Hamthur avait menti. Elle *était* attirante. Même si elle n'avait pas eu l'heur de plaire à son ancien mari, elle ne déplaisait pas à tous les hommes. Du reste, Gunnar avait apprécié ses baisers.

Elle déglutit, encore émue. Ces baisers qu'ils avaient échangés et ces déclarations qu'il lui avait faites changeaient tout et ne changeaient rien à la fois. Leur principale conséquence était surtout qu'elle recommençait à rêvasser. Or, il n'y avait pas de place pour cela dans sa vie. Avec un soupir, elle posa le tranchoir qu'elle tenait à la main.

— Je vous souhaite bonne nuit, déclara alors Svana. Les chiens et moi avons encore des choses à faire.

Là-dessus, la petite fille fit une révérence et s'esquiva en vitesse.

— En s'intéressant aux suites du mariage dont elle se croit à l'origine, Svana devient vraiment une parfaite marieuse ! dit Ragn en essayant de briser d'un petit rire le silence qui suivit le départ de sa sœur. Mais ne faites pas attention à ses manœuvres. Bientôt, elle aura des sujets plus intéressants dont s'occuper. En fin de compte, peut-être aurais-je dû lui confier davantage de pièces à tisser…

Gunnar porta sa chope de bière à ses lèvres. Ses yeux brillaient.

— Je suis au contraire honoré qu'elle me considère comme digne de ses petits stratagèmes.

Sentant ses joues s'enflammer, Ragn baissa vite les yeux et les tint fixés sur ce qu'il restait de nourriture.

— C'est une façon de voir…

Elle se leva.

— Il y a beaucoup de choses à ranger. Cela va me prendre énormément de temps.

Gunnar hocha la tête.

— Ne puis-je vraiment pas vous tenter avec une autre partie de *tafl* ? Vous devez prendre votre revanche ! J'ai d'ailleurs remarqué que vous aviez entraîné quelques serviteurs.

Elle se laissa aller contre le dossier de son siège. Gunnar avait *vraiment* envie de jouer avec elle.

— Merci pour votre intérêt. J'accepte de vous affronter pour une nouvelle partie, mais sans gage, cette fois. Juste pour le plaisir de jouer.

Un rire joyeux accueillit sa condition.

— J'approuve votre requête pour ce soir, dit Gunnar. Mais vous découvrirez vite que je suis têtu. Le temps venu, nous recommencerons à jouer avec des gages.

— Vraiment ? Dans ce cas, je m'assurerai que la nature de ces gages soit clairement définie, avant de les accepter. Ou non…

Elle lui sourit.

— Ne vous avais-je pas dit que je tirais toujours des leçons de mes erreurs…

— Toujours aussi sage… Pouvons-nous commencer ?

S'ensuivirent plusieurs parties qu'ils remportèrent à tour de rôle.

— Une dernière pour nous départager ? proposa alors Ragn en retenant un bâillement.

— Demain. Je n'aimerais pas que vous pensiez que j'ai gagné parce que vous étiez fatiguée.

— Nous allons donc encore jouer demain !

— Pourquoi pas ? Maintenant que j'ai trouvé une adversaire valable, vous ne pensez pas que je vais la laisser filer ! Et ce ne sera pas la peine de me raconter que vous n'aimez pas le *tafl*. J'ai passé les deux dernières parties à regarder vos yeux étinceler chaque fois que vous dominiez.

— Je crois que j'arriverai à m'y faire, dit-elle en se frottant doucement la nuque.

Lors de son premier mariage, elle avait pensé que toutes ses soirées ressembleraient à celle-ci : jouer au *tafl* sous forme d'une aimable compétition, discuter des événements de la journée, tenir d'aimables conversations.

Elle déglutit, incertaine. Il était évident que, sans s'en rendre compte, elle avait déjà commencé à emprunter la pente glissante de l'amour et que, malgré ce qu'elle affirmait, elle ne tirait pas assez de leçons de ses erreurs. En tout cas, pas de celle-ci. Car c'était l'amie et l'amante que Gunnar cherchait en elle, non l'amoureuse.

— Je dois vous souhaiter bonne nuit, dit-elle.

Le regard turquoise se fixa sur ses lèvres.

— J'imagine que vous savez exactement où vous allez dormir.

— J'ai une idée.

— Bon.

Elle s'empressa de quitter la pièce avant que Gunnar lui propose de l'accompagner. Comme promis, on avait transporté dans la chambre conjugale la malle avec laquelle elle était arrivée à Jura. Ragn se déshabilla sans perdre de temps et grimpa dans le lit. Tendue à l'extrême, elle demeura aux aguets pendant un temps qui lui sembla durer une éternité. Mais Gunnar ne se présenta jamais.

Quand elle se réveilla le lendemain matin, seules les fourrures consciencieusement empilées par terre indiquaient que Gunnar avait passé la nuit dans la chambre.

En arrivant dans la cuisine, elle vit le porridge sur le feu et, entourée des deux chiens-loups, Svana assise à sa place.

— Où est Gunnar ? demanda-t-elle en s'arrêtant net.

— Sorti. Il a donné l'ordre de ne pas te réveiller. J'imagine que cette nuit a encore dû être longue…

Elle serra les poings, agacée par l'allusion à peine dissimulée de Svana. Ragn avait beau savoir que sa sœur l'aimait tendrement et était poussée par de bonnes intentions, elle avait envie de lui crier de cesser de vouloir interférer dans sa vie au risque d'aggraver une situation déjà assez compliquée. À vrai dire, il lui semblait se trouver en équilibre sur un fil.

— Où s'est-il rendu ?

— À l'endroit où se trouve la bûche que vous avez choisie pour la rapporter au château.

Svana marqua une pause et poussa un soupir dramatique.

— Ah, ma sœur, je n'arrive pas à croire que vous l'ayez oubliée hier ! Manifestement, vous aviez quelque chose de beaucoup plus important à l'esprit.

Ragn retint la repartie qui lui venait. Provoquer une dispute ne servirait qu'à encourager Svana dans ses approches malavisées.

— La bûche était trop lourde, il faisait déjà sombre et j'ai surtout pensé qu'il te serait agréable de disposer du choix final. Tu as toujours adoré choisir la bûche de Yule.

Elle attendit, certaine que la petite allait renchérir. Mais, plutôt que de chercher son regard, l'enfant garda les yeux rivés à la table d'un air coupable.

— Oui, mais j'ai dit à Gunnar que je lui faisais confiance pour choisir la bonne bûche. C'est primordial, la confiance…

Comme Ragn tapait du doigt sur la table, Svana devint de plus en plus gênée. Ses joues virèrent à l'écarlate.

— Que lui as-tu dit d'autre ? demanda Ragn en s'exhortant à la patience.

— Presque rien, répondit la fillette en entortillant le bas de sa manche autour de son doigt.

— Svana, s'il te plaît, je sais ce que veulent dire tes « presque rien » quand tu les prononces sur ce ton et en faisant cette tête. Alors, éclaire-moi, je te prie.

— Je lui ai seulement expliqué qu'il t'intéressait et ne

devait pas perdre espoir au prétexte que tu étais entêtée. Que je savais que tu l'appréciais beaucoup puisque tu me l'avais dit.

Comme Ragn retenait son souffle, Svana cilla.

— Il m'a remerciée. Je lui ai redonné espoir.

Ragn aurait voulu se transformer sur-le-champ en un tout petit tas de poussière et se faire absorber par les entrailles de la terre. Incontestablement, Svana n'avait aucune idée de l'immensité de l'impair qu'elle avait commis.

— Tu as tout embrouillé. À présent, les choses sont devenues encore plus confuses entre lui et moi…

Le visage de l'enfant se défit.

— Je voulais juste rendre service. Il te trouve belle, Ragn. Vous devez avoir des bébés, tous les deux. J'ai envie de devenir tante.

Sans se donner le temps de réfléchir aux implications possibles des déclarations de Svana, Ragn attrapa sa cape et sortit dans le matin brumeux. Autour d'elle, tout étincelait. De ses lèvres s'envolaient des volutes de vapeur légères comme des plumes, et les toiles d'araignées semblaient piquées de minuscules joyaux.

Il lui fut facile de retrouver les traces qu'elle et Gunnar avaient laissées la veille au soir et de le trouver dans la clairière. Sous le soleil, ses cheveux brillaient, comme constellés de diamants.

Gunnar venait d'ordonner que l'on emportât le tronc d'arbre qu'ils avaient vu la veille au soir quand il l'aperçut.

Penchant la tête sur le côté, il lui demanda avec un petit sourire :

— Venez-vous vérifier que je ne me trompe pas de bûche ?

— Je viens vous parler, répondit-elle avec l'espoir qu'il ne remarque pas le léger tremblement de sa voix.

Mais qu'était-elle vraiment venue faire ? Il lui semblait soudain que se rendre en cet endroit était l'idée la plus déplacée qu'elle ait eue depuis longtemps.

— Très bien, dit-il. Vous êtes là et moi aussi. Donc je vous écoute.

Désignant d'un geste les hommes qui s'étaient arrêtés de

déplacer la bûche et la fixaient avec un intérêt mal dissimulé, elle précisa :

— Seule.

Gunnar tourna la tête vers eux et leur adressa un signe. Aussitôt, ils reprirent leur tâche puis disparurent rapidement. Mais leurs clins d'œil appuyés et leurs gestes obscènes à peine retenus la choquèrent. À l'évidence, ils la pensaient venue jusqu'ici pour avoir une relation sexuelle avec Gunnar.

— Je tiens à m'excuser pour eux, dit-il. Ils supportent mal de me voir travailler juste après mon mariage et ne cessent de me rappeler que je suis en lune de miel.

Elle hocha la tête.

— Je sais comment peuvent être les hommes.

— Qu'est-ce qui ne va pas, Ragnhild ? Quelqu'un vous a fait peur ?

Son cœur dégringola dans son estomac. Gunnar l'avait appelée *Ragnhild*. Preuve qu'elle avait eu raison de se tenir sur ses gardes.

— Quand Svana m'a dit ce qu'elle avait fait, j'ai compris que je devais vous rejoindre sans tarder afin de mettre les choses au clair.

Gunnar se détourna d'elle et sembla s'absorber dans la contemplation d'un tas de feuilles mortes.

— Qu'a donc fait Svana ? De quoi elle et les chiens se sont-ils rendus coupables ?

Ragn ajusta la cape autour d'elle, consciente d'avoir les joues en feu. Parler à Gunnar dans ces circonstances était plus compliqué que ce qu'elle avait imaginé. En particulier compte tenu des remarques des hommes venus transporter la bûche.

— Elle a joué à la marieuse auprès de vous de la manière la plus maladroite et la plus immature possible, répondit-elle. Je voulais donc m'excuser pour ses remarques et suggestions inappropriées qui ne viennent pas de moi. Svana est très sentimentale.

Gunnar haussa les épaules.

— Votre sœur cultive les illusions de sa jeunesse et a

des étoiles dans les yeux. J'ai donc tout simplement décidé d'oublier ce qu'elle m'a dit.

Ragn baissa la tête et se concentra sur la végétation qui recouvrait le sol. Elle aurait dû deviner que Gunnar réagirait de cette façon, ignorer l'impair de Svana et se mettre au travail comme d'habitude. Au lieu de quoi elle avait saisi le premier prétexte pour aller le voir.

— Je ne voulais pas que vous imaginiez que..., commença-t-elle, la tête obstinément baissée. Mais j'ai dramatisé. Veuillez excuser mon impétuosité.

— Que j'imagine quoi ? riposta Gunnar. Que vous aviez poussé Svana à me faire cet *aveu* ? Pensiez-vous aussi que j'utiliserais cet... aveu comme excuse pour m'autoriser des libertés avec vous ?

La voix de Gunnar n'était presque plus qu'un murmure.

— Sa confidence de petite fille vous a donc dérangée à ce point ? ajouta-t-il.

— Oui, répondit-elle sur un ton doux sans lever la tête.

La rejoignant, il l'attrapa par les poignets et l'attira vers lui.

— Cela me déçoit.

— Qu'est-ce qui vous déçoit ? s'enquit-elle en lui lançant un coup d'œil timide.

Croisant son regard, elle sentit sa respiration se suspendre. Plonger dans ces yeux-là et sombrer... Malgré ses efforts pour convoquer toutes les bonnes raisons qui lui interdisaient d'agir ainsi, elle parvint seulement à se dire qu'elle en mourait d'envie.

Gunnar lui serra les mains. Une petite fossette apparut au creux de sa joue.

— Je suis déçu que vous n'ayez pas sciemment organisé le gentil *aveu* de Svana. Car j'avais prévu de vous expliquer qu'il n'était pas nécessaire de l'utiliser comme messagère entre nous. Que vous pouviez me parler en toute franchise.

Ragn sentit sa bouche s'assécher. Elle recula d'un pas. Sans que Gunnar la retînt.

— Vous êtes parti avant mon réveil...

— Parce que j'ai pensé que vous aimeriez disposer de

votre tranquillité. Excusez-moi. À l'avenir, je saurai me souvenir que vous voulez me trouver dans votre lit le matin.

Elle se mordilla la lèvre, à la recherche de la bonne repartie. Quand Gunnar était dans cet état d'esprit, il devenait ingouvernable. À quoi bon lui dire quoi que ce soit ? Aucune déclaration ne fonctionnait sur lui. Tout ce qu'elle exprimait était déformé, sans rapport avec ce qu'elle venait d'expliquer.

— Ce n'est pas ce que je voulais dire.

— Que vouliez-vous dire, alors ?

Il croisa les bras, mais ses yeux étincelaient, comme s'il n'ignorait rien de sa secrète attirance pour lui.

— Il y a un instant, reprit-il, vous vous plaigniez de ne pas m'avoir trouvé à votre réveil et maintenant, vous semblez dire que ma présence n'est pas nécessaire.

Elle posa la main sur son front et contre-attaqua:

— Je ne me suis simplement pas sentie à l'aise d'avoir occupé le lit deux jours d'affilée.

— Le lit est tout à fait d'accord avec vous.

— Ce qui signifie que, ce soir, c'est vous qui l'utiliserez. Je dormirai par terre.

— Je vous assure que le sol est un endroit plus qu'inconfortable quand il s'agit d'y passer la nuit.

Elle capta le rire contenu dans sa voix mais n'en montra rien.

— Je vais rentrer, à présent, dit-elle seulement.

— Mes hommes sont ravis de me savoir ici en votre compagnie. C'est moi qu'ils narguaient et raillaient tout à l'heure, vous savez. Pas vous.

Elle resta bouche bée. Les hommes s'étaient donc moqués de Gunnar ! Pas d'elle ?

— Pourquoi ?

— Parce que, d'après eux, l'ours râleur que je suis serait mieux avisé de passer plus de temps avec sa femme. Owain ne cesse de répéter qu'il espère que les dieux auront exaucé ses prières et que je serai de meilleure humeur lors de notre prochaine rencontre. En vérité, tous voudraient passer plus de temps avec leur épouse en cette période d'avant Yule.

— Je ne suis pas sûre d'avoir la réponse à votre remarque.

— Tous ces gens qui nous assaillent avec leurs opinions sans fondement me fatiguent. Je vais remettre de l'ordre.

— Vraiment ? demanda-t-elle, un peu inquiète.

— Cela dépendra de vous. Nous pouvons rentrer tout de suite et gâcher la vie de tout le monde, ou prolonger notre tête-à-tête ici, histoire de réchauffer les cœurs d'artichauts de ceux qui croient à l'amour. Nous n'aurons du reste rien à faire de spécial si ce n'est, par exemple, profiter de la chaleur des rayons du soleil sur notre visage.

— Je n'aime pas faire une chose parce que l'on m'a laissé entendre autour de moi que je devais la faire.

— Nous nous ressemblons décidément plus que vous l'imaginez, nota-t-il avec un petit rire communicatif.

Puis il ajouta :

— Si nous retournons au château maintenant, nous devrons en outre supporter le spectacle de la petite Svana en train de se torturer l'esprit. Car je doute qu'elle change d'opinion sur notre relation malgré la mise au point que vous avez dû faire avec elle. La détermination de cette petite fille n'a en effet d'égale que celle de sa grande sœur.

— Curieux compliment. Et pour le moins ambigu…

Sous sa cape, Ragn lissa sa robe du plat de la main.

— N'oubliez pas que j'ai, moi aussi, beaucoup de travail qui m'attend.

— Avant de partir, demandez-vous tout de même pourquoi vous êtes venue jusqu'ici afin de me dire quelque chose que je savais déjà… Quant à moi, j'ai une question très simple à vous poser : pour quelle raison craignez-vous de croire enfin en quelque chose alors que vous avez traversé la mer dans le but d'avoir de nouveau foi en la vie ?

Elle prit aussitôt conscience qu'il lui offrait une porte de sortie. À l'évidence, les sottises de Svana l'avaient amusé sans même le gêner. Gunnar était différent de Hamthur, impossible d'en douter. À présent que l'évidence s'imposait, qu'attendait-elle donc pour lui accorder sa confiance ?

Avant de laisser au doute le temps de reprendre le dessus, elle se hissa sur la pointe des pieds et lui effleura les lèvres.

Elles étaient douces et chaudes. Mais, au lieu de l'attirer vers lui comme il l'avait fait auparavant, il resta là, à la fixer d'un regard brûlant.

— J'ai réfléchi, dit-elle. Peut-être devrions-nous offrir à Svana et à vos hommes ce qu'ils désirent ?

Gunnar saisit alors sa main comme un homme qui se noie une bouée. Elle enroula les doigts autour des siens et accueillit avec plaisir le flux de désir qui sourdait en elle.

— Ceci mettrait un terme à leurs réflexions, ajouta-t-elle sur un ton plus léger, sans ajouter qu'une fois leur union consommée elle pourrait mettre une croix sur ses rêves d'amour immortel et se concentrer enfin et sans arrière-pensée sur des tâches bien matérielles comme brasser la bière, tisser les vêtements, faire la cuisine et… le porridge aux groseilles.

Oui, en fin de compte, plus elle retardait l'échéance de son union physique avec Gunnar, plus son cœur s'égarait dans des rêves stupides. Or, Gunnar la désirait sans l'aimer, ne l'aimerait jamais et ne voulait pas qu'elle l'aime.

— Les autres n'ont pas à compter dans votre décision, repartit-il en lui pressant la main et en la portant à ses lèvres.

Il lui dessina du bout de la langue un petit cercle au creux de la paume. Ragn resta pétrifiée, incapable de songer à quoi que ce soit, envahie de délicieuses sensations.

— Soit vous restez là parce que c'est l'endroit où vous voulez être, soit il vaudrait mieux que vous partiez, conclut-il enfin.

— Je reste. C'est ici et avec vous que je veux me trouver.

Une fois encore, Gunnar demeura immobile, le regard rivé sur elle comme si elle était faite d'un verre précieux et risquait de se briser sous ses yeux.

— Hier, vous étiez prête à vous enfuir comme si vous étiez la Jeune-fille-Soleil sur le point de se faire avaler par le grand loup…

— Hier, dans vos bras, vous m'avez fait me sentir belle.

Comme il s'apprêtait à répondre, elle posa un doigt sur ses lèvres.

— Écoutez-moi bien.

Gunnar arqua un sourcil et la regarda retirer sa cape

qui glissa à terre. Lorsqu'elle se retourna vers lui et perçut l'intensité de son regard, elle déclara :

— Je le fais parce que je le veux. Attendre ne ferait que me rendre nerveuse. Ce n'est pas d'un lit garni de fourrures et de grandes attentes que j'ai besoin. C'est de vous.

Gunnar prit une profonde inspiration.

— À l'heure qu'il est, mes hommes doivent être rentrés au château. Mais je reste avec vous.

— Dans ce cas, je pense qu'il est grand temps de nous dire bonjour comme il faut, ne croyez-vous pas ?

Lui prenant la main, Gunnar lui remonta sa manche et, du bout de la langue, lui dessina de petits cercles sur le poignet, allumant en elle des étincelles. En même temps, il défaisait les fixations de la robe et en détachait les liens. Jusqu'à ce que le vêtement fût suffisamment ouvert pour qu'il pût le lui ôter par la tête.

La brise fraîche mordit la chair nue de Ragn, provoquant en elle un long frisson. Aussitôt, Gunnar la fit s'étendre sur la cape où l'accueillit, cette fois, la douceur de la fourrure. Il lui déposa de petits baisers dans le cou et descendit le long de son buste jusqu'à atteindre ses jolis seins menus. Prenant chaque mamelon dans sa bouche, il les excita jusqu'à ce qu'ils deviennent durs. Le corps de Ragn se cambrait sous le sien, cherchant à se rapprocher de la source du désir qu'il provoquait en elle et qui, déjà, la consumait. Elle tendit les mains vers lui et se cramponna à ses épaules. Alors, il s'étendit sur elle et leurs lèvres se soudèrent tandis que leurs langues se trouvaient et commençaient un long échange.

La preuve du désir de Gunnar se faisait sentir contre sa cuisse. Un cœur chaud et inconnu, qu'elle n'avait jamais senti avant aujourd'hui, pulsait en elle.

Elle glissa une main sous la tunique fermée. La chair de Gunnar lui parut douce. Les muscles saillaient sous sa peau et les cicatrices de blessures anciennes se croisaient sur son corps comme autant de traces de la vie qu'il avait menée et des souffrances qu'il avait endurées. Ragn passa les mains sur le torse viril et joua avec les mamelons de Gunnar comme il l'avait fait avec les siens. Ils se durcirent immédiatement au contact de ses doigts.

— Est-ce que je fais bien ? demanda-t-elle dans un murmure. Trouvez-vous cela agréable ?

La réponse lui parvint sous forme d'un grondement tandis que Gunnar enfouissait la tête dans son cou et passait les mains sur le haut de ses cuisses fuselées. Il glissa les doigts dans les plis de la chair qui s'offrait en tremblant.

Le corps de Ragn tressaillit quand les doigts de Gunnar entrèrent dans le cœur de sa féminité, s'y attardèrent, le caressèrent, la faisant se cambrer avec un long gémissement. L'une après l'autre, de longues vagues de plaisir la submergèrent. Rien ne l'avait préparée à cela. Le monde devenait doucement comme il aurait dû être et elle s'aperçut à peine que Gunnar la considérait avec une expression d'une grande intensité.

— Est-ce que c'était bon ? demanda-t-il quand, en elle, le plaisir se fut apaisé.

Elle lui sourit en prenant son visage entre les mains.

— Au-delà de ce que je pouvais imaginer. Y en a-t-il encore ?

En réponse, il lui saisit la main et la guida vers le renflement qui marquait son pantalon.

— Regardez comme j'ai envie de vous, lui souffla-t-il à l'oreille. Ici. Maintenant. À la lumière du jour. Pas dans l'obscurité.

Elle ouvrit son pantalon. Son érection se libéra. Dure, chaude et douce au toucher.

— S'il vous plaît, s'il vous plaît, Ragn, murmura-t-il tandis qu'elle lui frôlait le sexe des doigts.

Elle acquiesça de la tête, comprenant qu'il la désirait autant qu'elle. Lorsqu'elle écarta les jambes et avança le bassin, il se souleva au-dessus d'elle et la pénétra lentement pour qu'elle s'habitue à sa taille et l'accueille. Elle tremblait et s'agrippait à lui de toutes ses forces. Leurs corps se mirent à onduler ensemble jusqu'à ce qu'une vague immense les emporte sur sa crête et qu'ils se laissent emmener en mêlant leurs cris.

*
* *

Gunnar revint doucement sur terre. Ragn avait dépassé ses rêves les plus érotiques. Tournant la tête vers elle, il vit une larme rouler doucement sur sa joue et la lui essuya avec délicatesse.

Il avait eu tort de prendre Ragn dans cette forêt. Trop tôt… Les yeux fermés, il adressa alors une fervente prière à Freya et à tous les autres dieux pour qu'ils acceptent de lui octroyer une seconde chance de procurer du plaisir à Ragn et de provoquer un sourire sur son beau visage.

— Qu'est-ce qui ne va pas, Ragn ? demanda-t-il avec douceur.

— Jamais je n'aurais cru que cela pouvait être aussi délicieux. Vous m'avez rendue heureuse.

Si quelques larmes roulaient encore sur ses joues, ce fut d'un éclatant sourire qu'elle ponctua sa phrase. En la regardant, Gunnar avait l'impression qu'un soleil magnifique perçait la grisaille.

— Est-ce toujours aussi bon ? demanda-t-elle.

— J'ai l'intention que ce le soit, répondit-il en embrassant une dernière larme qui disparut entre ses propres lèvres. Comprenez-vous la différence, à présent ?

La douceur du rire de Ragn fut la plus jolie des réponses. Elle se redressa sur un coude.

— Vous pourriez peut-être me le rappeler ce soir dans notre lit…

— C'est exactement ce à quoi je pensais, dit-il en lui tendant la main pour qu'elle se lève.

Sa beauté lui coupa le souffle, mais il retint les mots qui auraient pu exprimer son ravissement.

— Nous devrions rentrer, déclara-t-il à la place. Avant que la petite déclenche une battue pour nous retrouver.

Comme Ragn repoussait la fourrure, Gunnar se pencha vers elle et l'embrassa sur le bout du nez. Ses sentiments pour celle qui était devenue sa femme ne faisaient que grandir et cette constatation l'effrayait. N'ayant pas été capable de défendre sa famille quand il aurait fallu, comment pouvait-il espérer protéger correctement Ragn aujourd'hui ?

Ce fut alors que ses yeux s'ouvrirent. Ragn avait cent fois raison ! Ce qui importait, après que quelqu'un vous avait jeté une malédiction, c'était le comportement que vous adoptiez. Or, il avait coupé tout contact avec son propre cœur, l'enterrant au plus profond de lui-même. Mais pourquoi pas ? De cette façon, le mauvais sort ne pourrait se diriger contre Ragn. Il ne l'aimait pas et ne l'aimerait jamais. Voilà ce qu'il devait se répéter et respecter quoi qu'il advienne. Afin de tirer, lui aussi, des leçons de ses erreurs et, cette fois, se montrer digne de la femme qui dépendait de lui.

— Il faut que nous rentrions, dit-il sans lui confier le fruit de ses dernières réflexions. Je ne puis laisser toute la journée mes hommes livrés à eux-mêmes.

Ragn se mordit la lèvre inférieure.

— Je vois.

Incapable de résister, il déposa un baiser sur son front.

— J'en doute. Vous avez dérouté mes projets et je vais me languir jusqu'à ce soir. Pensez-vous que nous pourrions négliger la partie de *tafl* et passer directement à l'exécution du gage ?

Le sourire de Ragn illumina tout l'univers.

— Je suis désolée de vous décevoir, mais le gage se révélera beaucoup plus agréable une fois que j'aurai remporté la partie…

Chapitre 12

— Ragn ! Ragn ! cria Svana en courant vers l'endroit où sa sœur mettait la dernière main à la roue qu'elles enflammeraient le lendemain soir avant de la faire rouler vers le lac en l'honneur du solstice d'hiver.

Après cela, chacun s'abreuverait à la délicieuse bière de Ragn qui, de l'avis de la jeune femme elle-même, était l'une des meilleures qu'elle ait jamais faites.

Elle s'était assurée que le château avait été nettoyé de fond en comble. La construction de la roue était sa dernière tâche. Après cela, elle s'octroierait quelques jours de repos. De toute façon, les journées étaient devenues trop courtes pour s'atteler à un travail susceptible de porter ses fruits. De plus, elle voulait que tout soit parfait pour le premier Yule qu'elle célébrerait avec Gunnar. Car cette première fois donnerait le *la* aux suivantes. Cependant, elle détestait sentir son cœur recommencer à se bercer de rêves insensés… sans pouvoir arrêter de souhaiter désespérément qu'ils se réalisent.

Au cours des jours et des nuits qui avaient suivi leur retour des bois, Gunnar avait trouvé plus d'un prétexte pour rester avec elle. Peu à peu, elle découvrait que le souvenir des paroles humiliantes et de la violence de Hamthur se dissipait grâce au patient soutien de son mari.

Lors d'une occasion mémorable, Gunnar avait même partagé avec elle sa hutte pour le bain. Pour autant, avec cet homme dont elle était amoureuse malgré elle mais qui ne faisait que la désirer, les choses n'allaient pas de soi. Néanmoins, elle continuait à trouver des raisons de tenir à lui.

Pourquoi ne se contentait-elle pas de ce qu'elle avait, au lieu de se languir d'un sentiment qu'il n'éprouvait pas ? Et comment réagirait-il si elle lui disait ce qu'elle ressentait au plus profond d'elle-même ? Parfois, elle se le demandait.

Au moins, la santé de Svana continuait à s'améliorer et, malgré les nombreux doutes qui l'assaillaient encore, Ragn voulait croire que cette amélioration allait durer. Chaque fois qu'elle y pensait, elle redoublait d'efforts pour rendre le château encore plus beau et se montrer digne de la confiance que Gunnar avait placée en elle.

— Prends garde, Ragn ! s'écria Svana.

— Pourquoi ? répondit-elle dans un rire. Y a-t-il un problème ? Les chiens auraient-ils encore privé le *nisser* de porridge ? À propos, j'ai mis quelques groseilles de côté pour le porridge de Yule afin que tu fasses ton vœu, mais…

Elle s'interrompit pour rire.

— Pour qu'il se réalise, ce serait plus pratique si tu m'en révélais directement la nature…

Sa jeune sœur restait en effet plus convaincue que jamais que le *nisser* du château existait et qu'il allait exaucer son vœu secret. Cependant, Svana refusait farouchement d'expliquer pourquoi elle en était aussi certaine. Dans ces conditions, Ragn avait donc décidé de s'accommoder du mystère de la petite fille plutôt que de s'entêter à la questionner. Sans compter que le fait de croire au *nisser* encourageait Svana dans son travail et l'empêchait de se plaindre.

— Deux hommes sont ici, Ragn, dit l'enfant en s'arrêtant, tout essoufflée, à sa hauteur. Ils cherchent de la nourriture.

Elle plissa le front.

— Je pense.

Ragn s'essuya les mains en tentant d'ignorer son estomac qui se serrait. Des voyageurs ici ? À cette époque de l'année ? Quelque chose n'allait pas… La plupart des gens demeuraient chez eux au chaud.

— Sont-ils arrivés par la mer ?

— Non, par les terres.

Svana posa la main sur le chien-loup le plus près d'elle.

— Kolka et Kefla ne les aiment pas. Aussi suis-je venue te prévenir tout de suite avant que ces hommes nous repèrent.

— Où étais-tu ?

— Sur la corniche. Ne te fâche pas, s'il te plaît. Je sais que je ne dois pas m'éloigner de la maison, mais je voulais aller observer le cerf.

Ragn posa la main sur son estomac. Heureusement que Svana avait choisi d'éprouver ses limites au lieu de rester réfugiée dans l'ombre de la maison.

— Tu avais les chiens avec toi, n'est-ce pas ?

— Ce sont mes meilleurs amis. Comme Gunnar est trop occupé avec toi et sa terre pour s'occuper d'eux, nous allons partout ensemble, Kolka, Kefla et moi. C'est lui qui m'a dit de faire comme ça. Tu peux lui demander.

— Alors, ça va. Et tu dis que les deux hommes se dirigent par ici à la recherche de nourriture ? poursuivit-elle en inspirant à fond pour repousser la panique qui continuait à monter en elle.

Il serait bien temps d'y succomber si le danger se précisait…

Svana hocha lentement la tête.

— Oui, deux hommes du Nord. Ce sont des guerriers mais vêtus de tenues de voyageurs. Dois-je aller chercher Gunnar ?

— Il est parti à la pêche avec ses hommes. Dernier voyage avant le jour de Yule. Il veut s'assurer que nous ne manquerons pas de saumon.

Tout en parlant, Ragn regardait la roue qui était presque achevée et l'intérieur de la cuisine qui aurait besoin d'un bon nettoyage, en bref des choses tangibles, dans le seul but de contourner la véritable question : comment Vargr avait-il pu les retrouver aussi vite alors que, depuis leur fuite, elle se considérait en sécurité jusqu'à l'arrivée du printemps ? Elle reporta son attention sur le feu. Rien ne l'assurait que ces deux hommes étaient envoyés par son beau-frère. Comment cela aurait-il été possible ? Ne s'était-elle pas montrée très prudente ?

— Je me sentirai plus tranquille quand Gunnar sera là, remarqua Svana d'une petite voix.

Ragn lui saisit la main.

— Moi aussi, mais en attendant, nous allons devoir accueillir ces deux hommes. Impossible de nous montrer inhospitalières en cette période de l'année. Imagine un peu la réaction du *nisser* ! Pour qu'il reste au château, nous devons…

Elle laissa sa phrase en suspens, guettant le sourire de sa jeune sœur. Mais le visage de l'enfant restait grave.

— Est-ce que ça va recommencer comme avant ? demanda celle-ci. Comme quand des hommes sont venus mettre le feu chez nous ? Vargr prétendait vouloir nous protéger… Et pourtant… En plus, le bateau qui nous a amenées ici doit déjà être rentré à Kaupang…

Ragn jura à voix basse. Même si un membre de l'équipage qui les avait conduites dans l'île avait rapporté à Vargr qu'elles étaient toujours vivantes, il était impensable que celui-ci ait envoyé deux acolytes aussi vite.

— Le bateau est sûrement rentré, en effet. Simplement, n'oublie pas que nous nous trouvons maintenant à Jura. Or, Gunnar y jouit d'une très bonne réputation. Et il a le bras solidement armé.

— En surtout, ajouta Svana en relevant le menton, nous avons le *nisser*. Jamais il n'autoriserait qu'il arrive quoi que ce soit de mal à cet endroit ! Car où pourrait-il dénicher un porridge aussi succulent et bien préparé ?

— Si tu veux… Mais il y a aussi d'autres choses qui nous protègent. Comme les chiens-loups, par exemple. Rappelle-toi à quel point ils t'ont fait peur, la première fois, avec leurs dents pointues.

Dans un grand rire, Svana jeta les bras autour du cou de Kolka qui lui lécha aussitôt la joue.

— Ce sont mes amis à présent ! Même s'ils mangent le porridge du *nisser* !

Ragn libéra un long soupir de soulagement. Se levant, elle alla glisser par prudence le tisonnier au milieu des braises du feu brûlant de la cuisine et remplit deux cornes de bière.

L'une des leçons les plus importantes qu'elle avait apprises était qu'il valait toujours mieux anticiper ses actions que regretter ensuite de n'avoir rien entrepris. Or, en cet instant, gagner du temps en attendant le retour de Gunnar et de ses hommes était ce qu'elle pouvait faire de mieux.

— Veux-tu que je porte l'une des deux cornes ? proposa Svana.

Elle secoua la tête.

— Toi, tu restes avec les chiens. Hors de vue et à portée de voix, c'est-à-dire invisible mais pas trop éloignée. Au cas où je t'appellerais.

— Ragn, je veux rester avec toi.

— Tu seras tout près, ma douce, mais cachée avec les chiens. Et s'il se passe quoi que ce soit, si la moindre chose te met mal à l'aise, tu files vers le rivage avec eux et tu attends le retour de Gunnar. Promets-le-moi.

Comme elle le faisait souvent, l'enfant lissa les plis du tablier qui protégeait sa robe, et répondit :

— Je te le promets, mais j'aimerais que Gunnar soit là.

Ragn eut un sourire forcé.

— Il va rentrer à temps, ne t'inquiète pas. Pour le moment, reste dans l'ombre et il ne t'arrivera rien.

Comme ses mots semblaient apaiser sa sœur, Ragn espéra de tout cœur qu'ils soient le reflet de la vérité.

Elle sortit avec une corne de bière dans chaque main. Deux hommes à l'air désagréable arpentaient le sentier menant au château, avec peut-être l'intention d'aller frapper à la porte, ou de découvrir combien de personnes se trouvaient présentes, de les localiser avec précision et de définir les moyens de défense dont elles disposaient.

Ragn essaya de se rappeler où elle avait déjà vu l'un d'eux, le crâne à moitié rasé et les cheveux ramenés derrière la nuque en queue-de-cheval. Mais il disparut brusquement de sa vue. Peut-être le confondait-elle avec quelqu'un d'autre ? Elle attendit un peu, tâchant de mieux rassembler ses souvenirs, contente de savoir les deux chiens-loups tout près, tapis dans l'ombre.

De même se sentit-elle rassurée de constater que Svana

avait ramené sa capuche sur sa tête et se tenait derrière les chiens. La petite avait compris qu'elle ne devait pas se montrer.

À présent, l'affrontement pouvait commencer.

Tendant les cornes de bière à bout de bras, elle adressa le signe rituel de bienvenue puis s'écria :

— Bon Yule à vous deux ! Êtes-vous perdus ? Vous rendez-vous dans un endroit précis ? Il est rare de voir des voyageurs ici, mais vous êtes les bienvenus pour autant que vous veniez en paix !

Les deux hommes échangèrent un regard sournois. Le cœur de Ragn se mit à cogner plus fort, mais elle essaya de se persuader qu'elle se trompait, voyant de mauvais signes là où il n'y en avait pas.

— Nous nous trouvons en chemin vers un autre lieu, répondit l'homme à la queue-de-cheval tout en posant les yeux partout sauf sur le visage de son interlocutrice.

— Ici, poursuivit-elle, nous sommes loin de tout. Voilà pourquoi il n'est pas fréquent de voir des étrangers. Surtout arrivant par la terre et à cette époque de l'année.

Elle s'interrompit, attendant que son vis-à-vis s'explique.

— Êtes-vous là depuis longtemps ? demanda-t-il seulement en lui prenant la bière des mains sans la remercier.

— Assez longtemps.

Avoir de mauvaises manières n'était pas preuve de méchanceté, se dit-elle sans perdre son sang-froid.

— C'est votre fille ? Très mignonne…

L'homme à la queue-de-cheval venait de s'accroupir et tendait la main vers Svana qui, pour pouvoir suivre la conversation, s'était mise à découvert sans s'en rendre compte.

— Tu ne voudrais pas te montrer en pleine lumière, petite ? Viens et laisse-moi te regarder. Cela faisait longtemps que je n'avais pas vu d'aussi beaux cheveux que les tiens.

Ragn fit signe à sa sœur de ne pas bouger. L'homme fixait les cheveux de Svana de façon anormale. Soit parce qu'il les avait déjà vus et cherchait à les reconnaître soit, et c'eût été pire, parce qu'il recherchait une fillette aux cheveux blonds avec un défaut à l'œil droit et qui boitillait.

Elle réfléchit rapidement, espérant que cet homme fût un imbécile et la prît pour une idiote. Auquel cas, elle n'aurait qu'à abonder dans son sens. Ce serait plus efficace que d'attendre l'arrivée de Gunnar.

— Elle est timide, dit-elle en prenant une voix forte. Mais mon mari va bientôt rentrer et sera ravi d'apprendre les dernières nouvelles. Il manque tant d'informations à force de courir par monts et par vaux. Quant à vous, vous devez absolument rester un moment et goûter cette bonne bière de Yule !

— Il est parti à la pêche ? s'enquit l'autre homme tandis que celui à la queue-de-cheval jetait un regard renfrogné à son comparse. J'ai entendu dire que le saumon était abondant en ce moment.

Ragn sentit un frisson la traverser. Ces intrus avaient visiblement épié le château et savaient Gunnar absent, parti avec ses hommes en bateau. Aussi fit-elle la prière silencieuse qu'il revînt rapidement. Car, si les deux visiteurs avaient observé les lieux, ils avaient aussi probablement vu que le château ne comptait plus aucun guerrier sur place et que les serviteurs avaient été renvoyés chez eux afin d'y démarrer les préparatifs de Yule.

— Il ne va plus tarder, maintenant. Les jours raccourcissent chaque jour davantage et…

Elle émit un petit rire léger.

— Comme il va être content d'entendre les nouvelles de Viken !

L'homme à la queue-de-cheval tiqua et plissa les yeux.

— Il n'y a pas grand-chose à raconter. La vie là-bas reste la même.

— C'est bon de l'entendre dire ! s'écria Ragn en reculant d'un pas.

Elle s'arrêta. S'enfuir en courant n'était même pas envisageable. Pas dans cette robe. Son salut et celui de Svana ne résidaient pas dans ses pieds mais dans son cerveau. Ils dépendraient probablement aussi du moment où Gunnar rentrerait : avant que ces deux hommes aient commencé à agir ou après… Mais quel que fût le plan qu'ils avaient en tête, cette situation ne présageait rien de bon.

— Vous devriez vous reposer un peu avant de poursuivre votre chemin ! s'écria-t-elle en improvisant.

Les deux hommes échangèrent un regard mauvais. Non contents de la prendre pour une idiote, à présent, il la considérait aussi comme une femme naïve.

— C'est très aimable de votre part, mais nous ne voulons pas vous déranger.

— Les dieux le prennent très mal quand quelqu'un se montre inhospitalier au moment de Yule. Et, personnellement, je ne me risquerais pas à déplaire aux dieux.

Tout en parlant, Ragn s'était bien assurée de battre des cils comme il fallait afin de parfaire son rôle. Sa stratégie était simple : ne pas énerver ces hommes jusqu'au retour de Gunnar. Soudain, il lui apparut évident que celle-ci serait plus facile à mettre en œuvre dans la cuisine.

Après avoir murmuré une courte supplique aux dieux qui voudraient bien l'entendre, elle se tourna vers les visiteurs.

— Le repas chaud se trouve là, dit-elle en accompagnant sa phrase d'un mouvement du menton vers la cuisine. Et la pluie vient de recommencer à tomber. Voyez si vous avez envie de venir avec nous ou non. En tout cas, le ragoût est en train de mijoter sur le feu.

Mordant immédiatement à l'hameçon, les deux hommes la précédèrent en se pavanant. Comme elle les suivait avec Svana, l'enfant émit un petit bruit de gorge. Ragn la vit pointer le doigt en direction de la cape de l'homme à la queue-de-cheval.

Elle plissa les yeux. La broche en argent qui fermait la cape de cet individu ressemblait de manière troublante à celles des hommes de son beau-frère quand ils les avaient attaquées.

Néanmoins, elle se contenta de signaler à sa sœur de rester à l'écart. Les yeux de Svana étaient anormalement grands et brillants quand la petite fille acquiesça de la tête avec solennité. Pour autant, elle ne semblait pas sur le point de faire une nouvelle crise. Ragn adressa encore une supplique aux dieux de la laisser régler le problème sans que la vie de sa sœur soit mise en danger… et de faire en sorte que Gunnar arrive vite ! Cependant, elle supportait mal de le guetter avec tant de fébrilité et d'attendre qu'il règle le problème à sa place.

Fermant la porte derrière eux, elle se déplaça de manière que Kefla se couche au milieu du passage. Svana, quant à elle, demeurait dans l'ombre à côté de Kolka.

— L'hiver, à Jura, dit-elle sur un ton badin tout en se dirigeant vers le feu, le temps peut se révéler très capricieux. Aussi vaut-il mieux se trouver à l'intérieur. À présent, voyons un peu ce ragoût. De grands voyageurs comme vous doivent avoir faim.

Du coin de l'œil, elle surprit les deux hommes qui échangeaient un regard en haussant les épaules. Sa nuque se décrispa légèrement. Cette fois, ils la considéraient vraiment comme une sotte irrécupérable.

— Eh bien…, fit l'homme à la queue-de-cheval en se frottant les mains, il serait honteux de ne pas goûter ce ragoût pour voir s'il correspond à notre attente.

Elle servit le plat en prenant son temps et en faisant tout son possible pour retenir leur attention avant de leur passer les bols. Ce faisant, la sueur coulait le long de son dos. Les deux hommes engouffrèrent la nourriture en prononçant à peine un mot tandis qu'elle peinait à s'empêcher de saisir le tisonnier. *Observer et attendre.* Dans l'espoir que Gunnar et ses hommes rentrent plus tôt que prévu.

Tout en s'essuyant la bouche, l'homme à la queue-de-cheval fit une remarque à mi-voix qui fit ricaner son partenaire.

— Excusez-moi, dit-elle alors en attrapant le tisonnier pour le remplacer par un autre qu'elle mit à chauffer dans les braises, mais je n'ai pas saisi ce que vous disiez.

L'homme à la queue-de-cheval sourit.

— Seulement que Vargr Simmison envoie ses salutations à sa belle-sœur. Il veut savoir si tout se passe comme il se doit. En fait, Vargr se fait du souci pour vous et affirme qu'il vous retrouvera toujours. Où que vous alliez…

— Il m'envoie vraiment ses salutations ? demanda-t-elle

en s'efforçant de conserver un ton égal tandis que ses doigts se resserraient autour du tisonnier et que ses jointures devenaient blanches.

Vargr se faisait du souci ? De la savoir en vie, à n'en pas douter. Elle s'était visiblement trompée. Son passé n'était pas encore derrière elle.

— Vous lui répondrez que je ne représente pour lui aucune menace aussi longtemps qu'il nous laissera vivre en paix. Je n'ai pas l'intention de regagner le Nord. Partez, maintenant. Et allez lui délivrer mon message.

— Parce que vous imaginez qu'une simple femme comme vous peut nous forcer à partir…, dit l'homme à la queue-de-cheval en posant ses deux mains à plat sur la table.

Il prit appui sur ses paumes pour se lever.

— Kefla, Kolka, dit Ragn.

Kefla émit un grognement sourd auquel Kolka répondit immédiatement. Dans l'instant, la pièce résonna d'un bruit semblant venir d'un autre monde. La couleur quitta le visage des hommes qui froncèrent les sourcils. Kefla se dirigea vers eux et les renifla. Sa salive coulait le long de ses canines et gouttait sur leurs bottes. Les deux visiteurs hésitaient, ne sachant visiblement plus quelle conduite adopter.

— À présent, messieurs, déclara Ragn, je ne saurais trop vous suggérer de rester assis et de garder vos mains posées sur la table jusqu'au retour de mon mari. Vous avez abusé de mon hospitalité, en conséquence de quoi il devra décider de ce que nous allons faire de vous.

— Et si nous ne nous exécutons pas ? dit l'homme à la queue-de-cheval tandis que son ami ne pouvait détacher les yeux des chiens-loups qui, les oreilles dressées, tournaient autour de la table sans les quitter du regard.

Ragn approcha de l'homme l'extrémité rougeoyante du tisonnier pour qu'il lui chauffe la joue. L'intrus sursauta.

— Si vous refusez d'obtempérer, il vous reviendra le droit de choisir la manière dont vous préférez mourir, répondit-elle : avec l'aide de nos chiens-loups qui planteront leurs crocs dans votre gorge ou au moyen de ce tisonnier brûlant sur vos yeux. Suis-je assez claire ?

Dès l'instant où Gunnar posa le pied sur le sable, il comprit que quelque chose n'allait pas. Tout était beaucoup trop calme et silencieux alentour. Pas de chiens dans les parages, pas de Svana en train de faire des ricochets dans la mer et, le plus important, pas de Ragn sur le rivage, la main en visière et la robe plaquée sur ses longues jambes par la brise.

Il avait abordé le rivage à peu près sûr qu'elle serait là pour l'accueillir comme elle le faisait depuis plusieurs jours, le débarrassant du poisson avec célérité tout en donnant ses directives aux serviteurs et en lui racontant sa journée. Bien qu'il sût qu'il ne devait pas trop espérer sa présence, c'était pourtant ce qu'il avait fait, préparant même quelques anecdotes sur sa pêche dans l'espoir de les lui raconter et de la voir sourire. Ravalant sa déception, il posa le dernier panier de poissons à terre. Ce soir, il allait lui dire la vérité. Oui, en mer, l'idée lui était venue de lui expliquer qu'il s'intéressait maintenant à elle plus qu'à quiconque.

En avançant sur le rivage, il découvrit Svana recroquevillée juste au-dessus de la ligne de marée haute. Alors qu'il la rejoignait et qu'elle se levait à son approche, il remarqua ses lèvres bleuies par le froid. Comme si elle se trouvait dehors sous la pluie et dans le vent depuis longtemps. Mais ce fut surtout en s'apercevant que les chiens n'entouraient pas l'enfant comme d'habitude qu'il s'inquiéta pour de bon. Jamais Ragn n'aurait autorisé Svana à rester ainsi dehors toute seule. Quelque chose s'était passé alors qu'il se trouvait absent. Son sang se figea. C'était ici qu'il aurait dû être, et non sur la mer en train de pêcher avec ses hommes ! La malédiction avait frappé.

— Où est Ragn ?

La petite plissa les yeux.

— Dans la cuisine. Il y a deux hommes avec elle. Elle m'a ordonné de rester ici à t'attendre.

Il fronça les sourcils. Ragn aurait donc envoyé Svana dehors par un temps aussi glacial ? Ce qui signifiait qu'elle estimait sa sœur plus en sécurité dans ce froid polaire qu'à l'intérieur avec… ?

Il retint son souffle.

— Et les chiens ?

Terrorisée parce qu'il avait levé la voix, Svana blêmit. Déglutissant, il reprit en s'efforçant cette fois de garder son sang-froid :

— Ils devraient pourtant t'accompagner. N'avons-nous pas passé un contrat, toi et moi ? En mon absence, vous ne devez pas vous quitter, tous les trois.

— Oui, mais Ragn avait besoin d'eux. Quand elle a eu forcé les deux mauvais hommes à rester assis et à garder les mains posées sur la table, elle m'a appelée pour que je leur ligote les poignets parce que je sais bien faire les nœuds. Ensuite, elle m'a renvoyée dehors pour que je surveille ton arrivée. Est-ce que j'ai fait ce qu'il fallait ?

La petite fille se frotta les bras en grelottant.

— Il fait tellement froid ! En sortant, j'ai oublié de prendre une cape, mais je n'ai pas osé revenir sur mes pas. Ragn n'aurait pas du tout apprécié.

Mauvais hommes. Ligoter. Surveiller. Ragn était restée à l'intérieur avec deux agresseurs et se trouvait en danger ! Tétanisé, il sentit son cœur cogner dans sa poitrine. À Jura, Ragn et sa sœur étaient pourtant censées être en sécurité. Jamais il n'aurait pensé que quelqu'un se présenterait sur l'île en cette saison. Et il aurait voulu réprimander Ragn pour ne s'être pas immédiatement dissimulée et montrée plus prudente. Bien qu'elle l'ait raillé avec assurance à propos de cette malédiction dont elle se croyait à l'abri, le mauvais sort avait bel et bien frappé. Car il aimait Ragn, maintenant, il en était sûr. À cause de cela, il avait réveillé la malédiction et elle s'abattait sur eux. *Ragn en danger.* Cette pensée lui était intolérable. Il se hâta de regagner le château.

Arrivé dans la grande salle, il fixa la porte de la cuisine, n'osant imaginer ce qui se trouvait derrière.

— Est-ce que tu es fâché, Gunnar ? demanda Svana devant son silence qui se prolongeait.

— Tu as été très courageuse, au contraire. Mais je veux maintenant que tu files dans ta chambre te changer. Tes vêtements sont trempés. Allez, va vite !

Svana lui adressa un sourire joyeux.

— Quand tout sera arrangé, tu voudras bien m'envoyer les chiens ? Ils doivent vraiment se demander où je suis.

— Bien sûr. Ils aiment être avec toi !

Comme Svana partait en courant retrouver la chaleur de sa petite chambre, Gunnar dépêcha deux de ses hommes à sa suite pour la protéger. Attrapant son épée, il fit ensuite signe aux autres de le suivre.

Lorsqu'il ouvrit la porte de la cuisine, son cœur manqua un battement. Encadrée des deux chiens, Ragn tenait un tisonnier au bout brûlant dans une main, tandis que l'autre rougissait au milieu des braises. Autour de la table étaient assis deux hommes aux poignets attachés. Ragn était une femme incroyable.

— Ah, Gunnar, dit-elle avec un calme trompeur, sans oublier de faire une petite révérence, fermez la porte, je vous prie. J'ai besoin de votre avis sur la meilleure façon de résoudre un problème.

Il fit aller son regard de Ragn aux deux visiteurs terrifiés. La situation était décidément tout le contraire de ce qu'il avait imaginé.

— Mon avis ?

— Oui, il se trouve que ces hommes sont venus nous rendre visite alors que vous étiez déjà parti.

Là-dessus, elle abattit le tisonnier sur la table avec une brusquerie volontaire qui les fit sursauter.

— Figurez-vous aussi qu'ils sont venus m'apporter les salutations de mon beau-frère. J'ai pensé qu'il vous intéresserait d'en entendre par vous-même la teneur avant de décider comment y répondre.

Il tenta d'évaluer la scène posément et d'ignorer son cœur qui tapait fort dans sa poitrine. Si Ragn paraissait assez assurée, sa main agrippée au tisonnier révélait le contraire. Le plus important était qu'elle semblât être sortie indemne de l'épreuve. Il serra les dents avec l'envie de découper les deux intrus en morceaux car il était évident qu'ils avaient terrorisé sa femme. Pour le moment, il se contenta de serrer les poings. Le regard et l'attitude de Ragn disaient qu'elle avait un plan en tête. Il fallait découvrir lequel.

— Ainsi, votre beau-frère vous envoie ses salutations, relança-t-il d'une voix qu'il s'efforça de garder légère. Comment a-t-il appris aussi vite où vous demeuriez ?

— Quelqu'un a dû le lui révéler. Ou alors il aura découvert les broches de ma grand-mère que j'ai dû vendre pour payer le passage de Svana. Et, à partir de là, il aura fait son enquête.

Elle fit une petite moue.

— Mais cela n'a guère d'importance. Il paraît que ces messieurs ont l'intention de me poursuivre n'importe où je me rendrai sur terre. Voilà. Vous connaissez maintenant la tournure assez particulière des *salutations* de mon beau-frère.

Sur ces mots, Ragn fouilla les braises avec le tisonnier et haussa les épaules. Elle avait exprimé la menace dont elle était l'objet d'une voix ferme, mais la pâleur de ses lèvres disait à quel point l'avertissement de Vargr l'épouvantait.

— Ils ont projeté de vous poursuivre, murmura-t-il. Vraiment…

Une colère vibrante s'enracinait profondément en lui.

— Pour ma part, reprit-elle, j'estime que ce comportement est inadmissible de la part d'invités.

La fermeté de sa voix le sidéra. Ragn se contrôlait parfaitement.

— Kolka et Kefla sont d'ailleurs tombés d'accord avec moi pour leur arracher la gorge, poursuivit-elle. Mais il est possible que cette solution soit un peu trop hâtive. Ces intrus peuvent peut-être encore servir à quelque chose. Prenez vous-même la décision, je vous prie. Après tout, c'est vous le seigneur ici. Je ne suis que votre femme.

Devant la cruauté de la situation, Gunnar remercia les

dieux que son épouse ait su faire preuve d'un sang-froid et d'une vivacité d'esprit hors pair qui lui avaient sauvé la vie.

— Je suis reconnaissant autant pour votre vive intelligence que pour votre sens des convenances, déclara-t-il sur le même ton faussement badin.

— Votre femme se fait des idées, dit le visiteur à la queue-de-cheval avec un sourire crispé qui donna envie à Gunnar de lui mettre son poing dans la figure. Nous ne lui voulons aucun mal. J'attendais le moment opportun pour éclaircir tout cela. Nous sommes des étrangers ici et donc à la recherche toute simple d'un peu d'hospitalité. Pourriez-vous commencer par rappeler les chiens ?

— J'ai le sang versé en horreur, riposta Ragn. Surtout dans les cuisines. Cela leur donne un aspect vraiment trop vilain. Ces hommes ont beau essayer de me convaincre que je me trompe, je sais que quiconque arrivant d'aussi loin, à cette époque de l'année, qui plus est envoyé par mon beau-frère, ne peut que me vouloir du mal.

— La lady n'a aucune idée de ce dont elle parle. Il s'agit simplement d'une méprise.

Ce disant, l'homme à la queue-de-cheval fit une petite grimace et regarda Gunnar.

— Vous savez comment peuvent être les femmes… Il faut toujours qu'elles affublent la vérité de petites idées fantaisistes.

Une fois encore, Gunnar dut lutter pour garder les bras le long de son corps tant il avait envie de se jeter sur cet homme et de lui serrer la gorge. De son côté, Ragn s'était approchée de la table. Elle en frappa l'extrémité de son tisonnier.

— Ce genre de remarque, voyez-vous, m'énerve beaucoup. Et depuis toujours. De même que ceux qui dénaturent la vérité en considérant qu'on les croira parce que ce sont des hommes.

— Faites-moi confiance, messieurs, vous ne voulez pas voir ma femme énervée. En outre, pour votre gouverne, sachez que Ragnhild est l'une des personnes les plus intelligentes que je connaisse.

Le sourire que Ragn lui adressa lui réchauffa le cœur…

Même s'il ne le méritait pas. En tombant amoureux, il avait en effet défié le destin. Et en toute connaissance de cause…

— Il est aussi fou qu'elle ! s'écria l'un des deux hommes.

La violence de ses sentiments pour eux le choquait. Lorsqu'il se trouvait au cœur d'une bataille, il savait garder la distance et le détachement nécessaires. Mais il savait d'expérience que les envoyés de Vargr continueraient à traquer Ragn tant que celui-ci ne serait pas mis hors d'état de nuire. Et pour parvenir à cela, il allait falloir s'assurer le soutien de Kolbeinn.

— Peut-être même *plus* fou ! renchérit-il. Sauf que je considère Ragn comme un modèle de bonnes manières et la trouve dotée d'un sens rare de l'hospitalité. Et ce n'est pas mon cas.

Elle lui sourit de plus belle.

— Très délicat de votre part, Gunnar. Cela me réchauffe le cœur d'entendre les sentiments que vous me portez.

— Je prends le relais ?

— La proposition me convient très bien.

Il se demanda quelle femme était capable de conserver son calme aussi bien que Ragn. Dagmar peut-être ? Elle savait en outre parfaitement manier les armes alors qu'il doutait que Ragn reconnût l'extrémité d'une épée de son autre extrémité. Il déglutit. À partir d'aujourd'hui, elle allait devoir apprendre à se défendre comme il le fallait. Il ne supportait plus l'idée de la savoir vulnérable. Plus maintenant que la malédiction risquait de la frapper à n'importe quel moment.

— Venez-vous de la part de son beau-frère ? s'enquit-il tout en approchant son épée du cou de l'homme à la queue-de-cheval.

Celui-ci lui jeta un regard maussade.

— Cela ne vous regarde pas. Ne venez pas fourrer votre grand nez dans mes affaires.

— Vous envahissez ma demeure, insultez l'intelligence de mon épouse et imaginez que je vais rester sans réaction ?

L'homme à la queue-de-cheval eut un petit sourire satisfait.

— Cet individu a caché un objet appartenant à mon beau-frère à l'intérieur de sa cape, annonça à cet instant Ragn d'une voix calme mais ferme. Je l'ai vu quand il s'est assis à table. Or, son dessin était resté gravé dans ma mémoire. Svana vous le confirmera. Vous pouvez d'ailleurs vérifier par vous-même. En fait, cet homme tente de vous provoquer pour que mon beau-frère puisse aller crier partout que c'est vous qui avez ouvert les hostilités, puis réclamer en contrepartie le prix du sang versé. Voilà ce que fera Vargr si ce misérable est blessé.

— Vraiment ?

— J'ai vu mon beau-frère à l'œuvre. Il a déjà détruit plusieurs hommes de cette manière.

— Bravo, donc, d'avoir su retenir votre propre main tout à l'heure. En ce qui me concerne, j'ai en effet vu des hommes déformer la vérité.

— Merci.

Gunnar eut l'air pensif.

— En plus d'avoir envahi notre maison et abusé de notre hospitalité, ils m'ont donc aussi menacé… Si je leur coupais la tête ? La loi serait de mon côté puisqu'ils s'en sont pris à ma femme.

Il tourna les yeux vers les deux intrus :

— Avez-vous quelque chose d'utile à nous dire avant que je mette mon projet à exécution ? À moins que je vous renvoie tout simplement d'où vous venez et vous fasse traverser la mer… dans une barrique ?

— Vargr les-Pieds-Plats nous a vraiment envoyés ici, déclara le second homme, avant de glapir comme s'il recevait soudain un coup de pied sous la table. Il s'inquiète pour sa belle-sœur et craint que des hommes cherchent à l'utiliser. Depuis la mort de son mari, elle est encline à d'étranges délires.

— Utiliser ma femme ? Dans quel but ? rétorqua-t-il. Pour réclamer les terres qui lui reviennent de droit mais que Vargr a déjà revendiquées parce qu'elle est censée être morte ?

— Elle a juré de venger la mort de son mari. De fait, elle serait capable de mener quelque innocent guerrier à la mort.

En adressant un léger signe de tête à Ragn, Gunnar comprit que contrôler sa colère allait bientôt lui devenir impossible.

— Ma femme considérait ses terres comme perdues,

dit-il, et n'avait nulle intention de les réclamer. Mais à partir du moment où son beau-frère se sent obligé de faire traverser des mers glacées à deux de ses hommes pour lui nuire, la situation devient très différente…

D'un petit signe, il pria ses hommes de ligoter les mains des deux intrus. Derrière leur dos, cette fois. L'instant d'après, il les déchargeait de leur épée, des trois dagues qu'ils avaient dissimulées et d'une fiole contenant un produit s'apparentant à première vue à du poison. À peine eut-il versé le produit dans le feu que celui-ci se consuma en libérant un sifflement étrange et une fumée nocive qui fit tousser plusieurs hommes.

Bien que Gunnar ait détesté devoir retenir son bras, au moins les choses avaient-elles été menées et conclues correctement. Et il fit le vœu silencieux que son action ait fait lever la menace qui avait pesé sur Ragn et sa sœur jusqu'à présent.

— Êtes-vous venus en paix ? demanda-t-il aux deux malfaiteurs sur un ton bas. Où est votre bateau ?

— Dans un endroit sûr ! répondit l'homme à la queue-de-cheval en frappant les côtes de son comparse d'un grand coup de coude signifiant qu'ils allaient bientôt reprendre le dessus.

Gunnar adressa un signe de tête à ses hommes, qui obligèrent immédiatement les intrus à se lever. À leur regard, il comprit que ceux-ci le considéraient comme un simple d'esprit.

— J'ai très peu de temps à consacrer aux assassins qui transportent du poison.

— Il existe une explication à cela ! s'écria aussitôt l'homme à la queue-de-cheval. Vous n'avez aucune idée du genre de créatures que vous abritez maintenant sous votre toit ! Vargr croit à la prophétie de la sorcière ! Les sorcières voient dans le futur !

— Ragnhild et sa sœur n'ont rien fait à Vargr.

— Pas encore, mais elles en ont l'intention ! Cette femme ne reculera devant rien pour reprendre ses terres !

Gunnar serra les dents.

— Pour moi, l'intention de Vargr est évidente. Votre attitude l'exprime d'ailleurs trop bien pour que l'on risque de se méprendre.

Sur ces mots, il fit un geste à ses hommes qui poussèrent les scélérats vers la porte.

— Vous commettez une grosse erreur ! cria l'homme à la queue-de-cheval pendant qu'on l'emmenait. Connaissez-vous le montant de la récompense offerte en échange de ces deux créatures ? Vargr n'est pas homme à abandonner si facilement ! Vous vous mettez en danger, voilà ce que vous faites ! Et au bout du compte, vous allez tout perdre !

Gunnar haussa les épaules.

— L'un de nous deux perdra.

Se tournant ensuite vers Ragn, il constata son extrême pâleur et son admiration pour elle redoubla. Pour autant, il ne supportait pas de la voir ainsi. Pourquoi fallait-il que tout cela lui arrive à *elle* ?

— Ces deux misérables vont devoir être conduits à Colbhasa pour affronter la justice, déclara-t-il à Ragn dès que ses hommes les eurent emmenés. Laissons-les devenir *le problème de Kolbeinn*.

Ragn ne bougea pas plus que si elle s'était transformée en statue de pierre. Il la considéra plus attentivement, lui retira le tisonnier des mains et le jeta près de l'âtre. L'objet métallique rebondit à terre dans un grand fracas.

— Vous avez très bien accompli votre rôle. Il est terminé, à présent.

— Que les dieux en soient remerciés ! murmura-t-elle. C'est fini. Et Svana est saine et sauve.

— Vous l'êtes aussi, ajouta-t-il en l'entourant de ses bras et en lui caressant la tête pour calmer les tremblements qui la parcouraient.

En silence, il réitéra le vœu que la malédiction fût enfin levée.

— Vous avez parfaitement manœuvré, continua-t-il. Je connais peu de personnes qui auraient agi avec autant de courage que vous.

Elle laissa aller la tête contre son épaule.

— J'ai eu peur, mais ils étaient tous les deux si stupides et imbus de leur petite personne qu'ils n'ont remarqué la présence des chiens que quand il était trop tard. Nous étions déjà entrés dans la cuisine.

— Vous avez tout de même pris un grand risque, dit-il, les lèvres contre ses cheveux.

Et il se retint pour ne pas la disputer de s'être montrée aussi déraisonnablement courageuse. Pour ne pas la serrer très fort contre lui afin de s'assurer encore et encore qu'elle était saine et sauve. Vivante. La profondeur de ses sentiments pour Ragn était telle qu'il s'en inquiéta. Si quoi que ce soit lui était arrivé, il ne savait pas ce qu'il aurait fait. En outre, constater que c'était son amour pour elle qui avait amené le malheur sur sa vie le révoltait.

Hélas, leur départ pour Colbhasa était maintenant trop proche. Il ne disposait pas du temps nécessaire pour lui avouer son amour comme il l'aurait voulu.

— J'avais les chiens avec moi, répondit Ragn, et je savais que vous alliez revenir. Le temps jouait donc en ma faveur. Surtout à partir du moment où Svana avait attaché les poignets des deux malotrus.

— Jouait-il vraiment en votre faveur, le temps ?

— Oui. Plus il passait, plus il me rapprochait de votre retour. Par bonheur, ces deux mécréants se sont révélés facilement intimidables.

Sur cette constatation, Ragn recula d'un pas et sortit du cercle de ses bras.

— Vous avez eu de la chance, remarqua-t-il. Pour cette fois…

— Je m'étais donné tant de peine pour faire croire à Vargr que Svana et moi étions mortes…, dit-elle alors en se mettant à arpenter la pièce. Car la vie de ma sœur est plus importante pour moi que tout l'or du monde.

Résistant à la tentation de la reprendre contre lui, Gunnar déclara :

— Kolbeinn doit entendre tout ceci. Nous partons dès demain pour Colbhasa avec nos prisonniers.

— « Nous » ? Vous voulez dire que Svana et moi irons

aussi ? demanda Ragn comme si elle n'en croyait pas ses oreilles.

Il acquiesça d'un petit sourire sans lui dire que, désormais, il n'osait plus les laisser seules ni qu'il y avait toutes les chances pour que Vargr ait dépêché bien plus de deux assassins pour la faire disparaître avec Svana.

— Il faut que Kolbeinn vous rencontre toutes les deux, surtout quand on sait que c'est lui qui a envoyé Maurr me voir. Simplement, nous arriverons à Colbhasa un peu plus tôt que la date prévue.

Ragn jeta un coup d'œil derrière son épaule.

— Le château sera-t-il en sécurité quand vous l'aurez quitté ?

Comme s'il avait le choix de la laisser seule ici avec sa jeune sœur après ce qui venait de se passer ! Non, pas question. Il tenait même absolument à ne plus la perdre de vue. Et il lui faisait confiance pour s'intéresser à l'aspect concret des choses plutôt que, lorsqu'ils seraient à Colbhasa, chercher à passer son temps avec lui. Oui, il savait que leur relation n'était pas construite sur une admiration réciproque ni sur l'amour, mais qu'elle avait une base purement pratique.

— Mes hommes protégeront mon château jusqu'à notre retour. Maintenant que nous savons que le danger rôde, nous ne nous ferons plus prendre par surprise.

— Et ensuite ? Une fois que vous aurez traîné ces hommes devant Kolbeinn, que se passera-t-il ?

— Dès qu'il m'y autorisera, je me rendrai dans le Nord. Vargr a attaqué des personnes qui se trouvaient sous ma protection. Il doit payer.

— Je ne veux pas vous savoir menacé à cause de moi, murmura Ragn en serrant les bras autour d'elle. Quand tout cela va-t-il finir ?

Il la reprit contre lui et l'embrassa sur les lèvres, émerveillé de ne l'avoir jamais vue faible. Ragn était fine, mais elle était d'acier. Après de telles épreuves, tant de femmes se seraient écroulées. Pas elle. Une fois encore, la force des sentiments qu'il sentait monter en lui quand il songeait à elle ou qu'il l'étreignait l'effraya. Après tout ce qu'ils avaient traversé, seule l'intervention des dieux pouvait expliquer que Ragn fût encore en vie et que, de son côté, il n'ait pas dû retourner sur une nouvelle scène de carnage. Jamais il ne deviendrait assez bien pour elle. Jamais il ne parviendrait à la défendre contre cette malédiction trop réelle qui le poursuivait et, maintenant, la menaçait directement.

— Ne me croyez-vous pas capable de m'occuper de moi-même ? demanda-t-il.

— Bien sûr que si, mais je tiens absolument à être là-bas tout de même, répondit Ragn. Vous aurez besoin de moi si vous devez vous confronter à Vargr. Car je sais qui il est et comment il se conduit. Oui, si vous voulez avoir une chance de l'arrêter, je dois me trouver à votre côté.

Tendant la main vers lui, elle lui effleura la joue.

— Vous me laisserez faire, n'est-ce pas… ?

Il appuya le visage contre la paume douce qui le caressait, mais suspendit soudain son geste. Les paroles et l'intonation de Ragn venaient de lui rappeler celles de Dyrfinna juste avant qu'elle le trahisse.

Une pensée insidieuse s'insinua immédiatement en lui. Ragn n'était pas le genre de personne à abandonner facilement la partie ni à se laisser déposséder. Avait-elle anticipé depuis le début que les hommes de Vargr viendraient la chercher jusqu'ici ? L'avait-elle utilisé comme un moyen d'assouvir sa vengeance contre Vargr ainsi que les deux scélérats venaient de le prétendre ? Pourquoi une femme aussi accomplie que Ragn s'était-elle contentée d'épouser un simple guerrier comme lui ? La suspicion le saisit tout entier, dévastatrice. Oui, depuis le début, cette femme suivait un plan bien tracé. Et elle avait agi comme Dyrfinna avant elle en l'utilisant à des fins cachées et toutes personnelles.

Décidément, il s'était montré d'une naïveté et d'une crédulité confondantes ! La colère monta en lui mais il lutta pour la contenir, tandis que son cœur lui criait qu'il devait donner à Ragn une chance de s'expliquer.

— Je croyais que vous vouliez garder Svana en sécurité,

remarqua-t-il tout en accompagnant son commentaire d'un regard qui aurait envoyé la plupart de ses hommes se cacher en courant.

Les yeux de Ragn glissèrent sur lui pour se poser un peu plus loin.

— Elle voyagera avec nous et demeurera en compagnie de Trana quand nous devrons nous rendre à la cour. Si vous voulez voir votre expédition couronnée de succès, vous devrez pouvoir prouver que vous me représentez et parlez en mon nom. Et je serai cette preuve.

— Vous avez beaucoup réfléchi à tout cela…

— Pendant que j'attendais votre retour, mes pensées ne cessaient de revenir sur le sujet. Avoir l'esprit tout le temps occupé m'aidait à tenir, à ne pas perdre pied.

Tout en parlant, Ragn lissait sa robe d'une main tandis qu'une petite lueur de triomphe brillait au fond de son regard.

Il serra les poings. La réponse de son épouse était tombée trop vite et avec bien trop d'éloquence. À l'évidence, cela faisait longtemps qu'elle songeait à cette situation et avait parfaitement préparé son petit complot. L'énormité de cette trahison le frappa comme si on venait de lui donner un coup violent dans le ventre.

— Nous verrons ce que dira Kolbeinn.

Comme les yeux de Ragn s'enflammaient, il déclara sans lui laisser le temps de rien ajouter :

— Si vous voulez que Kolbeinn agrée notre présentation ainsi que notre interprétation des faits, et que Vargr cesse de représenter pour vous une menace, vous allez avoir besoin de mon aide. C'est tout ce que je puis faire pour vous. Je ne pourrai m'opposer à Kolbeinn à qui j'ai prêté serment d'allégeance.

En prononçant ces paroles, il devait mener un violent combat pour conserver son calme.

— Pourquoi n'êtes-vous pas demeurée à Viken ? reprit-il en poursuivant son idée. Pourquoi n'avez-vous pas trouvé là-bas un guerrier qui aurait pris soin de vous ?

Ragn pencha la tête sur le côté en regardant dans le vide.

— Quel guerrier aurait choisi de m'aider alors qu'il pouvait tenter d'obtenir les faveurs de Vargr en me livrant ?

— À moins que vous vous soyez dit qu'une fois mariée vous sauriez cajoler, voire contraindre votre époux à défier votre ancien beau-frère. Dans le but, évidemment, de récupérer vos terres.

— Je vous aime, murmura Ragn. Je n'en avais pas l'intention et c'est bien la dernière chose que vous demandiez, mais c'est ainsi. Or, sur cet amour, je jure que je n'ai jamais prémédité ces choses que vous semblez croire. Me venger de Vargr ne faisait pas partie de mes projets.

Il eut l'impression que Ragn lui enfonçait un couteau dans le cœur. L'amour ? Comme par hasard, elle ne lui en parlait qu'au moment où il l'interrogeait sur les plans qu'elle avait établis pour reprendre ce qui lui appartenait. Le pensait-elle naïf au point de ne pas comprendre qu'elle avait peu à peu essayé de le mener au doigt et à l'œil ? Il prit une profonde inspiration. Dire qu'il s'était senti prêt à offrir son amour à Ragn alors que tout ce qui l'intéressait était de recouvrer ses terres…

Au fond de lui, son cœur continuait à protester et à lui crier qu'il s'égarait, mais il n'avait pas envie de l'écouter. Jamais il n'avait séduit les femmes comme Ragn. Pourquoi en aurait-il été autrement aujourd'hui ? À part l'aider dans la quête qu'elle poursuivait, que pouvait-il lui apporter de plus ?

— Vous n'auriez pas dû vous inquiéter, dit-il d'une voix blanche. J'aurais accompli mon devoir même sans cette petite sucrerie supplémentaire. L'amour est la seule chose que je n'attends et n'attendrai jamais de vous. Jamais !

La déclaration avait jailli de ses lèvres sans qu'il ait pu la retenir.

Ragn tressaillit comme s'il l'avait frappée et se redressa, la nuque raide et le visage aussi sévère que s'il avait été sculpté dans la pierre.

— Je vois, dit-elle. C'est la dernière fois que j'offre mon cœur. Jamais plus je ne le ferai. Évidemment, ma sœur et moi vous restons très reconnaissantes de la protection que vous nous apportez.

L'irrévocabilité contenue dans la voix de Ragn fit naître en lui une souffrance qui l'atteignit au plus profond de son âme, encore plus terrible que celle qu'il avait ressentie en découvrant sa mère et ses sœurs mortes. Mais il la repoussa. Ragn pouvait bien l'avoir utilisé, il l'aiderait à réaliser son seul rêve, celui qui la consumait entre tous : récupérer les terres dont Vargr l'avait spoliée. Alors, ils en auraient fini l'un avec l'autre. Elle sortirait de sa vie tandis que lui pourrait retourner à sa solitude et ne jamais avoir à payer d'avoir de nouveau donné son cœur.

Réfléchissant à l'ampleur de la trahison dont elle s'était rendue coupable, il songea que, s'il parvenait à la haïr, la malédiction qui l'avait personnellement frappé ne pourrait plus atteindre Ragnhild.

— Vous êtes ma femme, déclara-t-il. Et en tant que telle, vous pourrez toujours compter sur ma protection.

Chapitre 13

Les accusations de Gunnar résonnaient encore aux oreilles de Ragn tandis que l'embarcation, tanguant sur les vagues, poursuivait son chemin vers Colbhasa. Ce que Gunnar prétendait n'était pas vrai. Ce n'était pas pour cela qu'elle s'était déclarée. Si elle l'avait fait, c'était seulement parce que, persuadée d'être amoureuse, elle avait cédé à son envie de le lui dire tout haut. Juste une fois. Mais il ne voulait pas de son amour.

Elle eut un petit rire amer. Toujours la même Ragn. Et toujours cette même foi stupide en l'amour, soi-disant capable d'attendrir les cœurs les plus endurcis. Le sien protestait, lui rappelant que Gunnar avait librement choisi de continuer à la protéger. Mais cela ne prouvait rien. Jamais il ne lui retournerait ses sentiments, c'était évident. Encore moins maintenant qu'elle désirait être aimée.

Elle s'obligea à maintenir son regard fixé sur le gris des vagues plutôt que de chercher sur le visage de Gunnar la douceur dont elle avait besoin et qu'elle n'y trouverait pas. La terrible confusion qui régnait à présent entre eux n'était pas de son fait. Personne n'aurait pu deviner que Vargr ferait traverser la mer à des assassins en hiver. Surtout pas elle, convaincue que, depuis le début, son beau-frère la croyait morte en même temps que Svana.

L'enfant ne s'était du reste pas trompée au sujet des broches de *mor-mor.* Jamais il n'aurait fallu les vendre. Mais dans ce cas, comment se seraient-elles enfuies toutes les deux ? De plus, le moment où elle avait dû les sacrifier remontait bien avant sa rencontre avec Gunnar. Décidément, leur mariage était condamné avant même d'avoir été célébré. Enfin, comment pourrait-elle demeurer à Jura quand Gunnar lui reprochait sûrement d'avoir brisé la paix qui y régnait quand il vivait seul ?

Malgré tout, chaque fois qu'une vague heurtait la coque du bateau, le cœur de Ragn lui murmurait qu'elle se trompait.

Le voyage vers Colbhasa occupa la plus grande partie de la matinée. La mer était agitée de vagues à la crête mousseuse, et une pluie drue avait commencé à se déverser du ciel.

Ragn se pencha vers Svana pour mieux lui fermer son étole. Des gouttes d'eau s'étaient prises dans les cils de l'enfant et le froid lui rosissait le nez, mais la petite parvint quand même à lui adresser un pauvre sourire.

— Avec tous les voyages que tu as déjà faits, dit-elle à Svana pour la faire rire, je suis sûre que tu ferais un bon marin.

La petite fille secoua la tête sans paraître entendre.

— La mer semble moins démontée quand c'est Gunnar qui pilote le bateau.

Son cœur se serra. Svana ne manquait pas de courage. Mais surtout, elle idéalisait Gunnar. Ragn se mordilla la lèvre. À cause de cette stupide et très malvenue déclaration d'amour, elle avait ruiné l'existence de sa jeune sœur une seconde fois.

— Oui, répondit-elle en s'efforçant de prendre un air convaincu, je fais confiance à Gunnar pour nous mener à bon port.

Les deux prisonniers se trouvaient enchaînés et enfermés dans la cale, tandis que Ragn et Svana demeuraient dans la cabine près de Gunnar dont la plupart des hommes étaient restés au château au cas où celui-ci deviendrait la cible d'une nouvelle attaque.

*
**

Quand ils arrivèrent dans le port, Ragn se frotta les yeux. Le nombre de bateaux arrimés devait égaler le nombre de ceux qui se trouvaient à Kaupang !

— Parmi toutes ces embarcations, demanda-t-elle à Gunnar, quelle est la vôtre ?

— Je l'ai vendue quand j'ai reçu mes terres pour me retirer des batailles.

Mais, pointant le doigt vers un bateau à la proue ornée d'un magnifique dragon rouge, il précisa :

— Le voilà. C'était le mien. Si vous regardez bien juste au-dessus de la ligne de flottaison, vous remarquerez les stigmates de la bataille au cours de laquelle j'ai vaincu Thorsten, le chef des Normands, deux étés auparavant.

Ses yeux scintillèrent.

— Elle a compté double. Je m'étais juré au moins cinq fois d'arriver à Valhalla avant la tombée de la nuit.

— Et y êtes-vous parvenu ?

Il eut un grand rire.

— C'est cette bataille même qui a achevé de convaincre Kolbeinn que je méritais de recevoir des terres.

Plusieurs hommes se hâtèrent vers l'embarcation pour faciliter l'accostage. Leurs exclamations empêchèrent Gunnar de poursuivre son récit. Quand la manœuvre fut terminée, Ragnhild constata, sourcils froncés, que personne ne leur apportait de rafraîchissements. Toutefois, elle devait reconnaître que l'enceinte de Kolbeinn ressemblait presque à une petite ville. Les règles de l'hospitalité devaient y être différentes.

— Qui est cette femme ? demanda l'un des gardes de Kolbeinn alors que l'on aidait Ragn à descendre.

— Cette femme est mon épouse, Ragnhild, répondit Gunnar d'une voix forte. J'attends donc que vous l'honoriez comme telle.

— Votre épouse ? répéta l'homme en se frottant doucement la nuque. Pour une fois, Maurr aura donc raconté la vérité. En l'entendant pérorer sur l'hospitalité extraordinaire qu'il avait reçue et, par-dessus tout, la gentillesse de votre femme, je m'étais demandé s'il ne nous narrait pas quelque conte d'un pays lointain. Cependant, cette femme ne semble pas du tout votre genre.

Le silence tomba sur le quai. De honte, Ragn eut envie de se cacher. Gunnar la serra contre lui.

— À votre avis, qu'est-ce qui rendrait donc son… genre incompatible avec le mien ? Sa beauté ?

Avant de partir, elle s'était dit qu'une fois le voyage terminé elle pourrait commencer à détester Gunnar. Et puis voilà qu'il faisait cette chose merveilleuse de la prendre sous son aile pour la défendre. Bien sûr, il ne lui échappait pas que Gunnar se comportait ainsi uniquement parce que les mots du garde l'avaient irrité.

— Je voulais juste dire qu'elle paraissait trop subtile pour quelqu'un comme vous, repartit le garde. Maurr nous a raconté qu'elle savait lire les runes et que sa cuisine lui était inspirée par les dieux.

— C'est vrai qu'en écoutant Maurr parler nous avons cru à une farce, affirma finalement un autre homme. Personne ne s'attendait à ce que vous vous mariiez et encore moins avec une beauté comme celle que nous avons devant les yeux. J'avoue que, si elle n'était pas mariée, je rivaliserais avec plaisir contre n'importe qui pour obtenir sa main.

Un murmure d'approbation soutint la remarque de l'homme tandis que Gunnar se renfrognait.

— Je ne partage pas ce qui m'appartient ! déclara-t-il. Gardez bien cela en tête et traitez ma femme avec respect.

Gunnar l'avait encore défendue parce qu'elle était sa femme et qu'il voulait s'assurer que tout le monde la respectât. Pourquoi en souffrait-elle tant à chaque fois, alors qu'elle le savait déjà ? Parce que l'espoir s'éloignait un peu plus à chaque échec ? Rassemblant les pauvres lambeaux de fierté qui lui restaient, elle s'efforça de garder la tête haute tout en suivant le groupe qui se mettait en marche vers la grande salle où Kolbeinn rendait justice.

L'endroit était splendide et ne ressemblait à rien qu'elle eût déjà vu à Viken. De riches tapisseries recouvraient les murs et Kolbeinn trônait sous un dais, sur une haute estrade.

Tout, en ce personnage, exprimait le pouvoir et le prestige d'un homme ayant prêté serment d'entière allégeance au roi. Dans ces conditions, oserait-il se dresser contre Vargr, l'un des conseillers les plus proches du roi, risquant de perdre le luxe qui l'entourait aujourd'hui ?

Gunnar mena ses deux prisonniers vers l'endroit où se trouvait Kolbeinn. Quand il approcha, le bourdonnement des voix s'interrompit.

À la droite de Kolbeinn se tenait une jeune femme joliment vêtue à côté de laquelle se trouvait un jeune homme celte. À sa gauche, une femme rondelette et plus âgée. Ragn remarqua que la chevelure de Kolbeinn était striée de blanc et qu'il dégageait une certaine autorité. En apercevant les quatre personnages, Gunnar ralentit légèrement, puis reprit son avancée d'un air résolu. Ragn fit alors signe à Svana de demeurer un peu plus loin avec les chiens-loups. Acquiesçant d'un signe timide de la tête, l'enfant suivit la consigne de sa sœur.

— Qui est le jeune couple ? demanda discrètement celle-ci à Gunnar en le rejoignant.

— Il s'agit de Dagmar Kolbeinndottar et de son mari, répondit-il à voix basse. Je ne m'attendais pas à les voir ici. Ils ont dû arriver tôt pour Yule et regagneront Ile pour le Noël chrétien. En se mariant, Dagmar s'est en effet convertie à la nouvelle religion. À une époque, je combattais sous ses ordres. Je lui avais prêté allégeance. C'était une bonne commandante.

Ragn fixa la femme. Si elle connaissait l'existence de guerrières, elle n'ignorait pas que la plupart ne commandaient jamais. Mais Dagmar ne ressemblait pas à une femme que l'on cantonne à un rôle subalterne.

— Sa présence en ce lieu peut-elle servir notre cause ?

— C'est à son père, Kolbeinn, que reviendra la décision finale.

En voyant le mari de Dagmar se pencher vers son épouse pour lui murmurer quelque chose tandis qu'elle lui posait la main sur le bras, elle envia terriblement cette femme. Leur complicité témoignait de la qualité de leur entente. L'espace d'un battement de cœur, elle se prit à désirer très fort que, juste une fois, Gunnar la considérât avec fût-ce la moitié de l'amour que le mari de Dagmar avait au fond des yeux.

Elle secoua la tête en se rappelant que Gunnar ne lui demandait pas de l'aimer. Elle lui avait dévoilé l'amour qu'elle éprouvait pour lui et il le lui avait renvoyé au visage. Parce qu'il était persuadé qu'elle l'avait manipulé.

— Gunnar Olafson, vous vous présentez à nous avant le moment où nous attendions de vous voir arriver chargé de présents, remarqua Kolbeinn avec un mouvement de tête en direction des prisonniers bâillonnés. Que se passe-t-il ?

Gunnar lui exposa la situation de manière claire et concise, tout en se contentant de vagues détails sur les conditions dans lesquelles Ragn était devenue sa femme.

— Vous dites que, sans avoir été nullement provoqués, ces hommes ont attaqué votre épouse.

— Mon épouse et sa sœur, précisa Gunnar. Leur beau-frère a décidé de s'emparer de leur héritage et leur veut du mal. Ce que j'ai besoin de savoir est si vous avez octroyé à ces individus l'autorisation de m'attaquer, ainsi que ma famille, sur mon territoire.

Kolbeinn se tapota le bout des doigts.

— Au service de qui sont ces individus ?

— De Vargr Simmison, l'un des conseillers du roi.

Gunnar ôta le bâillon de celui qui portait une queue-de-cheval.

— Vous pouvez le leur demander. Leur langue est toujours dans leur bouche et nous ne l'avons pas abîmée. J'estime en effet mon or trop précieux pour servir à payer le prix du sang, quel qu'il soit, de ces deux tas de boue.

— Ce que Gunnar Olafson vient de dire est-il vrai ? s'enquit Kolbeinn. Vous êtes-vous rendus sur ses terres dans l'intention de nuire à sa famille ?

L'homme à la queue-de-cheval secoua la tête et adressa à Kolbeinn le sourire d'un homme qui cherche à se faire bien voir de son interlocuteur.

— Je suis au service de Vargr les-Pieds-Plats qui se trouve être un grand ami du roi. Il s'assied d'ailleurs à sa droite de Sa Majesté depuis qu'il lui a sauvé la vie au cours d'une bataille. Quant à leurs épouses, elles sont très proches. Aussi dois-je protester devant cette allégation mensongère, indigne de quiconque a prêté allégeance au roi. Peut-être que Ragnhild Thorendottar acceptera de nous expliquer le sens de ses actes.

L'homme à la queue-de-cheval termina son exposé avec un petit air suffisant qui fit regretter à Ragn de ne pas s'être débarrassée de lui dès le moment où elle l'avait tenu en son pouvoir. Cela aurait beaucoup simplifié les choses.

Poings serrés, elle s'éclaircit la gorge avant de commencer sa défense.

— Je ne donnerais même pas l'heure au *jaarl* Vargr Simmison ! Petit couard pleurnicheur ! tonna alors Kolbeinn en devenant rouge cramoisi avant qu'elle ait pu proférer le moindre son. Alors vous pensez, lui donner le droit d'attaquer le château de l'un de mes hommes ! Son père s'est servi sur mes propres terres à Viken et Vargr l'a aidé à me tromper !

Le sang quitta le visage de l'homme à la queue-de-cheval.

— Je l'ignorais.

— Lorsqu'un homme agit une fois de la sorte, il est fort probable qu'il recommence. Surtout contre une veuve, comme c'était le cas de Ragnhild.

Gunnar n'avait pas parlé fort, mais sa voix avait néanmoins porté jusqu'à l'extrémité de l'immense salle. Comme un murmure approbateur s'élevait de l'assistance, Ragn fit signe à Svana de se rapprocher d'elle. Pour la première fois depuis que les assassins avaient fait leur apparition, elle se prenait à espérer que Gunnar réussirait à obtenir gain de cause sans perdre la vie ni ses terres.

Dès que l'espoir renaissait, l'envie de le réprimer la prenait, mais il résistait à chaque fois. Pourtant, à quoi bon ? Elle savait bien que, même si Kolbeinn envoyait les deux hommes au roi Harald, ils resteraient impunis. Car jamais Vargr n'oserait déplaire aux *jaarls* des Hébrides extérieures, et le conflit se réglerait en fin de compte à l'amiable.

Gunnar inclina la tête en adressant une prière à tout dieu qui serait en train d'écouter.

— Qu'en dites-vous, *far* ? demanda Dagmar à son père.

— Pour avoir vu Vargr à l'œuvre avec des terres appartenant à mon père, je le crois absolument capable de tenter d'en usurper d'autres.

Kolbeinn caressa sa courte barbe d'un air pensif.

— Vous avez bien fait, Gunnar, d'amener ces hommes ici. Cela fait longtemps que j'attends le jour du jugement.

L'homme à la queue-de-cheval frotta le sol de la pointe de son soulier.

— Tout cela est de l'histoire ancienne. Je n'ai fait qu'obéir aux ordres.

— Dommage que vous les ayez exécutés avec un tel empressement, remarqua Gunnar. La plupart des hommes auraient trouvé une bonne raison pour retarder une telle mission. La repousser après Yule, par exemple. Mais vous vous êtes hâté de l'exécuter. Car vous en mouriez d'envie…

— Le roi saura entendre tout cela, repartit son prisonnier en tapant du pied. J'exige une compensation aux brutalités que l'on est en train d'infliger à un messager du roi !

— Quel est donc ce message que vous apportez de la part du roi ?

L'accusé pinça les lèvres.

— Cet homme ne manifeste aucun respect pour ma personne. C'est tout ce que je veux dire.

Dans la seconde, l'immense salle résonna d'une cacophonie de rires, de jurons et de marmonnements.

Ragn serra les bras autour de sa taille. Contre toute attente, la foule se mettait de son côté et de celui de Gunnar. Mais elle se ressaisit bien vite. Que se passerait-il quand Vargr dépêcherait de nouveaux assassins ? Puis d'autres encore ?

— Pourquoi n'avez-vous pas tué ces hommes ? s'enquit Dagmar d'une voix ferme qui porta dans chaque recoin de la salle. La provocation était grave et cet homme aurait ensuite tenu sa langue pour toujours.

— Je peux trouver un moyen pour vous faire tenir la

vôtre, dit l'homme à la queue-de-cheval avec un regard fourbe. Vous devriez laisser parler ceux qui font cela mieux que vous, ma petite.

L'ancienne guerrière haussa un sourcil. Le silence s'abattit dans la salle. Quelque part dans le fond, une épée frappa le sol avec un grand bruit. L'écho se propagea partout.

Dagmar attendit que le silence soit revenu avant de laisser échapper une petite toux sèche.

— Pardonnez mon audace, *far*, dit-elle à son père, mais, il y a un certain temps, Gunnar Olafson m'a juré fidélité et a servi sous mes ordres. Je me dois donc de lui poser quelques questions supplémentaires avant de passer aux conclusions. Puis-je l'interroger ?

Kolbeinn hocha la tête.

— Répondez à ma fille, Gunnar. Pourquoi avoir agi de cette manière et amené ces hommes ici au lieu de les tuer ? Vous avez assez d'argent pour payer le prix du sang.

Gunnar s'inclina légèrement.

— Parce que les hommes comme eux sont plus utiles vivants que morts. C'est lorsque j'étais au service de *my lady* que j'ai appris qu'il vaut mieux faire face au cœur du serpent qu'à ses crochets.

— Depuis plusieurs mois, le pouvoir de Vargr les-Pieds-Plats ne fait que croître, dit Dagmar en fronçant les sourcils. C'est une rumeur que j'ai d'abord entendue circuler et que j'ai ensuite pu moi-même vérifier. Elle est fondée. Apparemment, Vargr s'imagine pouvoir tirer parti de toute dispute pour s'emparer de nouvelles terres, et viserait en particulier l'un des vastes territoires de Harald.

— *My lady*, demanda Gunnar, êtes-vous en train de dire que nous devons ignorer l'insulte parce qu'elle émane d'un homme trop puissant ? Pour ma part, je ne puis envisager de m'y résoudre et ne le ferai point.

— Depuis toutes ces années, Vargr n'a jamais été ami avec mon père. C'est un homme avec qui il convient d'avancer avec grande prudence. En pareille circonstance, nous devons aussi nous assurer de pouvoir maîtriser les dommages et les torts qui résulteront de tout ceci.

— Pour le moment, reprit Gunnar, il me semble que nous pouvons résumer la situation ainsi : Vargr a envoyé des hommes à lui sur les territoires appartenant à Lord Ketil et à votre père sans demander la permission à quiconque. Cela nous donne donc toute légitimité pour une contre-attaque.

Il frappa ses poings l'un contre l'autre.

— Avant d'agir, le droit lui commandait d'obtenir l'autorisation du suzerain des îles concernées. À votre réaction, Kolbeinn, je crois comprendre qu'il vous a également manqué de respect dans le passé. Qui peut dire comment il se comportera à l'avenir ? De quelle autre façon vous manquera-t-il de respect, ainsi qu'à Lord Ketil ?

Kolbeinn laissa échapper un grommellement, mais Ragn remarqua que ses pupilles brillaient. Il approuvait davantage les paroles de Gunnar que celles, plus prudentes, de sa fille. Sans remuer les lèvres, elle chuchota un remerciement aux dieux.

Hochant la tête, Dagmar poursuivit à l'adresse de son père :

— Il existe différentes façons de faire les choses. Agir comme des voleurs va contre notre loi, *far*. Gunnar a fait ce qu'il fallait en amenant ces hommes devant vous plutôt que de les tuer. Il ne leur doit donc aucune compensation.

Dans un murmure approbateur, la salle entière soutint sa réflexion.

— Et que vais-je faire d'eux, maintenant ? tonna Kolbeinn.

— Considérez-les comme mon cadeau de Yule, dit Gunnar en s'inclinant. Le cadeau d'un membre loyal de votre *félag*. Je souhaite renouveler mon serment d'allégeance à votre personne dès ce soir avant de vous demander l'autorisation de partir dans le Nord corriger l'insulte qui a été faite à vous et notre *félag*, cet ensemble solidaire que constituent vos membres fidèles.

Cette fois, ce fut une ovation que l'assemblée réserva à Gunnar tandis que, sur son estrade, Kolbeinn rayonnait.

— Nous rediscuterons ensemble après que vous aurez prêté serment, Gunnar Olafson, dit-il. Entre-temps, laissez-moi ces hommes, je m'en charge. Car manquer de respect à mon autorité ne saurait en aucun cas être toléré.

— Cela s'est mieux passé que ce que j'attendais, dit Gunnar en ouvrant le chemin vers la petite hutte qu'il possédait à Colbhasa.

Il se sentait le cœur plus léger. Sans doute parce qu'il lui était beaucoup plus facile de se concentrer sur ce qu'il pouvait faire pour aider Ragn à récupérer ses terres que de chercher à tout prix des raisons de la haïr. Néanmoins, il aurait dû la haïr à cause de sa trahison. Mais c'était en vain qu'il tentait de s'y résoudre. Ragn lui était trop chère.

Une odeur de moisi les accueillit quand ils entrèrent à l'intérieur de la modeste demeure. Personne ne s'était rendu dans la hutte depuis l'été précédent et elle avait besoin d'être aérée. Gunnar ouvrit la petite fenêtre et alluma un feu tandis que Svana s'installait avec les chiens sur une botte de paille. Elle dormait déjà quand Ragn s'assit sur le banc.

— L'odeur va bientôt disparaître, dit-il. Ce n'est pas très agréable mais au moins, les murs sont solides et nous passerons la nuit à l'abri de la pluie.

— Pensez-vous que Kolbeinn vous autorisera à vous rendre dans le Nord ? demanda Ragn au lieu de commenter l'état de la hutte. Ou se contentera-t-il d'ignorer votre requête et de décider, après réflexion, que Vargr est trop puissant pour se l'aliéner ?

L'étincelle qu'il s'était habitué à si souvent déceler chez Ragn avait disparu de son regard. Intrigué, il l'observa avec attention. Les yeux de sa femme étaient rougis comme si elle avait beaucoup pleuré. Son cœur se serra et il eut envie de la prendre dans ses bras pour la rassurer. Mais le mensonge refusa de franchir ses lèvres.

— Avec Kolbeinn, répondit-il, sincère, on ne sait jamais très bien. S'il décide de régler ses comptes avec Vargr, il m'enverra dans le Nord. Cependant, s'il ne me fournit pas de soldats en nombre suffisant, je ne pourrai pas accomplir ma tâche.

— Et si sa priorité n'est pas de régler ses comptes avec Vargr ?

— Alors, il nous dirigera vers Lord Ketil. Je vais me débrouiller.

Ragn croisa les bras avec inquiétude.

— Pourquoi ? Pourquoi faites-vous cela pour moi ?

— Parce que j'ai fait le vœu de protéger mes terres et que j'ai versé mon sang pour elles. Tant que Vargr n'obtiendra pas ce qu'il veut, il continuera à envoyer ses hommes pour nous contraindre. Or, je refuse de le laisser gagner. Ai-je besoin d'autres raisons ? Dois-je vraiment avoir d'autres raisons que celle de vouloir faire ce qui est bien ?

— Je vois, répondit Ragn. Une partie de la situation m'avait échappé. Où que ce voyage vous mène, je voudrais en faire partie.

Son cœur fit un bond. Ragn voulait venir avec lui. Mais il écrasa cet élan sans pitié. Avec Svana, elles seraient beaucoup mieux ici où, avant de partir, il assurerait leur protection.

— Quel est votre niveau en matière de combat ?

— Jusqu'ici, j'ai laissé cela aux autres, mais hier…

Le regard de Ragn était décidé quand elle termina sa phrase :

— … J'aurais utilisé le tisonnier.

— Si vous ne savez pas manier l'épée, quelle utilité pouvez-vous avoir ? grommela-t-il.

— Vargr Simmison est mon beau-frère. Ma bataille. J'ai donc l'intention de jouer mon rôle. Si vous essayez de me tenir à l'écart, je trouverai le moyen de partir quand même, sachez-le.

La fière détermination qui se lisait sur le visage de la jeune femme formait un contraste saisissant avec la douceur de ses traits.

— S'il vous plaît, Gunnar, reprit-elle plus doucement, je pourrai être utile là-bas.

Il secoua la tête.

— Vous n'avez pas idée de ce que vous êtes en train de demander.

— Vargr m'a tout pris. Je ne lui permettrai pas de faire de même avec vous.

Elle lui tendit les mains.

— Ce droit, je l'ai gagné. Au lieu de me repousser, apprenez-moi plutôt à me défendre !

Il ramassa un bâton en bois et le lui tendit sans céder à la tentation de la prendre contre lui. Emmener Ragn dans le Nord lui garantirait au moins qu'elle se trouvait en sécurité.

— Si vous venez avec moi, vous devrez savoir vous défendre. À Jura, la chance était avec vous, mais…

— Je ne crois pas à la chance, l'interrompit-elle. Je crois au travail et à l'effort. Et je sais que je saurai me montrer digne d'occuper une place dans votre *félag*.

Les yeux de Ragn étincelaient. Enfin… C'était la première fois qu'ils recouvraient leur éclat depuis qu'il l'avait découverte avec le tisonnier brûlant dans la main. L'angoisse qui l'oppressait se dissipa un peu. Ce merveilleux éclat lui avait tant manqué qu'il en avait ressenti une véritable souffrance. Eût-il été raisonnable qu'il eût demandé à Ragn de rester à Colbhasa et d'avoir confiance en son bras armé, mais elle lui était devenue aussi nécessaire que l'air qu'il respirait.

— Votre entraînement démarre immédiatement, déclara-t-il en lui tendant le bâton. Bientôt, vous serez à même de faire face à n'importe quelle situation. Mais souvenez-vous que je suis celui qui dirige le *félag* et que vous devrez m'obéir. Pas question d'essayer de me manipuler ou de m'utiliser une nouvelle fois.

— Pensez-vous que tout cela va se finir dans la violence ? demanda-t-elle en s'efforçant de ne pas s'emporter contre son accusation calomnieuse.

Il leva son propre bâton.

— Vous vous entraînerez tous les jours avec moi, et ce, jusqu'à ce que nous apprenions la mort de Vargr. Nous commencerons par les bâtons. L'épée viendra ensuite.

Un coup lourdement frappé à la porte de la hutte couvrit la réponse de la jeune femme.

— Entrez ! cria-t-il.

Dagmar apparut sur le seuil, l'air déterminé.

— La femme de mon père vient de lui conseiller de vous envoyer auprès de Ketil pour qu'il s'occupe de votre affaire, révéla la jeune femme en passant outre les civilités habituelles. Le problème est que Lord Ketil ne réglera pas le litige. Il a ses raisons pour souhaiter apaiser un homme tel que Vargr Simmison.

— Et ce serait une grave erreur, rétorqua Ragn avant de faire précipitamment la révérence. Pardonnez-moi, mais si personne ne l'arrête, Vargr continuera à convoiter ces terres comme il le fait depuis maintenant trop longtemps. Puis d'autres encore. Et ce sera le départ d'un nouveau conflit.

— Et c'est exactement ce que Sif, la femme de mon père, a à cœur d'éviter, dit Dagmar. Si je suis venue vous révéler ces choses, c'est parce que vous faisiez partie de mon *félag*, Gunnar. Et que vous vous êtes montré loyal envers moi.

— Vargr est une brute, et la seule façon de se mesurer à une brute est de lui tenir tête, déclara Ragn à Dagmar sans laisser à Gunnar le temps de dire un mot. Votre père a beau considérer Vargr comme une contrariété mineure, sachez que mon beau-frère est consumé par l'ambition. Bientôt, il lui faudra absolument passer à l'acte. Dans ces conditions, il *faut* que votre père agisse avant que la menace soit trop grande pour être contenue. D'autres ont attendu sans raison avant de riposter. Ils ont perdu la vie.

Le regard de Dagmar scintilla.

— Je vois que votre femme ne craint pas d'exprimer le fond de sa pensée. Parfait. Eylir avait fait un excellent choix. Même si j'imagine qu'il vous a fallu un certain temps avant de vous en rendre compte.

Bouche bée, Gunnar fixa longuement la guerrière sous les ordres de laquelle il avait servi. Pourquoi n'avoir pas deviné tout de suite que Dagmar avait interféré dans cette incroyable histoire ?

— Vous saviez !

— Disons que j'ai fait en sorte de savoir, répondit-elle avec un petit sourire. Il était grand temps que vous vous fixiez et vous mariiez. Quel intérêt à posséder des terres si vous n'avez pas d'héritiers pour les reprendre après vous ?

— Et… Avez-vous fait également profiter Eylir du fruit de vos sages réflexions ?

— J'ai pu lui en avoir touché un mot au moment où il est parti dans la mesure où il m'a soumis son idée et demandé ce que j'en pensais.

Un léger sourire joua sur les lèvres de Dagmar.

— Qu'y puis-je, Gunnar, si je me sens d'une certaine façon responsable de votre avenir ?

Gunnar secoua la tête sans répondre.

— Et la mission que Kolbeinn avait confiée à Maurr, reprit-il, quelle était-elle vraiment ? Maurr était-il venu me voler mes terres ?

Dagmar éclata d'un grand rire.

— Mon père ne s'attendait pas à ce que vous soyez marié. Il prévoyait donc à la mission de Maurr une autre issue.

— Que je perde mes terres ?

— Après avoir exposé vos talents comme vous l'avez fait au Yule dernier, dit Dagmar en recouvrant son sérieux, qui aurait osé se mesurer à vous ? Ce à quoi mon père aspirait était un combat entre le roi, ou au moins l'un de ses conseillers, et vous. Mais pas question pour lui d'être celui qui déclencherait officiellement les hostilités.

La jeune femme fit un petit geste de la main.

— Mon père est très prévisible. Il désirait prouver au roi que les décrets comme celui obligeant les propriétaires de terres à se marier n'étaient pas pourvoyeurs de paix. Pour cela, quelle meilleure façon que d'irriter l'un des anciens compagnons du roi non marié comme vous ? Je lui ai conseillé de ne pas se lancer dans une entreprise aussi périlleuse, mais quand mon père a une idée en tête, il est très difficile de l'en dissuader. Alors, il vous a envoyé Maurr.

— Finalement, votre père aura la bataille dont il rêve

puisque Vargr est l'un des conseillers les plus puissants du roi Harald.

Ragn claqua dans ses mains.

— Kolbeinn doit absolument nous autoriser à aller porter notre requête devant le roi !

— Voici bien une femme selon mon cœur, dit Dagmar. Votre chance ne laisse pas de me surprendre, Gunnar.

Entourant Ragn de son bras, Gunnar la serra contre lui.

— Ma femme veut venir avec moi dans le Nord.

— J'en ai le droit, dit celle-ci avec une fermeté tranquille tout en posant la tête sur l'épaule de Gunnar.

Dagmar se tapota la lèvre inférieure du bout de l'index.

— Maurr vient tout juste de rentrer. Sa femme est morte il y a peu des suites de complications liées à l'accouchement et le bébé n'a pas survécu longtemps. On pourrait donc aisément persuader ce guerrier et ses hommes de se porter volontaires pour vous mener à Kaupang et, là-bas, vous prêter main-forte.

Gunnar libéra un soupir accablé.

— Maurr… ? Est-il vraiment ce que je puis espérer de mieux ?

— Cet homme vient juste de perdre sa famille, Gunnar, rappela Ragn en lui posant la main sur le bras. De plus, il possède un bateau. Quant à nous, nous ne pouvons nous montrer très exigeants. Si nous présentons un plan à Maurr en lui apprenant que Kolbeinn s'y est personnellement investi, il donnera son accord, c'est plus que certain.

Dagmar laissa échapper un rire enroué.

— Rappelez-moi de ne jamais jouer au *tafl* contre votre femme, Gunnar. Ragnhild a toujours beaucoup trop de coups d'avance sur les autres.

— Tout de même… Maurr…, répéta Gunnar, trop abattu pour entendre. N'y a-t-il réellement personne d'autre ?

Dagmar le regarda droit dans les yeux.

— Tout dépend de ce qui est le plus important pour vous : trouver le moyen d'assurer à votre famille une existence paisible ou… votre orgueil.

Gunnar sentit son cœur se serrer. Il avait offensé Dagmar.

Ragn posa alors à la jeune femme une question à propos de ses enfants. À la surprise de Gunnar, Dagmar changea volontiers de sujet, elles échangèrent sur les risques réels que les petits rencontraient de se blesser en jouant. Leur conversation dura un moment. Jusqu'à ce que Dagmar prît congé en laissant sans réponse la dernière question de Gunnar.

— Pourquoi avez-vous fait cela ? demanda-t-il à Ragn dès que l'ancienne guerrière fut sortie.

Ragn compta jusqu'à dix avant de pivoter sur ses talons et de riposter :

— Avez-vous vraiment l'intention d'exaspérer toutes les personnes susceptibles de nous aider et de les transformer en adversaires ? Votre orgueil est-il à ce point démesuré ? Maurr a ses raisons de traverser les mers. Laissons-le fuir ses démons et nous aider s'il le peut.

Il secoua la tête.

— S'il le peut, c'est surtout me déposséder de mes biens que fera Maurr ! C'est donc en ennemi que je dois le traiter, car je suis décidé à protéger mes terres de tous ceux qui risquent de les mettre en péril.

« Tous ceux qui risquent de les mettre en péril. » Les mots de Gunnar résonnaient dans l'esprit de Ragn. Si elle n'avait pas accepté l'offre d'Eylir, Gunnar et ses hommes ne seraient pas en danger à présent. Mais elle ? Jamais elle n'aurait rencontré Gunnar ni découvert le bonheur qu'elle avait connu entre ses bras et que, par peur de souffrir, elle préférait ne pas chercher de nouveau.

— Je suis la première à avoir mis vos terres en péril…

Il secoua doucement la tête.

— Cela ne fait pas de vous mon ennemie, mais nous vivons avec les conséquences de ce qui est advenu.

— Si changer le passé n'est pas en mon pouvoir, murmura-t-elle, je veux et peux faire les choses bien. Donc, dans la mesure où le bateau de Maurr est notre seule possibilité, je dis qu'il faut en profiter. En atteignant le Nord avant la fin de Yule, nous pourrons porter notre affaire devant le roi. Il a coutume d'entendre les requêtes lors du dernier week-end de Yule.

L'air froid qui saisit Gunnar à l'instant où il franchit la porte ne fit rien pour améliorer son humeur. Maurr était le dernier homme à qui il voulait être redevable, mais Ragn semblait déterminée à passer outre.

Comme si ces pensées avaient eu le pouvoir de le faire apparaître, Maurr émergea soudain de la brume. Gunnar remarqua tout de suite les nouvelles rides qui marquaient son visage.

— Gunnar, j'ai entendu parler de vos problèmes, dit le guerrier.

— Je suis désolé pour les deuils que vous avez connus, repartit-il aussitôt. Perdre sa famille de cette manière meurtrit le cœur.

— Vous n'aurez jamais connu ma femme…

Gunnar se frappa le torse.

— J'ai perdu un jour toute ma famille, et la seule chose qui m'ait empêché de devenir fou a été de trouver très vite une bataille dans laquelle me jeter. On chuchote que vous songez au suicide.

— Les mots voyagent vite… Je soupçonne néanmoins quelqu'un en particulier d'être à la source de cette rumeur.

— La fille de Kolbeinn est très intelligente. C'est aussi l'une des personnes les plus capables sous les ordres desquelles j'ai jamais servi.

— Vous devrez arriver dans le Nord avant que Yule soit passé, c'est-à-dire avant que votre ennemi puisse recommencer ses exactions.

Gunnar fixa son vis-à-vis.

— Pourquoi, entre tous, m'aideriez-vous ?

— Lors de mon court séjour dans votre château, j'ai pu remarquer à quel point vous adoriez votre femme. Au point que cela m'a donné envie de connaître le même amour avec la mienne.

Ainsi Maurr avait envié sa relation avec Ragn au moment où lui-même entrapercevait quelque chose qu'il avait, depuis le début, trop peur de reconnaître : ses sentiments pour Ragn…

— Ragnhild est une femme spéciale, avança-t-il avec prudence.

— Moins d'une demi-journée après vous avoir quittés, j'ai su que je devais retourner auprès de Ljot malgré les ordres de Kolbeinn m'enjoignant de visiter toutes les terres dernièrement distribuées afin de découvrir si leurs nouveaux propriétaires étaient bien mariés.

Maurr cogna ses poings l'un contre l'autre.

— Avant que Ljot meure, nous avons passé ensemble un temps précieux. Et cela, je le dois à votre femme.

— Je vois.

— Si vous refusez ma proposition à cause de la malédiction qui me touche, je comprendrai. Sinon, je dis que nous, hommes de Jura, devons nous unir et vaincre ceux qui mettent notre terre en danger.

Gunnar se raidit de surprise. Ainsi, Maurr se considérait maudit ?

— J'accueille volontiers les hommes maudits. Il leur reste peu à perdre.

Il ajouta en s'approchant de Maurr :

— Mais d'homme maudit à homme maudit, c'est la façon dont vous vous comportez après la malédiction qui détermine le cours de votre vie. Il m'a fallu des années pour le comprendre.

Maurr eut un demi-sourire.

— C'est votre lady qui vous l'a enseigné.

— Comment avez-vous deviné ?

— Ragnhild est une femme bien. Et je vous aiderai. Pour elle.

— Maurr va nous mener dans le Nord avec son bateau ? répéta Ragn sur un ton incrédule tout en fixant Gunnar qui venait de rentrer à la hutte.

Elle avait fait du feu et le logement était maintenant confortable quoiqu'un peu exigu. Svana s'était de nouveau endormie devant l'âtre après avoir fait son vœu devant le porridge du *nisser*.

— Que lui avez-vous offert ? poursuivit Ragn.

— C'est votre hospitalité qui a été son présent. Grâce à votre comportement, il a pu passer un peu de temps avec sa femme avant qu'elle meure.

Un petit sourire lui effleura les lèvres tandis qu'il ajoutait :

— Je crois qu'il a aussi été convaincu par le fait que ce sera la première bataille qu'il mènera pour oublier que ses rêves d'avenir se sont évanouis.

— Et Kolbeinn ? Quelles nouvelles ? Va-t-il finalement envoyer nos prisonniers à Ketil ? demanda Ragn qui gardait décidément tout à l'esprit.

— Le fait que Maurr mette son bateau à notre disposition change tout. Car Kolbeinn ne peut ordonner à ses hommes de prendre la mer en cette période. Cependant, Ketil et Kolbeinn cherchent un prétexte pour agir contre les *jaarls* qui tournent autour de Harald comme des abeilles autour d'un pot de miel. Harald a beau tenir le Nord sous contrôle, Ketil est, de son côté, bien déterminé à conserver les libertés dont nous avons toujours bénéficié.

Il croisa les mains derrière la nuque.

— Mais tout cela aura une fin et vous ne souffrirez bientôt plus.

Ragn déglutit avec difficulté.

— Vous allez vous lancer dans une bataille. Comment ne pas souffrir ?

— Je désirais la permission de Kolbeinn pour rallier le Nord et je l'ai.

Les yeux de Gunnar brillaient à la lumière des flammes.

— Dans cette affaire, il ne s'agit pas de moi seul ni du problème du prix du sang versé. Non, il s'agit de moi m'élevant contre l'injustice.

Ragn hocha doucement la tête. Elle commençait à apprécier les manœuvres politiques de Kolbeinn.

— Stratégie risquée…

— Pas pour Kolbeinn. Pour moi, oui, mais je serais parti de toute façon, même sans sa permission. Personne ne menace l'un des miens.

L'un des siens… Elle sentit son cœur s'alléger. Peut-être restait-il encore de l'espoir pour eux, même si Gunnar avait refusé son amour.

— Quand partez-vous ?

— Nous partons demain. Maurr a promis que son bateau serait prêt à temps. Il n'a aucunement l'intention de rester ici pour assister à la célébration de Yule.

— Si tôt ! dit-elle en ramenant ses genoux contre elle. Il fera sombre pendant presque tout le voyage et la mer sera souvent démontée. Svana a failli mourir lors de l'avant-dernière traversée.

Gunnar libéra un long soupir.

— Svana reste ici. Ordre de Kolbeinn. Il n'y a pas d'autre moyen. Je suis désolé, Ragnhild.

— N'est-ce pas plutôt parce que Maurr pense qu'elle porte malheur ? demanda-t-elle, la gorge nouée.

Il secoua la tête.

— Non. C'est parce que Kolbeinn veut un otage, une sécurité quant à mon retour. Sachant que vous n'avez pas laissé de doute sur le fait que vous embarqueriez aussi, Svana reste la seule personne susceptible de demeurer à Colbhasa pendant notre absence.

Ragn tourna la tête vers le petit corps endormi. Abandonner sa sœur ? Comment le pourrait-elle ? Elle se pencha en avant pour rabattre la couverture que l'enfant avait repoussée dans son sommeil, et considéra ses lèvres entrouvertes.

— Ma sœur a assez souffert.

— J'ai parlé à Dagmar et à la femme de Kolbeinn. Toutes deux sont prêtes à l'accueillir. Elle sera traitée comme un membre de la famille et non comme une prisonnière !

— Vraiment ? dit Ragn en s'arrêtant brusquement d'arranger la couverture.

— Vous avez l'air surpris, mais Sif et Dagmar sont, l'une comme l'autre, des personnes bien.

Ragn se tourna vers lui.

— Le regard de Svana semble parfois étrangement vide et je vois bien comment les autres se détournent à cause de cela. Je ne vous apprendrai rien en précisant qu'elle peut être sujette à des crises. Moins qu'avant, mais quand même…

— Ces gens-là sont des imbéciles, ce dont personne ne peut accuser Sif et Dagmar. Quant aux chiens, ils resteront bien sûr avec la petite. Kolka et Kefla n'ont pas plus qu'elle le pied marin…

Il haussa les épaules.

— Je n'ai d'ailleurs pas la moindre idée de la raison pour laquelle je vous ai laissée les emmener.

Ragn eut un petit sourire. Gunnar avait beau grommeler, les chiens étaient, pour Svana, les meilleurs gardes que l'on pût imaginer.

— J'aimerais bien voir quelqu'un qui ne plairait pas aux chiens essayer d'approcher ma sœur… Et puis, sans eux, elle serait trop désemparée.

Sur ces mots, elle posa, comme un poids trop lourd, sa tête sur l'épaule Gunnar.

— C'est donc entendu : vous venez avec moi mais nous laissons Svana ici où elle se trouvera le plus en sécurité.

Elle posa la main sur celle de son mari avec l'envie folle de lui réclamer des mots pleins de désir qu'elle feindrait de croire. Mais il se dégagea.

— Je comprends, murmura-t-elle. Cela dit, vous avez déjà accompli plus que ce que j'attendais de vous. Et vous ne le regretterez pas.

Il laissa échapper un grognement.

— Soyez prête demain matin à l'heure de la première marée.

Chapitre 14

Un silence de solstice d'hiver régnait sur Kaupang, la principale ville de Viken. À l'intérieur des maisons, Gunnar voyait se découper des blocs de lumière.

Maurr, il fallait le reconnaître, était un excellent marin et un bon capitaine. Les vents s'étaient montrés cléments, alors qu'on arrivait à la période où le soleil ne se levait jamais. La Jeune-fille-Soleil était bel et bien dans le ventre du loup, attendant que quelqu'un la secoure. Quant au roi, ils le trouveraient dans sa nouvelle et imposante bâtisse en compagnie de ses courtisans.

Une épaisse et inégale couche de neige recouvrait le sol, s'amoncelant en maints endroits contre les bâtiments en bois du bourg. Le port, en revanche, demeurait remarquablement épargné par la glace.

En se renseignant sur le quai, Gunnar trouva sans difficulté l'adresse d'Eylir. Au lieu de rentrer chez lui, Eylir était finalement resté à Kaupang et travaillait à présent pour une autre famille que la sienne.

— Celle du père de Trana, lui révéla Ragn en reconnaissant le nom cité.

Gunnar tiqua. Si son ami était resté à Kaupang pour travailler, il aurait peu de raisons de lui prêter main-forte contre Vargr.

Arrivés devant la maison d'Eylir, Gunnar cogna contre la porte et appela son ami. La porte s'ouvrit.

— Gunnar Olafson ! s'écria Eylir en écarquillant les yeux. En chair et en os ! Qu'est-ce qui t'amène ici ? Je te pensais retiré dans ton cocon, bien en sécurité sur tes terres.

— Après ce que tu m'as envoyé, repartit-il, pensais-tu vraiment que je resterais à Jura ?

Eylir recula d'un pas.

— N'as-tu pas apprécié mon cadeau de Yule ? Est-ce à cause de lui que tu te trouves ici ? Pour te plaindre ? Dans ce cas, que Loki, le dieu coquin, te vole ta cachette !

Eylir savait très bien ce qu'il avait fait, constata Gunnar. Eh bien, c'était maintenant à lui de s'amuser un peu aux dépens de son ami…

— Je l'ai amené avec moi, dit-il sans qu'un seul muscle de son visage le trahisse.

Eylir blêmit et se tordit le cou pour regarder par-dessus son épaule. Reconnaissant Ragn, il baissa la voix :

— Tu l'as ramenée à Kaupang ! Comment as-tu pu faire une chose pareille ? Toi, Gunnar ? Toi entre tous les hommes ? N'as-tu pas vu ses cicatrices ?

— T'imagines-tu connaître mes goûts en matière de femmes ?

— Tu as toujours été trop compliqué pour moi. Mais revenons à elle. Sais-tu les dangers qu'elle court en revenant ici ? Ou as-tu, comme d'habitude, agi comme tu l'entendais avant de penser aux autres ?

Gunnar glissa une main dans le cadre de la porte pour empêcher son ami de la fermer.

— Discutons de cela à l'intérieur. Si tu tiens à la vie, tu m'aideras.

— Je ne suis pas chez moi, ici.

— Entrons.

— Alors, que faisons-nous ? maugréa Maurr derrière eux en les bousculant. Nous restons ou nous allons ailleurs ?

Avec un claquement de langue dégoûté il ajouta :

— Eylir, tu me dois l'argent du pari que j'ai gagné au dernier Yule. Justement, je me demandais où tu avais disparu.

Puis il tourna la tête vers Gunnar.

— Si Eylir est le grand guerrier dont vous m'avez parlé, nous allons devoir discuter sérieusement. Car cet homme déclenche des bagarres dans les salles vides.

Eylir l'attrapa par le col en regardant Gunnar.

— Tu l'as également emmené. Comme c'est… charmant.

Les poussant sur le côté, Gunnar fit entrer Ragn avec lui. Près du feu se tenait une femme blonde replète qu'il aurait appréciée quelque temps plus tôt mais qui, à côté de Ragn, lui paraissait aujourd'hui sans intérêt.

Comme la jeune femme reconnaissait Ragn, un plaisir authentique se peignit sur ses traits. La seconde suivante, elle la rejoignait en courant et lui saisissait les mains.

— Trana ! dit Ragn en l'embrassant sur les deux joues. Que fais-tu ici ? Pourquoi ne te trouves-tu pas sur tes terres avec ta famille ?

— C'est une longue histoire. Je t'expliquerai plus tard. Et toi, n'étais-tu pas censée demeurer loin de Kaupang ?

Trana affichait une moue inquiète.

— Tu avais promis, Ragn… Vargr est plus proche du roi que jamais. Je ne pense pas qu'il sache que tu as survécu, mais nous nous étions pourtant entendues, toutes les deux. Si la situation venait à changer, tu devais…

— Elle a changé, Trana. Vargr a envoyé des assassins.

Ragn exposa rapidement la situation à son amie qui chancela. Aussitôt, Eylir se précipita vers elle pour la soutenir mais celle-ci l'écarta.

— Comment… Comment a-t-il découvert où tu t'étais rendue avec Svana ? Nous n'avons rien dit à personne. Souviens-toi, je ne t'ai même pas accompagnée sur le quai pour te souhaiter bonne chance.

— Sur le bateau, j'ai dû céder les broches de ma grand-mère au capitaine. Je pense avoir agi avec beaucoup de prudence, mais apparemment, il est revenu ici pour les revendre.

— Il peut y avoir d'autres explications.

La voix de Gunnar venait de s'élever.

— L'important est qu'il nous ait retrouvées, poursuivit-elle.

Car si Gunnar et moi sommes ici aujourd'hui, c'est justement pour réagir contre la menace qu'il fait planer sur nous.

Trana hocha la tête.

— Vargr est venu me trouver en versant des larmes feintes. Il avait déjà pris possession du domaine de Hamthur, y compris de la partie te revenant puisque personne n'était censé avoir survécu au tragique incendie. J'ai serré les poings et suis restée de marbre. Eylir seul sait combien cela m'a été difficile !

Celui-ci s'éclaircit la gorge et se tourna vers Ragn.

— Vargr a fait savoir que vous et votre sœur aviez été tuées et qu'il avait l'intention de traquer les abominables meurtriers qui avaient accompli ce crime atroce.

— Parler ne coûte rien, dit Gunnar. Pour quelle raison veut-il la mort de Ragn et de Svana ?

Eylir haussa les épaules.

— Elles deux mortes, il hérite de l'un des domaines les plus prospères de tout Viken. Et l'homme est cupide…

— Tout ceci appartient au passé, le coupa Ragn. Les hommes de Vargr ont mis le feu à mon domaine, assassiné mes serviteurs, et nous avons évidemment tout perdu. Cependant, hier soir, j'ai pris conscience que ce qui comptait vraiment pour moi n'était pas les terres, mais ma petite sœur. Je veux commencer une nouvelle existence loin de mon passé.

— Vous ne pourrez la commencer qu'après en avoir définitivement terminé avec l'ancienne, déclara Gunnar en lui pressant l'épaule comme s'il croyait enfin ce qu'elle lui avait dit.

Pourtant, en elle, le sentiment de vide s'intensifia. Après avoir effleuré la main de Gunnar, elle s'éloigna de lui.

— Pour le moment, dit-elle, nous devons nous restaurer tous les quatre. Même si Vargr a truffé le port d'espions, il ne bougera pas ce soir. Il est bien trop occupé à festoyer en compagnie du roi.

Gunnar hocha la tête.

— Ma femme a raison. Il nous faut trouver un endroit où nous pourrons manger, boire et dresser nos plans.

Chacun murmura son accord tandis que Trana proposait sa maison pour accueillir les deux voyageurs.

— Vargr te soupçonne-t-il de nous avoir aidées à fuir ? demanda Ragn tout en aidant son amie à préparer le pain, le fromage sec et la bière. Oh ! Trana, ajouta-t-elle d'une voix brisée, dis-moi qu'il ne t'a rien fait !

Trana découpa un autre morceau de pain.

— Eylir a été plus que capable de défendre mon honneur.

— Svana pense qu'Eylir est gentil avec toi.

Les joues de Trana se teintèrent joliment de rouge. Elle tourna son attention vers le pot de bière.

— Je n'ai aucune idée de ce qu'il ressent vraiment pour moi. En fait, il cache quelque chose, Ragn. Or, j'ai besoin d'un homme qui a foi en ce que je dis. Mais parle-moi plutôt de ton guerrier. L'as-tu forcé à revenir ici ?

— J'étais si certaine que Vargr croirait à ma ruse ! Hélas, il a vite découvert où je vivais et envoyé ses assassins. J'ai eu envie de disparaître de la surface de la terre. Mais Gunnar n'est pas homme à souffrir le moindre affront.

Trana eut un large sourire.

— Gunnar t'aime beaucoup. Et vaut tellement mieux que Hamthur !

— Qu'est-ce qui te permet de l'affirmer ?

— Disons que j'ai amené Eylir à me dire tout ce qu'il savait sur lui.

Ragn expliqua alors rapidement à sa cousine et amie ce qui s'était passé entre eux et pourquoi le cœur de Gunnar était aujourd'hui enterré avec sa famille. Elle lui raconta aussi que Gunnar avait refusé son amour.

Après l'avoir écoutée d'un air grave, son amie demanda :

— Où est Svana ? Je voudrais connaître ce qu'elle pense avant de me prononcer. Cette enfant a beaucoup de finesse. Approuve-t-elle ton lien avec Gunnar ?

— Svana a dû rester à Colbhasa. Kolbeinn veut être sûr que nous reviendrons. Elle leur sert d'otage. En notre absence, c'est la fille de Kolbeinn qui la garde.

— Leur fais-tu confiance ? s'enquit Trana en baissant la voix. Il circule quelques rumeurs sur Kolbeinn.

Ragn acquiesça de la tête.

— Elle a les chiens-loups de Gunnar auprès d'elle, ce qui en fait une enfant très bien protégée. Sans oublier qu'elle se trouve loin de Vargr ! Tu vois, Gunnar prend soin d'elle comme d'un membre de sa propre famille.

Trana lui dégagea une petite boucle noire qui lui balayait le front.

— Vous auriez pu procéder autrement : Gunnar nous faisait parvenir un mot et Eylir aurait agi en vos noms. C'est de cette façon qu'il est intervenu pour mon propre père. Et il a su se rendre très utile.

— Gunnar aime mener lui-même ses propres batailles. Mais je crois qu'il va avoir besoin de mon aide, même s'il n'en prend pas encore conscience.

Trana porta les mains à sa bouche.

— Tu peux parfois être très têtue, mon amie. Mais Gunnar a beaucoup de chance de t'avoir…

Eylir fit un petit sourire entendu lorsqu'il eut réussi à entraîner Gunnar dehors sous prétexte d'aller chercher du bois. De son côté, Maurr était parti voir son bateau et ses hommes.

Gunnar attrapa Eylir par le col de sa tunique, le secoua et le relâcha en s'écriant :

— Ce que tu as fait n'est pas bien ! M'envoyer Ragn sans prévenir ! À quoi as-tu donc pensé ? Le risque que tu as pris était énorme ! Elle a failli périr en mer avec sa sœur, en venant me trouver avec des voyous et des imbéciles pour tout équipage.

Eylir prit le temps d'épousseter sa tunique avant de répondre avec une calme ironie :

— Je comprends que tu n'as donc pas l'intention de changer de femme… Heureux de le savoir… Je te ferais d'ailleurs remarquer qu'au lieu de me menacer d'une raclée c'est à genoux que tu aurais dû me remercier !

— Je t'aurais écrabouillé depuis longtemps si je n'avais de plus graves préoccupations et si tu n'étais pas censé avoir encore quelque utilité.

Gunnar s'interrompit et fixa son ami d'un regard dur.

— Je suis ici, à Kaupang, pour m'assurer que Vargr ne nous importune plus, moi et mon entourage. Es-tu de mon côté ou les problèmes de famille t'ennuient-ils ?

— Pourquoi Ragnhild est-elle ici ?

— Pour remplir la même mission que moi : mettre un terme aux agressions de Vargr.

— As-tu bien compris pourquoi je te l'avais envoyée ?

— Tu me l'as envoyée pour des raisons qui te sont propres et ne me regardent donc pas. Sauf que maintenant, c'est avec moi qu'elle se trouve. Pas avec toi.

Une lueur taquine étincela dans le regard d'Eylir.

— Vous allez bien ensemble. Qui l'eût cru ? Certainement pas toi. Tu as toujours été si déterminé dans tes choix ! Même si cela ne marchait jamais avec les créatures que tu choisissais… Ragn est une femme qui n'a pas de prix. Si je l'avais rencontrée avant de faire connaissance avec Trana, peut-être aurais-je été tenté. Mais j'ai fait la seconde meilleure chose qui s'imposait : je te l'ai envoyée.

Gunnar s'évertua à ne pas perdre son flegme. Il savait qu'Eylir le provoquait.

— Ragnhild n'est pas le genre de femme qui me plaît habituellement et tu le sais. Tu étais surtout désireux de la protéger, à l'époque.

Eylir acquiesça vivement de la tête.

— Je pensais qu'elle et sa jeune sœur méritaient d'avoir une chance de vivre. Leur beau-frère est en outre de la bien mauvaise marchandise…

— Pourquoi m'avoir envoyé Ragn ?

— Je sais que tu as du cœur, Gunnar, même si tu le caches sous un aspect bourru, et je ne doutais pas que tu ferais ce qu'il convenait de faire. Est-ce elle qui t'a fait revenir ici, dans le Nord ?

— Non, même si elle a tenté d'y parvenir en affirmant

m'aimer. En vain. J'avais déjà décidé d'entreprendre le voyage… Je ne veux pas de son amour. Pas de cette façon. Je refuse que l'on m'utilise.

Eylir prit l'air grave.

— On ne décide pas qui va nous aimer, on peut seulement faire ce que l'on pense être le mieux pour les personnes qui nous portent de l'amour.

Gunnar se pinça l'arête du nez tout en essayant de se débarrasser de l'étrange bourdonnement qui commençait à agresser ses tympans.

— Il n'y a pas longtemps, Ragn a failli mourir alors que j'étais parti pêcher en mer. Jamais je n'aurais pensé que ce tas de boue enverrait des criminels à sa recherche en cette saison. À présent, je veux que cela s'arrête. Je veux la garder en sécurité. Je veux vieillir avec elle et j'ai peur de ne pas pouvoir, Eylir.

— Jusqu'ici, Ragn a survécu, observa son ami en lui tapotant l'épaule. Maintenant, c'est à toi de la garder en vie. Vargr doit-il savoir qu'elle est ici ? Ta famille et tes terres ont été attaquées. Les défendre est donc ton droit absolu. Le roi Harald t'accordera un combat par les armes si tu le réclames sur la dette que Vargr a maintenant envers toi.

Gunnar plissa les yeux, intéressé.

— Je n'avais pas encore abordé le problème de cette façon.

Ce qu'Eylir disait ne manquait pas de logique. Tenir Ragn éloignée du tribunal assurerait sa sécurité. Quant au combat, il savait de son côté qu'il l'emporterait sans conteste. Même contre un homme de la réputation de Vargr. S'il ne pouvait pas s'empêcher d'aimer Ragn, il saurait au moins la tenir à l'abri de la malédiction dont il était victime et qui la menaçait aussi. À cause de lui.

S'efforçant de respirer plus doucement, Ragn se détourna de la porte. Juste comme elle pensait que tout pouvait s'arranger entre elle et Gunnar, elle venait de le surprendre en train de donner les raisons pour lesquelles elle ne lui convenait pas.

Quelques mots lui avaient suffi pour ne pas avoir envie d'en entendre plus. De toute façon, à quoi bon ? Gunnar n'éprouvait aucun sentiment à son égard.

— Y a-t-il un problème ? lui demanda Trana.

Elle secoua vivement la tête. Gunnar n'avait jamais prétendu que leur mariage aurait pu être autre chose qu'une union de convenance et elle aurait eu tort d'attendre davantage de lui. Pour autant, découvrir la vérité de cette manière lui faisait mal. Décidément, malgré ses bonnes résolutions, elle n'avait pas changé autant qu'elle l'aurait voulu. Quand finirait-elle enfin par apprendre que croire en l'amour ne menait qu'à des peines de cœur ?

— Non, aucun, répondit-elle à son amie en tâchant d'adopter un ton convaincant.

Personne n'avait besoin de savoir qu'elle avait le cœur brisé.

— Avais-tu déjà dit à Gunnar que tu l'aimais ? continua Trana. Ou ne l'as-tu fait qu'après l'arrivée des deux intrus ?

Elle détourna la tête.

— Gunnar ne m'a pas demandé de l'aimer. D'ailleurs, tu sais qu'il rejette mon amour. J'essaie donc de m'habituer au fait qu'il ne m'aimera jamais. Mais il est bon avec moi. Il me faut réussir à me contenter de cela.

— Je t'ai connue presque toute ma vie, Ragnhild, et je veux que tu sois heureuse. Hamthur était une branche pourrie, mais ton entêtement t'empêchait de l'admettre. Sous prétexte que ta grand-mère avait décidé d'unir vos deux familles, il t'était devenu impossible de reconnaître l'échec de votre mariage.

Trana se tut un instant puis reprit :

— Gunnar vaut-il la peine que l'on se batte pour lui ?

Ragn cligna des paupières.

— Que veux-tu dire ?

— À l'époque, tu ne trouvais pas que Hamthur en valait la peine. Tu permettais à n'importe quelle femme de lui courir après ; tu autorisais ces femmes à le proclamer ; tu croyais les gens qui te disaient que tu étais laide. En fin de compte, tu n'es restée avec Hamthur que parce que c'était plus facile que de partir.

— Tu ne sais rien du tout !

— Tu es l'une des personnes les plus déterminées que je connaisse, Ragn. Mais, en ce qui concernait les aventures de ton mari, tu abandonnais trop facilement, beaucoup trop facilement. Ce que je veux donc savoir aujourd'hui est si cet homme vaut la peine que tu te battes pour lui jusqu'à ton dernier soupir.

Ragn contempla sa cousine, surprise qu'elle pût ne serait-ce que poser la question.

— Bien sûr qu'il en vaut la peine. Mais Gunnar s'imagine que je l'ai utilisé et il ne me pardonne pas d'avoir mis son domaine en danger. Comment lui en vouloir ? J'ai détruit ce qui lui a coûté tant d'efforts à construire.

— Tu as beaucoup à apprendre des hommes, repartit Trana en lui passant un bras autour des épaules. Essaie de vaincre tes doutes en même temps que ton orgueil. Essaie d'autre part de considérer que tu as peut-être choisi un mauvais moment pour lui faire ta déclaration et qu'un véritable amour vaut toujours la peine que l'on se batte pour lui.

— T'es-tu battue pour Eylir ?

Trana soupira.

— Tu essaies de changer de sujet. C'est compliqué entre Eylir et moi. Pendant un temps, je me suis dit qu'il était peut-être l'homme qu'il me fallait, mais il a ensuite prêté serment à mon père. Et il parle de partir faire fortune avant d'envisager de se marier.

— Tu veux dire que tu aimes donner des conseils, mais pas en recevoir.

Le rire de Trana fusa.

— Ça aussi !

Se penchant vers elle, Trana lui toucha la main.

— Personne d'autre que toi ne peut arranger la situation avec Gunnar. Mais ton cœur sait ce qu'il doit faire. Écoute-le.

Ragn carra les épaules.

— Est-ce ce que tu fais ? Ce que tu as fait ? Mais Eylir n'est peut-être pas celui qu'il paraît être…

Trana jeta un coup d'œil vers la porte.

— Peut-être devrais-je alors commencer à m'y habituer…

— Trana veut bien me prêter sa robe de cour pour demain, annonça Ragn à Gunnar quand ils montèrent dormir au grenier.

Elle s'essuya les mains sur celle qu'elle portait, à présent froissée et tachée. Malgré les paroles d'encouragement que venait de lui prodiguer Trana, elle savait qu'elle ne supporterait pas une seconde fois que Gunnar rejette son amour. Il lui fallait absolument trouver une autre façon de lui prouver qu'elle l'aimait.

En le lui montrant plutôt qu'en le lui proclamant comme elle l'avait fait ?

— Demain matin, vous me trouverez fin prête pour aller saluer le roi, déclara-t-elle.

Il tourna la tête vers elle.

— Eylir et moi avons élaboré un autre plan. Il est important que je me rende auprès du roi avant que lui-même rallie son domaine où il doit aller chasser.

Marquant une imperceptible pause, il lui prit les mains.

— Avant que Vargr trouve l'occasion de frapper. Avant même qu'il apprenne que vous êtes ici.

Elle hocha la tête.

— Partir avant que commence sa partie de chasse est une bonne idée. Je me réveillerai plus tôt.

— Vous restez avec Trana, dit alors Gunnar, en lui serrant les mains. Aucune utilité pour vous de vous rendre là-bas. En qualité de mari, j'ai le droit de parler à votre place.

Elle se mordit la lèvre. L'ancienne Ragn aurait respecté la consigne sans broncher. Pas la nouvelle.

— Les terres que convoite Vargr sont à moi.

Gunnar lui lâcha les mains.

— Il y a de grandes chances pour que votre beau-frère n'ait pas appris que vous étiez de retour.

— Je pensais que nous travaillions de pair, vous et moi.

— Une fois que le roi aura entendu ma requête, je pourrai vous citer comme témoin. Mais si nous alertons Vargr trop tôt, il risque de se cacher ou de dissimuler des preuves. Enfin, s'il m'arrivait quelque chose, Maurr est d'accord pour vous enlever discrètement et vous ramener au plus vite à Colbhasa.

Son ventre se contracta en comprenant ce que Gunnar tentait de garder pour lui.

— En fait, vous vous attendez à ce que le roi refuse et que cela provoque une émeute. En conséquence de quoi vous avez décidé de provoquer Vargr en combat singulier. Mais il ne ressemble pas à son frère, Gunnar. C'est même un combattant aguerri qui aime les duels.

— Quoi qu'il arrive, je veux que l'on s'occupe de vous, répondit Gunnar sans reconnaître qu'elle avait percé le fond de sa pensée. Pour cela, je veux donc que vous restiez avec Maurr et Trana, deux personnes de confiance auprès desquelles vous serez en sécurité. Ainsi, personne ne pourra prétendre que vous n'avez pas le droit d'hériter de mon domaine. Pendant que Maurr surveillera la maison, de mon côté, avec Eylir, je déposerai la requête devant le roi.

Elle serra les poings. Ce n'était pas du tout le genre de relation qu'elle souhaitait entretenir avec Gunnar.

— Vous avez décidé de tout cela avec Maurr et Eylir sans en discuter avec moi.

Il lui posa une main sur l'épaule.

— Laissez-moi mener cette bataille comme je l'entends.

— Et je serais censée accepter cela ? cria-t-elle en le repoussant. Tout comme je suis censée accepter que vous vous détourniez de moi. Si vous êtes fatigué de ma personne, dites-le, mais cessez de m'exclure ! Qu'est-ce qu'Eylir a bien pu vous dire pour vous faire croire que j'allais demeurer docilement ici pendant que vous feriez ce que vous avez décidé sans moi ?

Gunnar resta sans voix. Le choc qu'il ressentait se voyait sur son visage.

— Je ne suis pas fatigué de vous, Ragn. Je veux vous protéger. D'autant qu'aggraver le danger qui pèse sur vous ne servirait à rien. Eylir pense aussi que c'est le meilleur moyen de vous mettre à l'abri.

Elle posa les mains autour de son cou et avança le visage tout près du sien. Il avait repoussé ses mots d'amour avant. Eh bien, cette fois, c'était avec son corps qu'elle allait lui prouver qu'elle l'aimait. Elle se cambra contre lui.

— Dans ce cas, nous avons toute la nuit…

Gunnar la serra plus près en poussant un grognement et approcha les lèvres des siennes. Son baiser fut rude. La tension entre eux était palpable. Ragn aimait la chaleur sombre qui régnait à présent dans la pièce ainsi que ce corps viril qui devenait dur sous ses doigts et dont les muscles saillaient.

Mais Gunnar s'écarta brusquement. Sa poitrine se soulevait et s'abaissait maintenant comme s'il venait de courir vite et longtemps.

— Ne voyez-vous pas que j'essaie de vous garder en vie ?

— Chut. Taisez-vous et laissez-moi vous montrer à quel point je vous fais confiance.

Ce disant, elle glissa la main le long du corps maintenant tendu, jusqu'à en sentir l'érection qu'elle caressa. De ses doigts agiles, elle ouvrit le pantalon. La virilité de Gunnar lui apparut alors. Puis, tombant à genoux, elle lécha son sexe et le prit dans sa bouche.

Le long grognement qu'émit Gunnar la fit se sentir puissante. Elle gardait parfaitement le contrôle alors que lui avait perdu le sien.

Il la prit par les épaules.

— Je veux aussi vous donner du plaisir.

La poussant vers le lit, il glissa la main sur sa hanche.

— Vous voulez dire que nous allons nous donner du plaisir l'un l'autre.

— En effet, dit-il d'une voix rauque. Mais nous sommes tous deux trop couverts pour cela.

L'un contre l'autre, Ragn et Gunnar étaient allongés sur le lit. Le bonheur qu'ils venaient d'éprouver contenait une urgence nouvelle et avait dépassé l'imaginable. Ensemble, ils avaient atteint le plaisir plusieurs fois. Ragn avait permis à son corps d'exprimer l'amour qu'elle portait à son mari et celui-ci avait répondu.

Elle se souleva sur un coude. Un nouveau plan commençait à germer dans son esprit. Ils pourraient le réaliser ensemble au lieu de continuer à batailler sans fin. Et il allait fonctionner, elle n'en doutait pas.

— En fait, vous allez m'utiliser comme appât pour tendre un piège à Vargr. Pourquoi ne pas me l'avoir dit tout de suite plutôt que de débiter des sornettes sur Eylir, sur Maurr et sur ce qu'ils pouvaient bien penser tous les deux ?

— « Comme appât » ? répéta Gunnar d'un air étonné. De quoi parlez-vous ?

— Vargr sait comment la cour procède et n'ignore donc pas que le protocole va vous retenir pendant une période de temps assez longue où vous ne pourrez rien faire qu'attendre. Il va aussi rapidement apprendre qu'un bateau est arrivé et de quelle provenance. Le rapport avec moi ne sera pas long pour lui à établir. Nous devons donc le pousser à se dévoiler. Dès qu'il apprendra ma présence, il essaiera de m'atteindre. C'est alors que vous pourrez le montrer à tous tel qu'il est vraiment.

Elle l'embrassa sur la tempe.

— Vous auriez dû me présenter votre plan tout de suite. Il est parfait.

Gunnar secoua la tête.

— Cessez ce jeu, Ragn ! Je refuse de vous mettre en danger. C'est d'ailleurs la raison de la présence de Maurr parmi nous. Car il est bien là pour vous défendre. Quant au reste, vous vous trompez. Je me rendrai à la cour, j'exposerai mon cas et le roi m'écoutera. Peut-être que le jugement sera rendu après un combat singulier, mais je m'attends de toute façon à l'emporter.

— Si procès il y a, c'est Eylir que vous devrez envoyer

parler en mon nom. Nul autre. Quant à moi, je me réserve le rôle de témoin et j'entends le jouer du début à la fin.

— Entendu, je vous promets d'envoyer Eylir. Mais je me demande si vous ne seriez pas un peu trop méfiante…

— Si vous connaissiez Vargr, vous ne vous le demanderiez pas. Moi, je le connais et sais de quoi il est capable.

— J'essaie de vous protéger, Ragn. De votre côté aussi, préservez-vous bien du danger.

Elle lui posa une main sur l'épaule. Dès que Vargr saurait qu'elle était à Kaupang, il chercherait et trouverait le moyen de lui nuire. Et le moment idéal pour le faire serait bien sûr pendant que Gunnar se présenterait devant la cour. Il fallait donc continuer à croire qu'il était encore trop tôt pour que Vargr ait appris sa présence et qu'il l'ignorerait jusqu'à ce que Gunnar l'ait révélée en public.

— En travaillant vraiment de pair, nous pouvons réussir à résoudre ce problème, dit-elle. Pour le moment, ce qui prime est que Vargr soit mis en cause. Je n'en peux plus de fuir. Et si jamais il venait ici, je serais prête à le recevoir. Vous devez faire confiance à ce que vous-même m'avez appris et me laisser une épée dont je pourrai, le cas échéant, me servir. C'est la condition que je vous pose pour rester ici ainsi que vous me l'enjoignez.

— Vous avez vraiment des idées très fantaisistes sur le sujet, Ragn.

Il l'embrassa sur le front.

— Mais, soit, je laisserai mon épée ici. Si la requête à la cour se transforme en combat singulier, vous l'apporterez.

— Je compte bien que vous rentriez avant cela.

Gunnar lui glissa la petite figurine de pierre entre les mains en les refermant dans les siennes.

— Gardez cette amulette en sécurité jusqu'à mon retour. Vous en aurez plus besoin que moi.

Elle serra les doigts sur la petite figurine. Sans que Gunnar ait eu besoin de l'exprimer avec des mots, elle savait maintenant qu'il tenait à elle. Le fait qu'il lui confiât, en cet instant, l'amulette à laquelle il tenait tant et qu'il emportait toujours avec lui lors des batailles en était la preuve éclatante.

— Je vais chérir cette figurine, lui dit-elle. Mais vous devrez provoquer la chance. Et revenir vers moi.

Chapitre 15

— Combien de temps pensez-vous que cela va prendre ? demanda Ragn à Maurr qui paraissait moins que ravi qu'on l'ait laissé à l'arrière pour la protéger.

Il haussa les épaules.

— C'est un peu dur à dire, mais vous serez bien ici.

Ragn lui sourit.

— C'est une bonne chose que vous soyez resté.

— Comment est Jura en ce moment ? demanda Trana en posant le pot de potage sur l'âtre. Nous sommes cousines, toutes les deux, et je n'ai pourtant jamais entrepris le voyage. Un jour, je veux aller visiter le monde.

Un coup frappé à la porte interrompit l'interminable explication de Maurr sur le magnifique château qu'il avait l'intention de bâtir sur ses terres et sur la façon dont il comptait s'y prendre.

— Déjà ?

Le ventre de Ragn se noua tandis que Trana allait ouvrir. En reconnaissant sur le seuil l'un des hommes de Maurr, Ragn respira mieux.

— Il faut que vous veniez au bateau, Maurr. Nous avons un problème à la coque. La glace, je pense.

Maurr pinça les lèvres.

— Cela peut attendre. Mon devoir est de rester ici pour monter la garde.

— Non, cela ne peut pas attendre, repartit-elle. S'il y a

un problème, et que nous devons battre précipitamment en retraite, il nous faut un bateau en état de naviguer. Allez-y. Trana et moi serons en sécurité jusqu'au retour de Gunnar. Qui attaquerait cette maison en plein jour ?

— J'ai donné ma parole à Gunnar.

Ragn posa les mains sur ses hanches.

— Tout va bien se passer. De toute façon, vous n'allez pas vous absenter longtemps. Ne vous inquiétez pas. En veillant sur l'état du bateau, vous faites aussi votre devoir et veillez sur nous. Car nous pouvons avoir besoin de votre embarcation dès aujourd'hui. Qui sait de quelle humeur sera le roi et quel mensonge Vargr aura bien pu lui raconter ?

— Je m'incline devant la femme déterminée, dit Maurr. Et en attendant mon retour, je laisse l'un de mes hommes devant la porte.

Là-dessus, il s'éloigna avec ses acolytes, et la maison redevint presque silencieuse.

Attrapant le tisonnier, Ragn se pencha vers les flammes et l'y plaça pour qu'il chauffe.

— Au cas où…, dit-elle en se redressant.

Trana fronça les sourcils.

— Au cas où quoi ?

— Vargr déciderait d'agir pendant que Gunnar est devant la cour. Et au cas où Maurr aurait été dupé par une fausse information visant à l'éloigner pour laisser le champ libre à Vargr. Le port est rempli d'espions à lui.

— Moi qui trouvais que tu avais cédé un peu vite aux arguments de Gunnar et d'Eylir…

— Vargr est un serpent rusé. Le piéger est notre seul moyen de l'attraper. Et Gunnar est tombé d'accord avec mon plan.

Elle eut un petit rire.

— Sans doute parce qu'il n'a pas cru une seule minute qu'il risquait de se réaliser, ajouta-t-elle. En tout cas, il a accepté.

Trana pencha la tête sur le côté.

— Tu as changé, Ragn, plus que je l'ai d'abord cru quand tu es arrivée.

— Dans le bon sens, j'espère.

*
* *

Gunnar étudia la salle immense qui s'ouvrait devant lui tout en songeant à Ragn. Pendant la courte durée de sa présence à la cour, sa femme serait en sécurité en compagnie de Trana et de Maurr. Et, ainsi qu'elle l'avait justement remarqué la veille, Vargr ne la pourchasserait pas alors qu'il se trouvait dans le château du roi. Il ne s'attellerait à cette tâche que plus tard. Non, jamais il ne prendrait le risque de s'opposer ouvertement à Ragn avant de savoir comment le roi risquait de réagir.

Dans la pièce principale se pressaient courtisans et ambassadeurs de nombreux pays. Plusieurs arboraient les tuniques lourdement brodées et les capes que l'on portait à la cour de Constantinople. Certains venaient même de l'un des califats d'Afrique du Nord. Il était clair que, récemment, le prestige du roi Harald s'était étendu. Il tendit son jeton de libre passage au garde avant de poursuivre son avancée tout en caressant l'espoir que son vieil ami n'avait pas trop changé.

— Regarde qui se trouve à côté de la reine, lui chuchota Eylir. Vargr Simmison…

— Es-tu sûr que c'est bien lui ?

Un homme au nez pointu dont la cape et la tunique rivalisaient de magnificence avec celles du roi se tenait juste derrière la reine et lui murmurait à l'oreille.

— Je ne l'ai rencontré qu'un petit nombre de fois, répondit Eylir, mais je reconnaîtrais entre toutes sa tunique et sa cape. Il est si bien introduit que je vois mal comment ta femme pourrait obtenir quoi que ce soit de la justice. En fait, peut-être vaudrait-il mieux que tu abandonnes maintenant et que tu retournes à Jura. Laisse donc Vargr t'attaquer là-bas. Tu as tes hommes sur place. Tu pourras te battre !

Gunnar serra les dents. Vargr jouissait, à n'en pas douter, d'une influence certaine. Cela ne signifiait pas pour autant que la cause était perdue. Après tout, Viken aussi était régie par des lois et tout habitant était en droit d'y obtenir justice.

Il s'approcha du trône où son ancien compagnon d'armes

était assis, le visage trahissant l'ennui qu'il éprouvait devant les requêtes diverses que l'on lui tendait.

— Votre Majesté, je suis venu vous présenter mes respects.

— Gunnar Olafson ! s'écria Harald avec un large sourire en quittant son trône. En chair et en os ! Vous vous êtes donc aventuré jusqu'au Nord ! Cela faisait beaucoup trop longtemps. Êtes-vous ici à la recherche d'une fiancée ? N'aviez-vous pas juré que ce serait la seule raison capable de vous faire revenir sur la terre de vos ancêtres ?

La tension qui habitait Gunnar disparut. Le roi se rappelait qui il était.

— Beaucoup trop longtemps, c'est vrai. Je suis flatté que vous vous souveniez de moi et de mes déclarations.

— Que je me *souvienne de vous* ? Mais je vous dois la vie ! À Constantinople, c'est *vous* qui m'avez aidé à m'échapper !

Là-dessus, le roi relata toute l'histoire que Gunnar écouta dans un silence respectueux tandis que, de la foule, parvenaient des murmures de plus en plus fournis.

L'ambassadeur du califat lui jeta un regard narquois.

De son côté, Vargr demeurait debout près du trône. Les suppositions de Ragn ne se confirmaient pas. Vargr n'avait pas la moindre idée que sa belle-sœur était revenue à Kaupang.

— Que puis-je faire pour vous ? demanda enfin le roi après avoir terminé son récit. Vous n'avez pas voyagé jusqu'ici dans le seul but de ranimer le souvenir des jours anciens.

— Ma femme…

— Vous êtes marié ? Bien ! dit le roi en souriant avec tendresse à son épouse qui parlait à Vargr derrière sa main. Je suis moi-même venu tard à cette institution mais je la recommande à tout le monde. À l'époque, vous répétiez que vous deviez tenir le serment que vous aviez fait à votre mère de n'épouser qu'une fille du Nord. Votre femme est-elle ici ? Si vous avez l'intention de demeurer à Kaupang, mon épouse pourra l'intégrer à sa suite.

Gunnar conserva un air impassible.

— Je suis venu ici parce que ma femme s'est fait attaquer par deux hommes sur mes terres, à Jura. Je viens donc réclamer justice.

Se penchant aussitôt vers le roi, la reine lui murmura quelque chose à l'oreille. Il lui tapota la main et lui sourit d'un air indulgent.

Gunnar fronça les sourcils. L'entretien ne se déroulait pas tel qu'il l'avait prévu. Tout se passait comme si on l'avait attendu. Il jeta un coup d'œil vers l'endroit où se tenait Vargr. L'homme lui adressa un sourire entendu. Il serra les dents.

— Y a-t-il un problème, Votre Majesté ? s'enquit la reine. Je pensais que c'était pour ce genre de situations que vous disposiez de *jaarls* dans les Hébrides extérieures…

— Que puis-je faire à propos de votre différend ? demanda le roi à Gunnar en levant une main alanguie. Votre problème concerne Kolbeinn ou, à défaut, Ketil. Quel intérêt, en effet, à disposer de *jaarls* si l'on ne peut s'adresser à eux pour administrer la justice ?

La cour rit complaisamment.

Gunnar échangea un coup d'œil avec Eylir. Son ami avait mieux compris que lui la situation. Non, Harald n'avait plus grand-chose à voir avec le seigneur de guerre qu'il avait intimement connu. La politique l'avait consumé.

— Je suis revenu ici, à Viken, parce que c'est d'ici que les assaillants arrivaient, répondit-il. Parce que c'est quelqu'un de votre cour qui les a envoyés. Aussi vous demanderai-je de me rendre la justice du roi. Mettez Vargr Simmison en prison. Traduisez-le en justice aujourd'hui.

— Assieds-toi, Ragn, dit Trana de l'endroit où elle s'était installée pour carder de la laine. Tu vas finir par creuser le sol à force de déambuler ainsi… Déposer une requête devant le roi demande du temps. Quant à Maurr, il ne va plus tarder, maintenant. Tu te fais du souci pour rien.

Ragn croisa les bras. Elle aurait voulu pouvoir se cacher. Malgré ce qu'avait affirmé Maurr, il semblait que le problème de son bateau fût plus grave et prît beaucoup plus de temps qu'escompté. Elle sentit l'inquiétude grandir en elle. Gunnar était-il dans le même état d'esprit avant les batailles ?

— J'ai un mauvais pressentiment, dit-elle. J'aurais dû l'accompagner. Gunnar risque de s'énerver là-bas et… Peut-être devrions-nous le rejoindre à la cour ?

— Fais confiance à Gunnar pour bien présenter l'affaire. Ton homme sait parler sans agacer les gens.

— Ce n'est pas en Gunnar que je n'ai pas confiance. C'est en Vargr… Il est passé maître dans l'art de tromper tout le monde. Or, Gunnar déteste les manœuvres de cour et les runes restent pour lui difficiles à déchiffrer, même si nous continuons à les étudier ensemble.

— Ton homme est dans le vrai. Le roi ne peut risquer de s'aliéner ses *jaarls* de l'Ouest sur un sujet pareil. Tout va bien se passer. Personne ne sait que tu es ici.

Avec un sourire, Trana tapota le banc à côté d'elle.

— Viens t'asseoir. Je suis si contente de pouvoir partager un peu de temps seule avec toi. De plus, j'ai besoin de ton avis. Comment convaincre Eylir de ne pas se rendre dans l'Ouest au prochain printemps ?

Les yeux posés sur Trana, Ragn fronça les sourcils en remarquant pour la première fois le ventre légèrement enflé de la jeune femme ainsi que son teint plus lumineux qu'avant.

— Tu attends un enfant ! dit-elle, les yeux écarquillés. Tu aurais pu me le dire hier soir.

Les commissures des lèvres de sa cousine tremblèrent un peu.

— Je le pense, en effet… Je ne l'ai pas dit à Eylir mais j'en suis presque sûre. Comme je te l'ai expliqué, c'est compliqué entre nous. Mais mon flux menstruel est toujours régulier or, je n'ai rien depuis… octobre ! Depuis que tu es partie, très exactement.

— L'enfant est donc de lui ?

— Après ton départ, nous avons passé une nuit ensemble.

Trana baissa la tête.

— Mais depuis que mon père m'a confiée à lui, il a refusé de me toucher. Je crains d'être en train de le perdre, Ragn.

Il jure qu'une fois mon père et mon oncle rentrés il partira chercher fortune dans l'Ouest.

— Rappelle-toi ce conseil que tu m'as donné hier soir et applique-le à ta propre vie : si tu l'aimes, bats-toi pour lui. Pars avec lui. C'est en tout cas ce que je ferais avec Gunnar.

— Gunnar t'a épousée, Ragn... Eylir, lui, n'envisagera jamais un mariage entre nous tant qu'il n'aura pas réussi à faire fortune. En fait, mon père a même évoqué des fiançailles avec un autre...

Ragn lui saisit la main.

— Je commence à croire que tout le monde est aveugle autour de moi ! As-tu au moins donné une chance à Eylir de te demander en mariage ou t'es-tu contentée de lui laisser croire que tu souhaitais agir selon les désirs de ton père ?

Un cliquetis bien net, comme si quelque chose s'était renversé, fit se raidir Ragn.

— Trana...

Baissant la voix, elle attrapa l'épée de Gunnar.

— Il y a quelqu'un dehors et ce n'est ni Maurr ni l'un de ses hommes. Ils auraient émis le signal convenu.

Le visage de Trana devint blême.

— Tu entends des bruits. Ce sera simplement un chat en train de passer sa patte dans le seau de lait.

— Tu ferais mieux de te préparer à courir.

La porte s'ouvrit avec fracas, laissant entrer un tourbillon de neige.

— Vous restez là sans bouger, Gunnar Olafson, ignorant le protocole de cette cour ! dit la reine en se levant.

Son beau visage prit une expression hautaine.

— Est-il autre chose que vous désiriez obtenir ? Mon mari a gentiment écouté votre requête contre le *jaarl* Vargr. Mais c'est vers votre propre *jaarl* que vous devez vous tourner, celui de Jura. Pendant longtemps, les anciens compagnons de mon mari ont recherché auprès de lui des faveurs injustifiées qui ont eu pour résultat de susciter maintes discordes et factions au sein de la cour. Pourquoi déshonorez-vous votre roi ?

Serrant les poings, Gunnar s'exhorta au calme. Il fallait que Harald comprenne pourquoi l'homme qui lui avait jadis sauvé la vie troublait aujourd'hui le bon ordre de la cour. Avant que le roi le révoque pour toujours.

— Avec tout mon respect, *my lady*, c'est le roi qui doit me répondre.

La reine murmura de nouveau à l'oreille de son époux.

— Êtes-vous allé chercher l'avis de Lord Ketil ? s'enquit Harald lorsqu'elle eut terminé. Ou bien êtes-vous venu jusqu'ici parce que vous saviez que Ketil-le-Blanc ne vous soutenait pas ?

— Kolbeinn m'a envoyé vers vous à cause de ceci, déclara-t-il en brandissant les broches que les hommes ayant attaqué son domaine portaient sur eux. Je suppose que vous savez à quel *jaarl* elles appartiennent. Je suppose aussi que ce *jaarl* n'a nulle autorité à effectuer de tels raids dans les Hébrides extérieures. Arrêtez de déléguer et conduisez-vous comme le dirigeant que je sais que vous pouvez être. Accordez-moi le procès de Vargr Simmison.

Le roi prit les broches en fronçant les sourcils.

— Où sont les hommes qui vous ont attaqué ?

— Kolbeinn s'est occupé d'eux ainsi que la loi l'y autorise lorsque quiconque attaque son *félag*.

— Dans ce cas, l'affaire est close et il n'est plus rien que je puisse faire. Je suis d'ailleurs fort étonné que vous ayez pris le risque d'une traversée en mer pour une aussi petite chose.

Gunnar perçut une note impatiente dans sa voix.

— Je voudrais avoir votre parole que quiconque encourageant de tels actes agit bien contre vos ordres. Vous et moi nous sommes quittés en paix. À moins que vous ayez prononcé ces paroles pour qu'elles s'envolent ? Devrai-je craindre que d'autres hommes, et en plus grand nombre, viennent tenter de s'emparer de ce qui m'appartient ?

Le roi soupesa les broches au creux de sa main.

— Vous me demandez cela sur la dette de vie que j'ai contractée envers vous ? Pourquoi ?

— Vous êtes le seul à pouvoir faire en sorte que Vargr cesse d'outrager votre nom, répondit-il. Si cela continue, vous devrez gérer une révolte et je ne veux pas que vous connaissiez cela, mon ami.

— Une révolte pour une raison aussi mineure ? repartit la reine en arquant un sourcil. Il s'agit juste d'une histoire de *jaarls*.

— Je veux juste, *my lady*, m'assurer que les personnes vivant sous ma protection demeurent en vie. Et pour ce faire, je voudrais me mesurer à Vargr au cours d'un *procès par la lutte*.

— Pourquoi Vargr irait-il s'intéresser à un domaine situé sur les terres éloignées des Hébrides extérieures ? Surtout quand une sorcière l'a avisé de ne plus jamais traverser les mers !

La reine conclut sa démonstration moqueuse par un petit rire cristallin.

— En tant que mari de Ragnhild Thorendottar, veuve de Hamthur qui fut tué de manière illégale, riposta Gunnar, j'ai le droit d'agir de la sorte. L'homme en question a avoué le meurtre quand il a attaqué ma femme puis l'a laissée pour morte. De manière tout aussi illégale, il s'est ensuite emparé des terres de ma femme.

Un murmura choqué traversa l'assistance tandis que la reine portait soudain un intérêt exagéré à sa robe. Gunnar conserva un air impassible. Les choses commençaient à bouger dans le sens qu'il désirait. Il avait bien fait de donner son amulette à Ragn.

— Ragnhild Thorendottar serait en vie ? demanda soudain le roi. J'avais compris qu'elle avait péri dans un tragique incendie. Pouvez-vous la faire comparaître devant cette cour ?

— Ah, je comprends, maintenant ! dit la reine avec une petite moue sans lui laisser le temps de répondre. Quelqu'un se fait passer pour Ragnhild Thorendottar. Mais croyez-vous pouvoir continuer à prétendre la même chose ici, sur nos terres ?

— Ma femme se trouve chez sa cousine. Je vais aller la

chercher et vous pourrez entendre de sa bouche ce par quoi elle et sa jeune sœur sont passées. Je suis sûr en outre que vous saurez la reconnaître.

Le roi se tourna alors vers l'endroit qu'occupait Vargr.

— Vargr… Où est Vargr les-Pieds-Plats ? À quel moment a-t-il quitté la salle ?

— Hier, tard dans la soirée, il m'a dit craindre un complot contre sa vie, dit la reine en fronçant son joli visage. Aussi n'est-il pas venu aujourd'hui. Pour ma part, je devais retarder le complotiste de mon mieux. Quant à Vargr, il s'est fait remplacer par l'un de ses hommes qui portait sa cape. Mais il est parti, à présent.

Gunnar se tendit. Vargr savait où se trouvait Ragn. Il avait fait surveiller tout le port. En fait, depuis le début, le beau-frère de Ragn avait une longueur d'avance sur elle, Eylir et lui-même…

C'était pour protéger Ragn qu'il l'avait dissimulée, mais Vargr avait mieux joué que lui. Jamais il n'aurait dû la laisser en la seule présence de Maurr pour la protéger.

— J'y vais, annonça-t-il.

— Le roi ne vous a pas donné l'autorisation de partir, Gunnar Olafson, observa la reine.

— Je n'attends la permission de personne pour sauver la vie de ma femme.

Ragn eut peu de temps pour réagir quand Vargr et cinq de ses acolytes firent irruption dans la pièce. D'une main, elle saisit un couteau de table qu'elle glissa dans sa ceinture, et attrapa l'épée de Gunnar de l'autre.

— Sortez, Vargr ! Vous n'avez aucun droit de vous trouver ici ! cria-t-elle en dirigeant la pointe de son épée vers la porte. Même dans ce pays, vous n'êtes pas autorisé à pénétrer dans une habitation privée sans y avoir été invité.

— Ragnhild, ma douce belle-sœur ! Quel plaisir de vous voir ! Et en aussi bonne santé…

Vargr adressa à sa belle-sœur un salut exagéré.

— Apparemment, l'annonce de votre mort était fausse. Celle de votre retour, en revanche, était vraie. Voilà pourquoi le port est surveillé. Chacun de vos pas ainsi que ceux de votre soi-disant guerrier de mari ont été notés.

— Quoi que vous réclamiez, je refuserai de m'y plier, répondit-elle.

L'emporter sur six hommes était impossible. Son seul espoir était que Gunnar eût remarqué l'absence de Vargr à la cour et fût déjà sur le chemin du retour.

— La dernière fois, ajouta-t-elle, j'ai pris la fuite en courant. Cette fois, je ne céderai pas. Vous n'êtes qu'une brute qui se pavane mais dont le plan est en train de s'effondrer. À présent, sortez !

— Êtes-vous la propriétaire de cette habitation ?

— Vous n'avez aucun droit d'être ici, dit alors Trana, hérissée, en prenant à son tour la parole.

— Allez-vous-en immédiatement ! commanda de nouveau Ragn en brandissant un bras. Sinon…

— Sinon quoi ? Qui allez-vous alerter ?

Le ricanement de Vargr se déploya en un rire moqueur.

— Le roi ? Lui et moi sommes d'accord sur cette affaire. Elle est très simple : Ragnhild vient d'attaquer l'un de ses émissaires, ce qui fait d'elle une traîtresse. En conséquence de quoi ses terres ainsi que celles de son mari seront confisquées. Du reste, la reine a compris mon malaise et s'est montrée favorable à ce que l'un de mes hommes me remplace aujourd'hui à la cour.

La bouche de Ragn s'assécha. Gunnar s'était jeté dans la gueule du loup. Si elle s'était rendue à la cour avec lui, l'imposture lui aurait tout de suite sauté aux yeux. Au lieu de quoi, elle était demeurée ici et Vargr avait déjoué leur plan. Il était vrai que son beau-frère s'était toujours révélé un bon joueur de *tafl* et savait anticiper chaque mouvement.

— Vous feriez mieux de posséder une preuve de ma prétendue culpabilité, Vargr, car il va y avoir un procès, dit-elle.

Son beau-frère jeta un regard dur à Trana.

— Si vous vous comportez de manière sensée, Trana

Ragnardottar, vous aurez la vie sauve et aucun mal ne vous sera fait. Autrement, vous subirez le même destin que celui de votre cousine. Malgré vos dénégations, je constate que c'est grâce à votre complicité qu'elle a pu disparaître après l'incendie. Vous pensiez que je ne le découvrirais pas mais, heureusement, certaines personnes sont plus honnêtes que vous.

— Vous parlez évidemment du capitaine du bateau, dit Ragn qu'une froide colère submergeait.

Vargr inclina la tête avec un sourire suffisant.

— Il est étonnant de constater à quel point les marins peuvent se montrer bavards dès qu'ils ont des broches en or à débarquer de leur bateau.

Le regard posé sur Trana, il poursuivit :

— J'avais oublié combien votre cousine était charmante, Ragnhild. Quel dommage si ses jolis attributs étaient abîmés.

Un petit cri s'échappa des lèvres de Trana qui sembla se recroqueviller sur elle-même. Ragn serra les dents. Vargr avait forcément commis une erreur quelque part.

— Laisse-moi m'occuper de cela, dit-elle à voix basse à sa cousine. Reste ici et attends Gunnar et Eylir. Tu seras moins exposée et pourras mieux protéger le bébé que tu portes. Quant à moi, je vais me débrouiller pour survivre jusqu'à ce que Gunnar et ses hommes me trouvent. Courage !

D'un signe de tête, Trana montra qu'elle avait compris.

— J'avais pourtant décidé de rester avec toi pour que nous fassions front ensemble. Mais je ne suis pas guerrière dans l'âme. Ni aussi courageuse que toi.

— Et moi, Vargr ? demanda alors Ragn, le ventre noué, tout en agitant son épée pour attirer l'attention de son beau-frère. Que voulez-vous de moi ? Suis-je censée aller docilement vers ma mort ?

D'un mouvement vif, Vargr plaqua une main de fer sur l'avant-bras de Ragn, la forçant à lâcher son épée avant qu'elle ait le temps de l'utiliser.

— Je me disais que vous n'auriez même pas l'idée de vous en servir, lança-t-il, insultant. Ne me dites pas que vous pensiez pouvoir l'emporter sur moi et cinq de mes hommes, Ragnhild ! Surtout quand on sait que la chance se met toujours de mon côté.

À voix basse, Ragn lui adressa une injure. Vargr lui tordait le bras mais peu importait qu'il lui fît mal. Chaque seconde qui passait, chaque respiration la rapprochaient du retour de Gunnar. De plus, elle n'était pas femme à se laisser gagner par la panique.

— Vous ne savez rien de mes pensées.

— Nous avons des choses à finir de régler.

— Je croyais que nous nous étions tout dit quand vous avez lancé votre torche enflammée dans mon château, répliqua-t-elle en tentant de prolonger la discussion et que sa voix restât ferme.

Quoi que Vargr et ses hommes fassent, elle n'accepterait pas de les suivre, ce qui les obligerait à l'emmener de force, à la traîner pendant qu'elle pousserait des hurlements. Alors, forcément, quelqu'un l'entendrait. De toute façon, elle trouverait n'importe quoi pourvu que cela retardât l'instant fatal. N'importe quoi qui donnât à Maurr ou à Gunnar le temps de revenir.

— Ces terres appartenaient à ma famille, reprit-elle. Pourtant je vous les ai offertes en échange de la vie de ma sœur.

— Jamais mon père n'aurait favorisé mon frère à mon détriment.

— Votre père est mort depuis longtemps. Votre frère aussi a perdu la vie.

— Hamthur avait monté mon père contre moi. Et vous l'y avez aidé avec vos fêtes et vos démonstrations de gentillesse. C'est moi qui aurais dû hériter de la meilleure part du domaine.

Ragn déglutit avec difficulté. Vargr continuait à parler tandis que ses hommes restaient groupés près de la porte. Bien… Il fallait juste l'amener à poursuivre.

— Je ne m'excuserai pas d'avoir fait prospérer le domaine de Hamthur. S'il s'est développé, c'est uniquement grâce à mon héritage et parce que je m'y suis personnellement investie en m'occupant de tout. De plus, je vous rappelle que je vous avais proposé de vous expliquer comment mieux faire fructifier vos propres terres.

Vargr claqua des doigts.

— Vous me faites perdre mon temps.

— Laissez Trana ici et je vous suivrai dans le calme.

Le sourire de Vargr ne contenait aucune compassion.

— Trana vient avec nous. Cela lui apprendra ce qu'il en coûte de tromper Vargr Simmison ! Si elle obéit, il ne lui arrivera rien, mais je veux lui donner la leçon qu'elle mérite.

— Jusqu'à ce que vous envoyiez vos assassins, je n'avais nullement l'intention de revenir ici. C'est toujours une erreur, Vargr, de s'en prendre à la vie des autres.

Celui-ci approcha le visage tout près du sien. La folie brillait au fond de ses petits yeux bleus.

— Je croyais que c'était de Svana que la sorcière parlait. Mais je comprends maintenant que c'était de vous… Oui, c'est vous qui êtes destinée à me détruire si je ne vous détruis pas en premier. Tout cela est très clair pour moi, maintenant.

Sur ces mots, il plaça les mains autour de la gorge de Ragn et serra. Tout s'obscurcit. Portant les mains à sa ceinture, Ragn sentit le couteau de table. Rassemblant ses dernières forces, elle le saisit et lui piqua le ventre. Vargr poussa un grognement et desserra sa prise.

Une longue inspiration lui redonna le souffle qui lui manquait. Elle s'éloigna de lui et se saisit du tisonnier.

— Attrapez-la ! cria-t-il. Elle vient de me poignarder !

L'un des hommes de main de Vargr la saisit par les bras, la forçant à lâcher le tisonnier, et ce fut en vain qu'elle se débattit.

— Vous ne vous en tirerez jamais ! Mon mari ne le tolérera pas.

— Quoi ? Votre nouveau mari ! J'ai pris la mesure de l'homme qu'il était. C'est un solitaire. Rien à craindre de lui.

Vargr haussa les épaules.

— Je parie qu'il va être retenu à la cour pendant un temps considérable. Figurez-vous que la reine l'a pris en aversion. Peut-être vous rencontrerez-vous dans la mort… Ce serait approprié, du reste. En ce qui vous concerne, vous serez exécutée pour avoir tenté de me tuer. Je n'aurais pu imaginer meilleur dénouement.

Ragn vit sa fin toute proche. Toutes ces choses qu'elle aurait voulu dire… Si elle avait su que Vargr la mènerait au point de non-retour, comme elle se serait serrée fort contre Gunnar au moment où il était parti ! Et hier soir, pourquoi ne lui avait-elle pas dit qu'elle l'aimait au lieu de laisser son corps seul le lui murmurer ?

— J'ai pitié de vous, Vargr. Seuls le pouvoir et l'or vous intéressent. Vous ne pensez qu'à cela. Mais moi, je sais la différence qu'un homme bon peut faire en ce monde.

— C'est vrai ?

La voix grave qui avait posé cette simple question venait de la porte.

Ragn sentit ses jambes se dérober. Vargr avait menti. Gunnar avait pu s'arracher à l'influence de la reine, et le roi ne le détenait pas. Il était revenu. Comme promis !

— Gunnar…

— Lâchez ma femme !

Au lieu d'obéir, le sbire de Vargr resserra son emprise autour du bras de Ragn comme un étau.

— Je la prends avec moi ainsi que j'en ai le droit, dit Vargr en posant la main sur sa tunique où s'élargissait une petite tache. Nous verrons ensuite ce que dit le roi. Car en fin de compte, cette sorcière m'a bel et bien poignardé. Elle avait l'intention de me tuer ! Elle doit payer pour ses crimes !

— Votre stupidité est-elle donc incurable ? C'est à peine une égratignure ! cria Ragn.

Vargr devint tout rouge.

— Qui traitez-vous de la sorte ?

— La réponse s'impose, déclara Gunnar en arquant un sourcil, et je suis heureux de pouvoir me battre pour Ragnhild. Vous et moi en combat singulier… Nous verrons lequel des deux l'emporte.

— De préférence à un procès par la lutte, la reine obtiendra une ordalie, déclara Vargr en accompagnant sa phrase de son habituel et désagréable ricanement.

— Vous êtes ami avec la reine… Jusqu'ici, je ne l'avais pas réalisé.

Vargr se rengorgea.

— Elle fait ce que je lui dis. Et ma femme est sa plus proche confidente.

— Vraiment ?

— Le roi est tellement entiché d'elle ! En tout cas, le décret qu'il a promulgué sur le mariage m'a permis de décupler mes possessions exactement comme je le prévoyais lorsque je lui en ai suggéré l'idée.

Vargr laissa entendre son rire arrogant.

— Derrière le trône, je détiens le pouvoir ultime !

Gunnar fronça les sourcils tout en paraissant réfléchir à la question.

— Le roi en est-il vraiment arrivé là ? L'image que vous donnez de lui ne ressemble même pas de loin à celle du Harald que j'ai connu à l'époque. Dans notre *félag* ne régnait qu'un dirigeant : Harald. D'ailleurs, pourquoi ne pas le lui demander directement ? Harald, qui dirige ce pays ?

Sur cette question, Gunnar fit un pas de côté et le roi pénétra dans la pièce.

— Je dirige mon pays comme je dirigeais mon *félag*, proclama-t-il tandis que Vargr devenait livide.

— Si je ne me trompe pas, Harald, vous avez entendu tous nos échanges, dit Gunnar. Mon seul regret est que ma femme n'ait infligé qu'une légère blessure à ce scélérat au lieu de le tuer purement et simplement. Mais on ne peut pas tout avoir…

— Il s'agit simplement d'une querelle de famille, dit Vargr en faisant signe à son acolyte de lâcher Ragn. Une querelle qui s'est envenimée. Rien de plus.

— Vraiment ? rétorqua le roi en arquant un sourcil. Vous avez une façon… intéressante de vous quereller, Vargr.

— J'exige de pouvoir venger cette blessure ! cria-t-il en montrant son ventre.

Gunnar tourna la tête vers Harald.

— Serais-je en train d'obtenir mon procès par la lutte ?

Le roi se tapota le menton du bout des doigts.

— Ma femme s'est exprimée avec trop de hâte et sans avoir dûment considéré la situation. Ces derniers mois, il est clair qu'elle s'est mal fait conseiller. Tout cela prend fin en cet instant précis !

Le sang quitta le visage de Vargr.

— Je peux tout vous expliquer ! Il a déformé mes propos. En venant tout simplement parler à ma belle-sœur, j'ai découvert les mensonges qu'elle avait proférés sur mon compte. Puis elle m'a attaqué sans raison, sans que je l'aie provoquée.

— Vous n'avez rien à m'*expliquer* et encore moins à *exiger* de moi, Vargr ! tonna le roi. J'en ai assez entendu ! Le royaume confisque toutes vos terres pour complot contre la Couronne.

Un bref regard à ses soldats suffit pour que ceux-ci s'emparent de Vargr et de ses hommes de main. Ragn courut alors vers Gunnar qui l'entoura de ses bras. À son contact, elle eut l'impression de revivre. Laissant aller la tête contre son épaule, elle perçut le cœur de Gunnar qui battait à une vitesse effrénée et sentit qu'il resserrait les bras autour d'elle.

— Je savais que vous arriveriez à temps, murmura-t-elle. Je le savais…

— Vous êtes vivante et c'est tout ce qui compte, chuchota-t-il contre ses cheveux.

S'éclaircissant la gorge, Harald s'inclina légèrement.

— Gunnar, cette fois, c'est d'avoir sauvé mon trône dont je dois vous remercier. Si l'on avait laissé Vargr continuer ainsi, il aurait fini par aliéner de nombreux et puissants *jaarls*.

— C'est moi qui vous remercie de votre opportune intervention, dit Gunnar sans lâcher Ragn.

— Vargr sera puni comme il le mérite, proclama le roi, pour son faux témoignage attestant la mort de Ragnhild Thorendottar. Et celle-ci verra ses terres restituées. De ce fait, Gunnar, vous pourrez faire partie des *jaarls* de Viken.

Ragn ferma les yeux. Après l'agression de Vargr, elle avait souhaité voir ses terres restituées et Vargr puni. Mais désormais, elle n'aspirait plus qu'à demeurer dans le domaine auquel son cœur appartenait.

— Les terres de mon mari sont l'endroit où je désire rester. Nous avons commencé à construire une nouvelle existence ensemble et j'ai l'intention de la vivre pleinement.

Harald les salua.

— Je ne doute pas qu'un guerrier méritant sera heureux de devenir *jaarl* d'un tel domaine, et m'assurerai en personne que vous soyez dédommagés comme il se doit.

Gunnar serra Ragn contre lui.

— J'irai où vous voudrez, lui chuchota-t-il à l'oreille.

— Bien... Dans ce cas, rentrons chez nous. À Jura.

Comme le roi et ses soldats commençaient à se retirer, la porte s'ouvrit soudain avec fracas sur un Maurr qui se précipita à l'intérieur, l'épée en avant.

En apercevant Gunnar et Ragn enlacés, il s'arrêta net.

— Quelqu'un a saboté mon bateau, et le garde que j'avais laissé ici manque à l'appel.

— Je crois que nous connaissons le nom de ce *quelqu'un*, dit Gunnar : Vargr Simmison. Et je vous suggérerais d'en appeler au roi pour recevoir l'indemnisation qui vous revient. Mais... Maurr, je croyais que vous aviez donné votre parole... Que vous deviez rester ici... Que vous vous assureriez qu'il n'arrive rien à Ragn.

Maurr rougit.

— Ragn m'a ordonné de partir voir ce qui se passait avec la coque de mon bateau et elle m'a convaincu. Quant à moi, jamais je n'aurais pensé l'homme assez éhonté pour se risquer à une attaque pareille en plein jour !

Gunnar tourna les yeux vers Ragn.

— Vraiment, Ragn ?

— J'ai en effet dit à Maurr de partir.

— C'était très imprudent de votre part.

Elle posa la main sur la joue de son mari.

— J'avais confiance en vous. Je savais que vous arriveriez à temps, et c'est bien ce qui s'est passé. De plus, à n'importe quel moment, nous risquions d'avoir besoin d'un bateau en état de naviguer et non d'une épave.

— Vous avez de la chance que je sois de très bonne humeur, Maurr, dit Gunnar.

— J'avais laissé l'un de mes hommes pour garder la porte, rétorqua Maurr. Je ne suis pas aussi insouciant ! Où est-il ?

Une brève recherche permit de retrouver le garde en question, assommé et inconscient, dans une allée. Maurr et ses acolytes l'emportèrent pour que l'on s'occupe de lui.

— Je ne me sens pas très bien, dit Trana lorsque tout fut enfin redevenu calme.

Comme elle se laissait lentement glisser à terre, Eylir, très pâle, l'aida à se relever en soufflant délicatement sur son visage pour lui donner plus d'air et en la priant de parler.

— Je pense que Trana a quelque chose à vous dire, dit Ragn.

Elle prit Gunnar par la main.

— Laissons-les seuls.

Gunnar hocha la tête et la conduisit dans le grenier où ils avaient passé la nuit. Là, il la serra fort contre lui pendant un long moment.

— Nous aussi avons des choses à nous dire, chuchota-t-il en embrassant ses boucles brunes. Vous avez pris beaucoup trop de risques ces derniers temps. Concernant le problème avec le bateau de Maurr, je comprends que vous ayez veillé à ce que nous puissions fuir, le cas échéant, sur une embarcation en bon état, mais la solution était alors d'accompagner Maurr à son bateau. Oui, rester près de lui était ce que vous pouviez faire de plus sûr. Vous connaissiez la situation. Il est impossible que vous preniez des risques pareils, Ragn. Mon cœur ne le supporte pas.

Elle lui caressa le visage, incapable de détacher les yeux de lui, avec l'impression que son propre cœur se retournait.

— Cela veut-il dire que vous éprouvez quelque chose pour moi ?

Le regard qu'il lui jeta lui coupa le souffle.

— Je vous aime de toute mon âme, Ragn, et j'ai eu tort de ne pas vous le dire plus tôt. Mais j'avais décidé de le faire le jour où les hommes de Vargr sont arrivés. Devant la gravité de ce qui se passait, j'ai pensé que mon amour grandissant pour vous avait failli causer votre mort, à cause de la malédiction. Ainsi, comment supporter l'idée que mon amour détruise la femme que j'aime ? Comment prendre ce risque ? Si cesser de vous aimer était le prix à payer pour vous garder en vie, alors j'étais décidé à le payer.

Elle se pressa contre son torse et écouta son cœur qui battait, solide, dans sa poitrine. Gunnar l'aimait…

— Y êtes-vous parvenu ?

— J'ai essayé, répondit-il en la berçant contre lui. J'ai essayé de me persuader que vous m'aviez utilisé, que vous venger et récupérer vos terres étaient les deux seules choses auxquelles vous aspiriez. Mais mon cœur refusait de m'écouter tant il aime vous aimer. Votre courage et votre générosité me rendaient encore plus honteux de moi-même. C'est alors que j'ai décidé de défier la malédiction…

— Je suis très heureuse que votre cœur vous ait montré le chemin. Grâce à lui, vous avez compris que cette malédiction n'avait aucun pouvoir sur moi et n'en aurait jamais.

Gunnar s'écarta pour qu'elle puisse lever la tête vers lui et le regarder dans les yeux.

— L'image que j'ai de vous courant un danger mortel va continuer à hanter mes rêves des mois durant. Tout à l'heure, alors que je me précipitais pour vous sauver des griffes de Vargr, j'ai pris conscience que vous aviez raison : le seul pouvoir de cette prétendue malédiction était celui que je lui accordais. Et cela a tout changé. À partir de cet instant, j'ai su que je *pouvais* vous sauver de Vargr.

— Jamais je n'aurais pensé qu'il utiliserait un leurre pour simuler sa présence à la cour, reconnut-elle.

— À partir de maintenant, nous ne nous quitterons plus. Vous garder tout le temps à mon côté est pour moi la seule façon possible d'assurer votre sécurité.

Elle eut un petit rire doux.

— On ne peut décider du moment où l'existence d'une personne s'arrête, Gunnar. La seule chose qui importe est de garder cette personne tout près de soi et de lui faire savoir qu'elle a rendu votre vie plus belle. Ces dernières semaines, vous m'avez montré ce que cela signifiait d'aimer la vie, et je vous en remercie profondément.

— Mon existence n'a de sens que parce que vous y occupez une place, dit-il en posant la joue contre la sienne. Avant cela, je ne faisais que mourir intérieurement. Sans m'en rendre compte… Et puis, vous êtes arrivée et m'avez demandé de tenir la promesse qu'Eylir avait inventée.

— Ni vous ni moi ne savions plus où nous en étions. Nous nous désirions sans oser faire l'amour et nous aimions sans oser le reconnaître.

— Je suis vraiment tombé amoureux de vous lorsque je vous ai vue, avec cette cuillère à la main, devant la marmite de ragoût qui chauffait dans l'âtre. On aurait dit une déesse.

— Rien que cela, dit-elle en souriant. Mais je dois vous avouer que, ce soir-là, mon seul but était de procurer un repas chaud à Svana.

— Ensuite, vous avez retrouvé l'amulette de ma mère. Je savais qu'elle aurait apprécié à la fois votre personnalité et cette gentillesse que vous témoignez aux autres, cette façon que vous avez d'embellir l'existence de ceux qui vous entourent.

Comme Ragn l'effleurait de nouveau du bout des doigts, Gunnar tourna le visage contre la paume de sa longue main et la lui embrassa.

— Et moi, dit-elle, je sais que j'aurais aimé votre mère. Aussi vrai que je connais l'homme qu'est devenu son fils !

— Mon cœur vous appartient, Ragn. Je le croyais mort et enterré avec ma famille, mais en fait, il s'est tout le temps trouvé là à vous attendre. Vous avez ravivé les souvenirs que j'avais de ma famille disparue et ceux-ci m'ont rapproché d'elle. Que dire de plus ?

Gunnar lui embrassa les tempes et les cheveux.

— Que vous êtes pour moi la plus belle femme du monde et qu'un jour peut-être vous me croirez.

le cœur de Ragn fit un bond. Gunnar la trouvait belle,

et c'était la seule opinion qui comptait pour elle. Ce qu'en pensaient les autres ne l'intéressait pas.

— M'aimez-vous ? lui demanda-t-elle avec douceur.

— Complètement et follement. Et je ne crains pas que tout le monde le sache.

— Ce jour-là, reprit-elle, en toute honnêteté, sachez qu'il y avait aussi une raison cachée à ma gentillesse. Je voulais que Svana ait un toit pour l'abriter et qu'elle passe un heureux Yule.

— Votre quête m'a alors rappelé tout le bonheur dont je me privais en tournant le dos à cette belle célébration. Mon seul regret est que Maurr m'ait, sans le vouloir, forcé à vous épouser. J'aurais préféré que vous prononciez votre serment de mariage en toute liberté plutôt que sous la contrainte.

— Sa venue nous a obligés à regarder en face cet amour que nous n'osions appeler par son nom.

— Pensez-vous pouvoir trouver un coin pour moi dans votre cœur ?

Le rire de Ragn fusa.

— Seulement un coin ?

— Ce que vous pourrez trouver. Je veux votre amour, Ragn. Je l'ai toujours voulu. Et j'ai été stupide d'avoir pu dire le contraire. Me pardonnez-vous ?

— Je vous aime, Gunnar. Sans condition. J'ignore combien de temps le destin nous permettra de rester ensemble mais je préfère une vie courte à votre côté qu'une vie de solitude. À présent, embrassez-moi comme vous le désirez.

— Avec grand plaisir !

Épilogue

Solstice d'hiver — 878 après J-C

Un bruit très léger s'éleva dans la pièce. Du lit sur lequel elle était étendue, Ragn tourna la tête vers le tout petit paquet qui se trouvait dans le berceau.

— Dormiez-vous ? demanda Gunnar d'une voix tranquille.

Elle secoua la tête.

— J'étais bien trop occupée à écouter notre petite fille gazouiller.

Gunnar tendit la main et effleura la joue du bébé.

— Asa est absolument parfaite. Regardez, elle me sourit.

Ragn se souleva avec prudence. Elle restait fatiguée de son accouchement survenu quelques jours plus tôt. Mais chaque fois qu'elle prenait son bébé dans les bras, elle songeait que cela avait valu la peine. Cette adorable créature, à qui Gunnar avait donné le nom de sa jeune sœur, était le symbole de l'amour qui grandissait entre eux.

— Oui, dit-elle, et elle tient bien sûr cette perfection de son père.

Le visage de Gunnar rayonna.

— Son père qui promet que l'on s'occupera bien d'elle ! précisa-t-il avec emphase.

Ragn glissa les doigts entre ceux de son mari pour le rassurer. Gunnar ne s'était jamais complètement remis de la manière dont avaient péri sa mère et ses sœurs.

— Y a-t-il un autre problème ? Vous savez que l'amulette de votre mère protège notre foyer.

— Svana est venue me voir tout à l'heure pour me confier qu'elle était à présent absolument certaine de la présence d'un *nisser* dans ce château et qu'elle voulait que nous fassions tous *sans exception* un vœu ce soir devant le porridge. En d'autres termes, je suis censé en trouver un aussi pour Asa.

— Maintenant que ses crises sont de plus en plus rares, je croyais que Svana allait cesser de croire aux *nissers*, qu'elle avait passé l'âge ! Mais apparemment…

Au cours de l'année, les crises de Svana avaient fini par se raréfier. De plus, grâce à la femme de Kolbeinn qui avait suggéré de mettre chaque jour l'œil indemne de Svana au repos pendant quelques heures, l'autre œil, le droit, qui avait un défaut, s'était habitué à travailler davantage et s'était beaucoup corrigé. Aujourd'hui, Ragn partageait l'avis de la femme de Kolbeinn : quand Svana serait plus grande, nombreux seraient les guerriers qui rivaliseraient pour obtenir sa main.

— Lors du Yule de l'année dernière, reprit Gunnar, Svana avait manifestement fait le vœu que vous et moi ayons une fille avant le prochain solstice d'hiver. Or, le *nisser* a… livré cette petite fille en temps et en heure. Voilà pourquoi Svana est plus convaincue que jamais de l'existence de ces minuscules créatures domestiques et que *notre nisser* lui apportera, pour Yule, l'épée qu'elle a demandée.

Ragn laissa sa tête retomber sur l'oreiller en riant.

— Pas une seule fois elle ne m'a parlé de ce vœu ! Elle s'était juste contentée de me dire que nous en connaîtrions la nature le jour où il se réaliserait. Bien sûr, je la savais nerveuse à propos de la naissance, car elle n'arrêtait pas de me demander quand devait naître le bébé et si je savais si ce serait une fille ou un garçon. Mais jamais je n'aurais imaginé qu'elle avait impliqué le *nisser* dans toute cette affaire !

— Concernant l'épée, il semblerait que j'aie eu du flair en lui en achetant une lors de ma dernière visite chez le forgeron de Colbhasa…

— Svana n'a pas manqué de faire savoir qu'elle désirait

en apprendre le maniement. L'épée peut donc venir de nous. Elle a déjà reçu du *nisser* assez de cadeaux pour toute une vie ! Il ne faut pas trop la gâter.

Le rire de Gunnar se mêla au sien.

— Je sais que vous ne tenez pas particulièrement à ce que nos enfants croient à de tels contes, ajouta-t-il, aussi dois-je vous demander si Asa recevra ou non des présents du *nisser*...

Ragn examina longuement le berceau. Gunnar lui demandait son avis et n'imposait rien, mais elle se rappelait le plaisir qu'avait procuré à son mari la célébration du Yule de l'année précédente et sa joie à l'idée de celle qui se préparait.

— Auparavant, dit-elle, je pensais que l'on ne devait croire qu'aux choses que l'on pouvait toucher. Mais c'était une erreur. Les croyances nous préparent, dès l'enfance, à l'espoir et à l'anticipation. La vie ne se constitue pas seulement de ce qu'elle donne à toucher. Elle se construit aussi autour de ce à quoi nous pouvons croire. Or, je crois en vous.

Gunnar s'assit près d'elle et l'entoura de son bras.

— Vous m'avez enseigné que plus un cœur s'élargit, plus il peut donner, et que la seule malédiction est celle qui nous empêche de nous lancer dans de nouvelles entreprises ou nous pousse à nous renfermer sur nous-mêmes.

— C'est vrai. Nous avons appris tout cela ensemble.

— Me rejoindrez-vous tout à l'heure pour le vœu devant le porridge, ma belle épouse ?

Ragn pensa à l'année qui venait de s'écouler et comment, avec Gunnar, ils l'avaient vécue dans l'amour et une confiance grandissante. Gunnar et Svana la trouvaient belle, et elle les croyait. Peu importaient ceux qui pensaient le contraire. Cela ne la dérangeait même plus.

— Oui, je me joindrai à vous. Bien que je ne puisse vraiment rien désirer de plus que ce qui se trouve déjà dans cette pièce.

— Alors, nous devons émettre le vœu que ce bonheur qui nous lie aujourd'hui dure le plus longtemps possible, repartit Gunnar. Et, pour cela, utiliser toutes nos forces, tout notre pouvoir, afin qu'il se réalise.

— Voilà un vœu auquel je me rallie de tout mon cœur !

Se lovant contre son mari, Ragn le serra dans ses bras. L'un contre l'autre, ils tournèrent le regard vers leur toute petite fille endormie.

Et les mots ne furent plus nécessaires.

Retrouvez en octobre 2019,
dans votre collection

LES HISTORIQUES

Deux roses pour un cœur, de Anne Herries - N°848

1455, Pays de Galles

Sauvée de justesse par Robert de Melfort, Melissa peine à se remettre du choc. Elle ne pensait jamais revoir ce jeune nobliau que son père a fait violenter pour l'éloigner d'elle et qui semble lui tenir rancune de ce traitement. En exigeant qu'il l'escorte jusqu'au couvent où elle doit être mise sous bonne garde jusqu'à son mariage de raison avec le marquis de Leominster, peut-être pourrait-elle lui témoigner son affection ? Et le convaincre de l'aider à fuir sa triste destinée…

Le sort d'un Irlandais, de Michelle Willingham - N°849

CŒUR DE GUERRIER - TOME 3

1175, Irlande

Joan se sait maudite. Par trois fois elle a voulu prendre un époux et par trois fois ceux-ci ont trépassé avant l'échange des vœux sacrés. Aussi refuse-t-elle d'obéir à ses deux frères, Warrick et Rhys de Laurent, lorsqu'ils l'encouragent à accepter l'offre de Ronan O'Callaghan. Elle ne peut risquer la vie de cet homme, qu'elle connaît à peine, mais qui la trouble plus que de raison. Même si celui-ci la supplie de consentir pour le bien du clan O'Callaghan.

L'inconnu du bal, de Nicola Cornick - N°850

LES HÉRITIÈRES MACMORLAN - TOME 2

Écosse, 1815

Jack Rutheford ? En découvrant les traits de l'homme masqué avec qui elle vient de partager la nuit la plus passionnée de sa vie, Lady Mairi se sent défaillir. Comment elle, la veuve respectable, a-t-elle pu laisser libre cours à son désir pour ce libertin notoire, cet insupportable insolent ? Bien sûr le bal de la veille était des plus enchanteurs… mais elle doit trouver une échappatoire avant le réveil de son cousin par alliance, en priant pour que lui ignore toujours l'identité de sa mystérieuse amante…

LES HISTORIQUES

La missive oubliée, de Michelle Styles - N°851

Newcastle, Angleterre, 1846

Pour Miss Emma Harrison, orpheline de mère, seule la guérison de son père bien-aimé importe. Aussi cache-t-elle à tous l'état de ce dernier pour protéger le joyau de toute une vie : sa compagnie Harrison et Lowe, spécialisée en construction. Mais lorsque Jack Stanton, devenu ingénieur, refait surface pour lui prêter main-forte sur le chantier d'un pont, Emma sent ses défenses faiblir. Cet homme, le plus qualifié pour la seconder, est aussi le seul qu'elle ait jamais aimé et qui l'a abandonnée sans un mot sept ans plus tôt...

L'honneur d'une Strickland, de Christine Merrill - N°852

AU SERVICE DES STRICKLANDS - TOME 2

Humiliée. Déshonorée. Charity ne trouve pas de mots assez forts pour repousser Miles *Strickland* lorsqu'il lui dévoile son identité. Dire que la veille encore, elle succombait à la plus exquise des étreintes entre ses bras et lui confiait vouloir retrouver une partie de l'héritage familial disparu afin d'échapper à un mariage avec le comte de Comstock. Désormais tout est clair : Miles, l'héritier de sa fortune, est venu des Amériques pour la déposséder...

Le chevalier du dragon, de Catherine Archer - N°853

Angleterre, 1202

Inquiète pour son frère Christian, disparu lors d'une mystérieuse mission, Lady Aislynn reprend espoir lorsque leur père fait un songe prémonitoire: Christian sera sauvé par « une femme blonde, belle de corps et douce de visage ». Un portrait qui lui ressemble trait pour trait... Persuadée de pouvoir aider son frère, elle part à sa recherche en compagnie d'un ami de ce dernier, Jarrod Maxwell. Un homme énigmatique, fils d'un croisé et d'une Orientale, dont tout laisse à penser qu'il en sait plus sur la disparition de Christian qu'il ne le prétend...

La dame de Rionallis, de Michelle Willingham - N°854

Irlande, 1171

En se fiançant avec Hugh Marstowe, Geneviève de Renalt croyait vivre le grand amour. Mais sitôt installé à Rionallis, domaine qui constitue une partie de sa dot, son futur époux tombe le masque et la maltraite. Geneviève se croit perdue ; d'autant que son fiancé décide, sans coup férir, de précipiter leurs noces. C'est alors que le château est attaqué par une horde d'Irlandais avec à leur tête Bevan MacEgan, un guerrier qui prétend être le véritable maître de Rionallis. Prête à tout pour échapper à son sort, Geneviève accepte, à ses risques et périls, de pactiser avec l'ennemi. Car Bevan a beau la mépriser et vouloir la déposséder de son bien, elle sait qu'il est le seul à pouvoir la sauver...

Composé et édité par HarperCollins France.

Achevé d'imprimer en juillet 2019.

CPI BLACK PRINT

Barcelone

Dépôt légal : août 2019.

FSC www.fsc.org MIXTE Papier issu de sources responsables FSC® C108412

Pour limiter l'empreinte environnementale de ses livres, HarperCollins France s'engage à n'utiliser que du papier fabriqué à partir de bois provenant de forêts gérées durablement et de manière responsable.

Imprimé en Espagne.